JOURNAL DE LA SOCIÉTÉ GALLICANE D

SECRÉTARIAT : CHEZ M. LE DOCTEUR P. PITET, RUE SAINT-GEORGES, 6, PARIS

Reçu de M

la somme de **QUINZE FRANCS**, *pour prix de son abonnement à la Bibliothè*

pathique, année 187 , Tome .

Paris, le ——————— 187

LE SECRÉTAIRE,

COLLECTION MICHEL LÉVY

LES SECRETS

D'UNE SORCIÈRE

I

Y͏ᵉ

MICHEL LÉVY FRÈRES, ÉDITEURS

OUVRAGES

DE

LA COMTESSE DASH

Format grand in-18

	vol.		vol.
L'ARBRE DE LA VIERGE	1	— LA JEUNESSE DE LOUIS XV.	1
UN AMOUR COUPABLE	1	— LES MAITRESSES DU ROI	1
LES AMOURS DE LA BELLE AU-		— LE PARC AUX CERFS	1
RORE	2	LES HÉRITIERS D'UN PRINCE	1
LES AVENTURES D'UNE JEUNE		LE JEU DE LA REINE	1
MARIÉE	1	LA JOLIE BOHÉMIENNE	1
LES BALS MASQUÉS	1	LES LIONS DE PARIS	1
LA BELLE PARISIENNE	1	LE LIVRE DES FEMMES	1
BOHÈME ET NOBLESSE	1	MADAME LOUISE DE FRANCE	1
LA CEINTURE DE VÉNUS	1	MADAME DE LA SABLIÈRE	1
LA BOHÈME AU XVIIe SIÈCLE	1	MADEMOISELLE CINQUANTE MIL-	
LA CHAINE D'OR	1	LIONS	1
LA CHAMBRE BLEUE	1	MADEMOISELLE DE LA TOUR-DU-	
LA CHAMBRE ROUGE	1	PIN	1
LE CHATEAU DE LA ROCHE-SAN-		LA MAIN GAUCHE ET LA MAIN	1
GLANTE	1	DROITE	1
LES CHATEAUX EN AFRIQUE	1	LES MALHEURS D'UNE REINE	1
LES COMÉDIES DES GENS DU		LA MARQUISE DE PARABÈRE	1
MONDE	1	LA MARQUISE SANGLANTE	1
COMMENT ON FAIT SON CHEMIN		LA NUIT DE NOCES	1
DANS LE MONDE	1	LE NEUF DE PIQUE	1
COMMENT TOMBENT LES FEMMES	1	LA POUDRE ET LA NEIGE	1
LA DAME DU CHATEAU MURÉ	1	LA PRINCESSE DE CONTI	1
LA DERNIÈRE EXPIATION	2	UN PROCÈS CRIMINEL	1
LA DETTE DE SANG	1	UNE RIVALE DE LA POMPADOUR	1
LE DRAME DE LA RUE DU SENTIER	1	LE ROMAN D'UNE HÉRITIÈRE	1
LA DUCHESSE D'ÉPONNES	1	LA ROUTE DU SUICIDE	1
LA DUCHESSE DE LAUZUN	3	LE SALON DU DIABLE	1
LA FÉE AUX PERLES	1	UN SECRET DE FAMILLE	1
LA FEMME DE L'AVEUGLE	1	LES SECRETS D'UNE SORCIÈRE	2
LES FEMMES A PARIS ET EN		LA SORCIÈRE DU ROI	2
PROVINCE	1	LE SOUPER DES FANTÔMES	1
LE FILS DU FAUSSAIRE	1	LES SOUPERS DE LA RÉGENCE	2
UN FILS NATUREL	1	LES SUITES D'UNE FAUTE	1
LE FRUIT DÉFENDU	1	TROIS AMOURS	1
LES GALANTERIES DE LA COUR		LES VACANCES D'UNE PARISIENNE	1
DE LOUIS XV	4	LA VIE CHASTE ET LA VIE IM-	
— LA RÉGENCE	1	PURE	1

POISSY. — TYP. S. LEJAY ET CIE.

LES SECRETS

D'UNE

SORCIÈRE

PAR

LA COMTESSE DASH

I

NOUVELLE ÉDITION

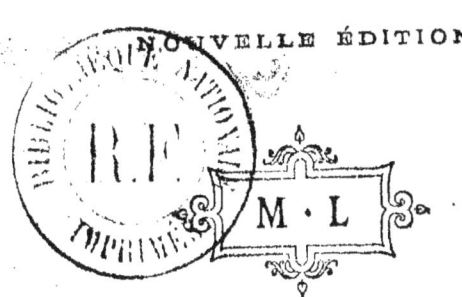 

PARIS

MICHEL LÉVY FRÈRES, ÉDITEURS

RUE AUBER, 3, PLACE DE L'OPÉRA

LIBRAIRIE NOUVELLE

BOULEVARD DES ITALIENS, 15, AU COIN DE LA RUE DE GRAMMONT

—

1874

Droits de reproduction et de traduction réservés

À MADAME

LA VICOMTESSE J. O'HEGUERTY

Vous aimerez ce livre, chère Thérèse, voilà pourquoi je vous le dédie. Mais tout le monde ne sera peut-être pas de votre avis; voilà pourquoi je veux présenter quelques mots d'explication à ceux qui s'étonneraient de cette histoire, et qui refuseraient d'en accepter la donnée. Elle n'est pas ordinaire, j'en conviens; elle passe même quelquefois les bornes du *possible adopté;* ce n'est pas une raison pour qu'elle atteigne celles du *possible réel.* La première partie de ce récit est toute historique, les personnages en sont réels, il ne faut pour s'en convaincre que feuilleter les Mémoires du

1.   1

temps, on les y trouvera tous. Quant à celui de Ryno, je laisse à la sagesse du lecteur à deviner ce qu'il représente et à croire selon sa fantaisie. Ce que je puis assurer, c'est que ce personnage existe et que je n'ai pas vu son extrait de naissance. C'est d'elle-même que je tiens tout ce que renferment ces volumes; j'ai aussi connu des gens fort honorables qui avaient été témoins des faits principaux de la seconde époque, et qui, surtout, avaient assisté à l'agonie de douleur d'une pauvre créature, que des facultés exceptionnelles mettaient en dehors de la ligne commune. Elle fut une martyre de son cœur et des dons particuliers et terribles qu'elle apporta en naissant, comme de ceux qu'une étude spéciale de ces matières développa en elle. La catastrophe qui termine le roman ne lui appartient pas, j'en conviens. Ce sont deux biographies cousues ensemble, pour n'en point faire une personnalité trop véritable. Les deux familles, les amis entraînés dans ce cercle funeste, vivent encore. Il ne m'est pas permis de désigner à la curiosité des malheureux qui restent ignorés, et dont les plaies saignent encore.

Quant à la vérité de ce que l'on va lire, je n'entreprendrai point de la défendre. Chacun sait cependant qu'il est dans la nature bien des mystères encore inexpliqués, et qui ne le seront jamais peut-être. On ne peut nier les facultés divinatoires; vous et moi, nous en avons vu des exemples bien frappants. Tout ce qui se rapporte à ces matières est au-dessus de la compréhension de l'homme; on les discute sans les éclaircir. Quelques êtres marqués d'une fatalité cruelle, sont peut-être les victimes tardives de crimes inconnus, d'expiations héréditaires. Nul ne le sait, mais ils n'apparaissent pas moins de loin en loin; toutes les histoires en font foi, dans tous les siècles, il en est passé sur la terre, qui y ont laissé une trace douloureuse ou criminelle.

L'imagination aidant, on leur a prêté une puissance surnaturelle, on en a fait des sorcières ou des *jeteuses* de maléfices. Le pouvoir qu'on leur attribue est souvent, je le crois, acheté au prix de leur repos ou de leurs affections, et leur sort n'est point enviable.

Quoiqu'il en soit, voici ce livre, lisez-le et acceptez-le. Je désire qu'il vous rappelle une amitié bien vraie, une tendresse sans bornes. Il me semble encore causer avec vous de loin; je suis heureuse de mettre votre nom en tête de ces pages, vous, si parfaite, vous, sainte et noble mère, admirable femme, vous êtes une bonne fée, vous leur assurerez un bon accueil, et le succès peut-être.

Courtiras, le 10 novembre 1852.

COMTESSE DASH.

LES

SECRETS D'UNE SORCIÈRE

I

BERGERIE

Poitiers est une vieille ville, pleine de souvenirs.
Elle n'est point belle, mais elle est admirablement si-
tuée. Les anciens monuments y abondent; ses rues
étroites et tortueuses, où se voient encore des maisons
de bois à pignons pointus, ont laissé passer bien des
événements. La monarchie y a plusieurs fois cherché
un refuge; ce sol, éminemment français, a reçu le
baptême du sang par une fameuse bataille, trop fameuse dans les fastes ennemis. Le Poitou est une de
nos provinces les plus remarquables, bien que la moins
exploitée par le roman et par la fantaisie; les traditions
s'y sont conservées longtemps après qu'elles eurent
disparu ailleurs. Le paysan poitevin, fidèle à son Dieu,

à son roi, à ses coutumes, est resté bien des années le dernier modèle d'un type oublié. On dit que là aussi ce type s'efface peu à peu. Tant pis ! car on ne le retrouvera plus.

Vivonne, sorte de ville à quelques lieues de Poitiers, est la *capitale* d'un ancien duché appartenant à la famille de Mortemart, elle montre avec orgueil le vieux château qui la domine. Les deux petites rivières, la Vive et la Vonne, se rencontrent sous ses murs et lui donnent leur nom réuni. Les environs sont charmants : c'est un paysage de Watteau, moins les houlettes et les rubans roses.

Un beau castel du temps de la renaissance, situé dans la vallée, à une lieue environ de la ville, s'appelait autrefois Saulieu. Nous conduirons le lecteur dans cette habitation délicieuse, ombragée de grands arbres, entourée des eaux de la Vive, limpides comme du cristal, se repliant plusieurs fois sur elles-mêmes et serpentant autour des fossés qu'elles alimentent. Le château brille des feux du soleil couchant, les fenêtres à petits carreaux de plomb étincèlent de mille couleurs, les cheminées fument joyeusement, les oiseaux chantent, les fleurs embaument, c'est à cette heure de la journée où tout est bonheur et gaieté. Cette demeure seigneuriale, étalant tout le luxe d'une époque féodale encore, malgré les efforts du cardinal de Richelieu pour tuer la féodalité, respirait un sentiment de bien-être et de tranquillité indicible. On devait vivre doucement à l'abri de ces tourelles pointues, sous ces grands écussons de pierre et ces hautes croisées de dentelles solides, soutenues de monstres curieux. Un grand nombre de domestiques allaient et venaient à travers les portiques, tous les visages étaient satisfaits, nul ne semblait souffrir.

Deux jeunes filles se promenaient lentement au bord de la Vive, en dehors du parc : leurs regards se tournaient sans cesse derrière elles, comme si elles craignaient d'être observées ; craintives et charmées pourtant, elles se pressaient l'une contre l'autre et parlaient tout bas. L'aînée avait dix-neuf ans, la cadette une année de moins à peu près. Toutes deux de la même taille ; il régnait dans leurs traits une ressemblance évidente, bien que la première fût brune et la plus jeune blonde. En les voyant marcher, vêtues absolument de même, du si joli costume de ce temps de Louis XIII, il devenait impossible de les distinguer : c'était la même grâce, la même élégance ; la manière dont elles s'appuyaient l'une sur l'autre indiquait une confiance entière, une affection sans bornes. Elles causaient sérieusement, un chagrin pesait sur elles, un de ces naïfs chagrins de cet âge qui nous accablent et nous brisent presque autant que le font plus tard les graves événements de la vie.

— Oui, ma sœur, disait la plus jeune, je l'ai vu, ma grand'mère l'a reçu dans son cabinet, elle a fait appeler madame Legrand, ils se sont enfermés tous les trois, et c'est à la suite de cette conférence que le voyage a été rompu.

— Je ne m'en consolerai jamais, Béatrix, car à présent l'occasion ne se présentera pas. M. de Ravière avait bien besoin de se mêler de cela. Qu'a-t-il pu dire à notre gouvernante? C'est elle sans doute qui aura décidé, et ma grand'mère n'a pas d'elle-même pensé à nous affliger ainsi!

— Je vous assure, ma chère Isabelle, que je n'y comprends rien. Certes nous avons le droit de nous plaindre. Ce n'est ni vous ni moi qui avons imaginé ce départ: l'idée de Paris ne nous serait pas venue sans nous être inspirée. On nous a annoncé que nous y passerions l'hiver avec ma grand'mère et madame Legrand, nous nous sommes arrangées là-dessus; nous avons formé nos projets, et maintenant on nous refuse ce qu'on nous avait offert, en nous grondant même, je gage, si on s'apercevait que nous sortons du parc. C'est criant d'injustice, et tout cela pour M. de Ravière.

— Je détesterai M. de Ravière!

— Non, ma sœur; non, il fut l'ami, le compagnon d'armes de notre père, il l'a vu mourir, il nous a apporté sa dernière volonté, il a consolé jusqu'à sa mort notre pauvre mère, il a consolé notre aïeule, lorsqu'elle les eût perdus tous les deux, il ne faut pas le détester, mais il faut le combattre, il faut lui apprendre à ne pas nous ôter nos plus chères espérances, vous verrez comme il sera confus.

— Et si Jacques était ici encore !

— Jacques est un bel officier, qui s'amuse à sa garnison et qui ne pense guère à nous.

Isabelle rougit et détourna son visage pour cacher sa rougeur. Béatrix ne s'en aperçut pas, elle continua :

— Eh bien, que décidez-vous ?

— Je ne sais encore vraiment. On nous apprendra peut-être le motif de ce changement, nous pourrons agir en conséquence.

— Madame Legrand ne nous dira rien.

— Ma grand'mère parlera.

Toutes deux se regardèrent en souriant.

— Ma grand'mère nous contera tout ce que nous voudrons savoir, et si nous la prions bien, elle nous mènera à Paris malgré tout. Et Paris, jugez donc, Paris ! les promenades, les fêtes, la cour ! Tout ce que nous voyons dans les livres et que nous ignorons ! Nous, pauvres enfants, habitant Saulieu depuis notre enfance, n'ayant jamais aperçu une ville, pas même la plus petite, excepté Vivonne, qui n'est qu'un gros bourg.

— Je me suis souvent demandé pourquoi on nous renfermait ainsi, pourquoi nous ne menions pas la vie de tout le monde. Il doit y avoir un motif.

— Oh ! je le sais bien, moi ! répliqua Béatrix d'un air important.

— Vous le savez ?

— Oui.

— Comment se fait-il alors que je ne le sache pas ?

1.

— Parce que c'est un secret et que je suis l'aînée.

— Belle raison !

— Raison sans réplique... puis, je ne suis pas très-sûre de mon fait.

— Comment ?

— Oui, je crois avoir deviné, mais je me trompe peut-être.

— Avouez donc que vous ne savez rien, reprit Béatrix, en riant d'un air de bonne humeur.

— Ah ! je ne sais rien ! Ah ! il n'y a pas un secret dans la vie de ma grand'mère, dans le mariage de nos parents. Ah ! nous n'avons pas une tante dont on ne nous parle jamais !...

— Une tante ! et quelle tante ?

— Voilà justement ce que j'ignore, et ce qu'il m'est absolument difficile de deviner ; enfin c'est pour cela que nous n'allons pas à Paris, soyez-en sûre.

— Vous n'allez pas à Paris, mademoiselle, dit tout à coup une voix qui les fit tressaillir, parce que le médecin de madame la marquise l'a défendu, et que vous ne voulez pas la faire mourir apparemment.

Les deux sœurs s'étaient séparées après cette interruption intempestive. Leur premier mouvement fut de fuir, comme deux colombes effarouchées. Madame Legrand les rappela. Elles s'arrêtèrent.

— Vous êtes sorties seules du parc, et cela vous était défendu ; vous vous promenez au bord de la rivière, et vous savez que les serpents et les autres bêtes se ca-

chent dans ces hautes herbes. Mes chères filles, songez-
vous donc à nous affliger, votre grand'mère et moi?

Elles se rapprochèrent spontanément et lui prirent
chacune une main.

— Pardonnez-nous! ajoutèrent-elles.

— Certes, je vous pardonne, puisque vous sentez
votre faute. Vos visages tristes me révèlent assez votre
contrariété; il faut demeurer à Saulieu et vous vous
trouvez malheureuses ici! Malheureuses ici! Oh! si vous
connaissiez le monde, combien vous chéririez cette
douce retraite, combien vous craindriez de la quitter
jamais!

— Pourtant, ma bonne amie, on vit dans le monde,
on s'y amuse, on s'y plaît...

— Et l'on y souffre! et l'on n'aspire qu'à le fuir;
croyez-moi, mes enfants, remerciez Dieu qui vous a
donné ce beau nid pour vous abriter, restez-y le plus
longtemps possible, restez-y toujours.

— Mais, madame, ma grand'mère a passé la plus
grande partie de sa vie à Paris, mais ma mère y est
née, y a été élevée, n'est-ce pas?

— Votre grand'mère, ma chère Isabelle, a fui ce lieu
de malheur, et ne l'a jamais voulu revoir; votre mère,
depuis son mariage, est restée ici.

— Alors pourquoi parlait-on de nous y conduire, si
l'on y a tant à craindre?

La gouvernante parut un instant embarrassée de la
naïveté de Béatrix, elle hésita à répondre.

— Madame la marquise s'était résignée à vaincre sa répugnance pour votre avantage, elle croyait devoir vous mener à Paris et vous présenter à la cour. Sa santé ne le lui a pas permis, c'est là tout ce que je puis vous dire, car il n'y a pas autre chose.

— Allons ! nous resterons donc, puisqu'il le faut, et sans nous plaindre encore, ma bonne grand'mère en serait trop affligée ; elle aime tant à nous faire plaisir.

— Voici l'heure de son souper, ne la faites point attendre, mes chères filles ; à l'âge de madame de Saulieu, les habitudes sont des nécessités. Soyez gaies, si cela vous est possible, faites-lui sa lecture habituelle, que Béatrix soigne le pauvre Cyrus, enfin déployez vos grâces et vos attentions, elle sera sensible à tout.

Les trois femmes se dirigèrent vers le château ; madame Legrand marchant un peu en arrière de ses élèves et les épiant du regard. Une crainte qu'elle dissimulait agitait son cœur, elle cachait à ses enfants, si novices encore, quelque douleur ou quelque préoccupation. La cloche du souper se fit entendre, mesdemoiselles de Saulieu se mirent à courir, et cette course emporta leurs regrets ; elles arrivèrent aux pieds de leur aïeule, essoufflées et souriantes, se tenant par la main, et toutes deux lui présentèrent leur front qu'elle baisa.

— Que Dieu vous bénisse, mes chères bien-aimées ! dit la marquise.

— Merci, ma mère, répondit Isabelle, mademoiselle de Saulieu. Selon l'usage du temps elles avaient chacune un nom de terre par lequel on les distinguait, Béatrix s'appelait mademoiselle de Grivelle. Excepté dans leur intérieur, entre elles deux, elles ne portaient pas leurs noms de baptême, madame de Saulieu le leur donnait seule.

— Mes enfants, nous souperons vite, n'est-ce pas?

— Ma mère, vous êtes fatiguée, vous voulez vous coucher ?

— Non, je veux causer avec vous.

— Et pourquoi ?

— Vous le verrez tout à l'heure. C'est un entretien grave que je réclame, il décidera peut-être de votre avenir. Soupons d'abord.

— Grand'mère, je n'ai plus faim.

— Enfant !

— Grand'mère, vous avez vu M. de Ravière?

— M. de Ravière est parti pour Paris.

— Ah ! sans nous !

— Voilà pourquoi nous n'y allons pas.

— Le vilain homme !

— Béatrix, M. de Ravière est mon ami.

— C'est vrai, ma grand'mère, pardonnez-moi. Soupons!

Les trois dames se mirent à table. Les usages du temps, si cérémonieux, reléguaient madame Legrand au bout inférieur, avec l'écuyer et la demoiselle suivante de la marquise. Le repas fut silencieux; les jeunes filles essayèrent en vain de l'égayer; malgré elles,

elles s'inquiétaient, elles redoutaient ce qu'elles allaient
entendre ; le visage de leur grand'mère était solennel,
préoccupé. Les événements publics, fort graves en ce
moment, contribuaient peut-être à cette préoccupation.
On était vers la fin du règne de Louis XIII, le cardinal
vivait encore, il venait de sacrifier le duc de Montmorency et Châlais ; le supplice de Cinq-Mars se préparait
dans l'avenir. Nul grand seigneur ne se sentait en sûreté.

Après le souper, auquel le chapelain assistait d'ordinaire, Isabelle remplit son office et prononça les grâces. On se leva, on passa dans le cabinet de la marquise, on ouvrit les portes du jardin pour laisser entrer
les senteurs des plates-bandes et les derniers rayons
du jour ; l'aïeule se plaça dans son fauteuil, près de la
terrasse ; les jeunes filles s'agenouillèrent à ses côtés,
leur cœur battait d'impatience.

— Dites à présent, madame, commença Béatrix.

— Embrassez-moi d'abord, mes filles chéries, mes
anges, j'ai besoin de vous serrer dans mes bras.

— Bonne mère ! c'est donc bien terrible !

— Ce n'est pas terrible, mon enfant, c'est très-sé-
rieux. Et puis... je suis si vieille !

— Vous, grand'mère ! vous êtes jeune et belle, vous
vivrez cent ans, vos cheveux blancs vous siéent mieux
que toutes nos boucles. Ne parlez pas ainsi.

— Il faut s'accoutumer à cette idée, il faut s'accoutumer à tout ici-bas, et puis, j'ai tant souffert ! Je me

reposerai maintenant. Mesdemoiselles, vous êtes instrui-
tes depuis votre enfance des projets de votre famille?

— Oui, ma mère.

— Oh! mon Dieu, l'on veut nous marier ! s'écria
Béatrix.

— Vous avez dix-neuf ans, Isabelle, et vous dix-huit,
c'est l'âge fixé par votre père; je dois accomplir ses vo-
lontés, je le lui ai promis et je le ferai.

Isabelle devint pâle comme un spectre et mit sa main
sur son cœur, qui l'étouffait. Elle trouva la force de se
contenir. Béatrix baissa les yeux.

— Monsieur de Fouquerolles arrivera demain, Isabelle; M. d'Oston sera ici ce soir.

— M. d'Oston? reprit étourdiment la jeune fille.

— Oui, M. d'Oston, votre cousin, ne savez-vous plus
ce qu'il vient faire?

— Bonne mère! Et vous?

— Moi, chères filles, je vous garderai ici dans ce
vieux manoir, tant que vous voudrez y rester, mon
beau couple de colombes; quand vous vous envolerez,
Dieu me fera, j'espère, la grâce de rejoindre ceux qui
m'attendent dans la chapelle.

Une larme roula des longs cils de Béatrix, elle baisa
la main de son aïeule et resta la tête appuyée sur ses
genoux. Dans cette posture, elle était charmante. Isabelle, elle, se tenait debout, dans la même attitude de
douleur et de réflexion, tout à coup elle rompit le silence et dit résolûment à madame de Saulieu :

— Je ne me marierai point, ma mère.

— Et pourquoi, mon Dieu !

— Parce que je n'aime point M. de Fouquerolles.

— Vous l'aimerez plus tard !

— Parce que j'en aime un autre, madame.

— Vous aussi, malheureuse enfant ! s'écria la marquise en cachant sa tête dans ses mains. Ah ! j'en mourrai !

— Ma mère, reprit Béatrix, Isabelle ne veut point vous affliger, elle se trompe, ou si elle ne se trompe pas, elle oubliera tout pour que vous soyez heureuse.

— Isabelle, ma fille ! au nom de tout ce que vous avez de plus cher au monde, est-il vrai que vous ayez un amour dans le cœur ? Un amour qui n'est point pour le marquis de Fouquerolles ? répondez, je vous en conjure, et ne craignez rien.

— Il est vrai, ma mère, que j'ai un amour dans le cœur, un amour que rien ne peut éteindre, ni dominer ; il est vrai que cet amour n'est point pour M. le marquis de Fouquerolles.

— Et pour qui est-il alors ?

— Dois-je le dire, madame ?

— Ici, devant moi, devant votre sœur, qui vous empêcherait de l'avouer ?

— Celui que j'aime vous le connaissez, ma mère, c'est Jacques de Naulevrier, le fils de votre amie, le seul jeune homme que j'aie connu jusqu'ici.

— Mon Dieu! mon Dieu! me destiniez-vous encore cette épreuve!

— Et je vous l'avoue, ma mère, si je suis forcée d'en accepter un autre, je ne resterai pas longtemps avec lui, avec vous.

— Mon Dieu! mon Dieu! répétait la vieille femme en sanglotant.

— Isabelle, vous le voyez, vous voyez votre ouvrage, interrompit Béatrix d'un ton de reproche, qu'aviez-vous besoin de lui parler de Jacques à présent!

Isabelle jeta son long regard sur sa sœur, avec un sourire de pitié. Bien qu'une année seulement les séparât, la distance était immense entre elles. L'aînée avait éveillé son cœur, celui de la cadette sommeillait encore. L'une soulevait le rideau de l'avenir, et entrait dans cette voie des passions, où l'on marche si vite, en laissant des lambeaux de sa chair aux épines du chemin, l'autre tenait à l'enfance par ses joies naïves, par ses larmes puériles, elle ne se doutait pas qu'elle eût autre chose à connaître. L'amour de sa sœur pour Jacques ne la touchait point, elle ne le comprenait pas. Elle ne voyait en tout cela que la douleur de sa grand'mère, et ne mesurait pas plus cette douleur que le sentiment ignoré.

— J'ai fait ce que j'ai dû, continua mademoiselle de Saulieu, ma grand'mère m'a entendue maintenant, c'est à elle de décider le reste.

Au moment même la porte s'ouvrit et une vieille

femme, plus cassée que la marquise, entra dans l'appartement.

— Madame la marquise, une dame masquée, arrivant en litière, vous demande l'honneur d'un entretien secret.

— Ah! répliqua la marquise, quel messager de malheur m'arrive encore maintenant?

II

L'INCONNUE

Béatrix, inquiète de l'état de sa grand'mère, se hâta de suivre la femme de charge, en déclarant qu'elle parlerait d'abord à la dame et qu'elle l'empêcherait bien d'entrer.

— Radegonde, vous allez me conduire, ma grand'mère souffre, madame Legrand verra l'étrangère à sa place. Il faut que cela soit ainsi, Radegonde, je le veux.

— Ma chère demoiselle, je ne demande pas mieux, certes, mais je n'ai pas tout dit à madame, voilà pourquoi je vous ai fait signe de me suivre. Cette étrangère est chargée d'un ordre de Son Éminence, pour madame la marquise.

— Que dites-vous là?

— Je dis la vérité; madame Legrand est je ne sais où, madame de Saulieu pleure, il fallait pourtant bien quelqu'un à qui parler.

— Radegonde, où est cette dame? que je la voie sur-
le-champ.

— Elle est encore dans sa litière.

— J'y vais, ma grand'mère ne nous suivra pas. Vite,
vite, courons.

Radegonde était une vassale de la maison de Rochegude, ayant suivi sa maîtresse lorsqu'elle épousa M. de
Saulieu, elle ne l'avait jamais quittée depuis. Son dévouement pour elle et pour les siens allait jusqu'au
fanatisme. Elle avait élevé tous les enfants, elle les aimait comme leur mère, et l'idée qu'on pût les contrarier en la moindre chose la mettait hors d'elle-même.
Elle marchait devant mademoiselle de Grivelle, en lui
recommandant la prudence; dès qu'elles furent dans
le vestibule elle lui montra de loin la litière, en ajoutant :

— Allez! je serai là.

Béatrix avança sans timidité, sans gaucherie.

— Madame, dit-elle, vous désirez voir madame la
marquise de Saulieu, n'est-ce pas?

— Vous êtes mademoiselle de Saulieu? demanda
l'inconnue avec émotion.

— Je suis mademoiselle de Grivelle, madame. Mais
que lui voulez-vous, à ma grand'mère?

La dame ne répondit pas, elle arracha vivement une
torche des mains d'un laquais, qui la portait, et la promenant autour du visage de Béatrix, elle l'examina
curieusement :

— Oui, poursuivit-elle, vous devez être mademoiselle de Grivelle, vous avez la fatale beauté de votre
maison.

La jeune fille était fière, la rougeur lui monta au visage, elle reprit avec hauteur, en se reculant :

— Que voulez-vous dire à madame la marquise de
Saulieu, madame, j'attends.

— Je ne puis le confier qu'à elle, mademoiselle.

— Allors, madame, vous allez vous en aller tout à
l'heure. A l'âge de ma grand'mère, dans son état de faiblesse, on ne reçoit pas le premier venu.

— Voici mon droit, mademoiselle.

Elle lui montra le sceau du cardinal de Richelieu,
apposé sur un parchemin.

— Vous devez remettre ceci?

— A madame la marquise elle-même, de suite.

Béatrix se frappa la tête.

— Mon Dieu! que faire! cherchez partout madame
Legrand, Radegonde.

— Vous hésitez beaucoup à obéir à Son Éminence,
mademoiselle. Que signifie cela? Saulieu serait-il un
refuge de rebelles?

— Saulieu est habité par de fidèles sujets du roi, madame; nous ne craignons ni M. le cardinal, ni qui que
ce soit, car nous sommes de bons serviteurs.

Pendant qu'elle parlait Isabelle arriva derrière elle,
le visage bouleversé, les joues brillantes encore des larmes qu'elle avait versées, sa beauté plus sévère, plus

formée que celle de sa sœur, frappa davantage encore l'étrangère.

— Oh! s'écria-t-elle, voici mademoiselle de Saulieu!

Sa voix prit un accent déchirant en prononçant ces mots.

— Oui, madame, je suis mademoiselle de Saulieu. Que vous importe?

— Toujours le même sang, murmura l'étrangère. Il faut que je voie madame de Saulieu, mesdemoiselles, il le faut, où votre maison serait responsable des suites.

Isabelle eut un instant d'hésitation, elle allait répondre lorsqu'un paysan qui depuis un instant se glissait dans la foule, arriva jusqu'à elle et lui mit une lettre dans la main, en ajoutant à voix basse :

— Lisez tout de suite et silence!

Mademoiselle de Saulieu rompit le cachet, lut les quelques lignes que renfermait le billet, devint d'une pâleur effrayante et garda le silence quelques minutes.

— Madame, dit-elle enfin, vous ne verrez pas ma grand'mère, ou vous la verrez en ma présence.

— Il faut, et je vous le répète pour la dernière fois, il faut que je parle à madame de Saulieu sans témoins. Vous êtes bien jeunes, mesdemoiselles; vous ignorez la conséquence de ces difficultés, n'y a-t-il donc ici personne avec qui l'on puisse s'expliquer raisonnablement?

— Me voici, madame, me voici, interrompit madame

Legrand qui venait d'arriver, qui dois-je annoncer à madame la marquise?

L'étrangère répéta ce qu'elle avait déjà raconté, montra de nouveau le sceau du cardinal et insista plus que jamais pour remplir sa mission. Madame Legrand l'écouta sans répliquer, s'inclina devant elle, et lui fit signe de descendre.

— Mais, madame, s'écria mademoiselle de Saulieu, nous ne pouvons permettre cette entrevue, nous ne le pouvons pas, en vérité. A l'âge de ma grand'mère dans son état de santé tout est dangereux. Que madame nous confie...

— Rien, mademoiselle, c'est un secret d'État.

Ce mot répondait à tout, en ce temps de soumission et de respect pour l'autorité établie. Les jeunes filles se regardèrent d'un air craintif, mais résolu encore pourtant, et semblèrent se consulter par ce regard.

— Pardon, madame, reprit Isabelle en se plaçant devant l'ambassadrice descendue de sa litière, pardon, mais un mot encore. Si vous nous faites l'honneur d'être notre hôte, les portes du château de Saulieu s'ouvriront toutes devant vous, soyez la bien venue; si vous persistez dans votre résolution, mes domestiques ne me refuseront pas leur aide, et il n'en est pas un d'entre eux qui ne défende sa maîtresse sans s'inquiéter des conséquences.

— Mademoiselle! s'écria madame Legrand, vous ne savez pas...

— C'est vous qui ne savez pas, au contraire, répliqua la jeune fille avec un accent déchirant. Oh! je vous en supplie, je vous en conjure, qu'elle n'aille pas plus loin! qu'elle n'aille pas plus loin!

L'insistance étrange de mademoiselle de Saulieu étonna sa gouvernante et commença à lui donner des soupçons. Que craignait-elle donc de cette inconnue? n'était-elle pas chargée des pouvoirs du cardinal? La violence serait-elle employée vis-à-vis d'une femme de cet âge, de cette importance et de cette qualité! Rien n'était moins probable assurément. Madame Legrand comptait d'ailleurs exercer une surveillance minutieuse, et enfin si un attentat était résolu contre la liberté de la marquise, le ministre n'était-il pas tout puissant et parviendraient-elles à l'empêcher? La raison voulait donc que l'on se soumît, madame Legrand prît un ton d'autorité, écarta de la main ses élèves qui résistaient encore :

— Venez, madame, et suivez-moi, ajouta-t-elle avec beaucoup de dignité.

Béatrix se rangea contre le mur, mais sa sœur, rouge et animée, contenant les larmes qui s'échappaient de ses yeux, courut en avant et attendit les deux femmes dans la salle où elles devaient nécessairement passer, et lorsqu'elles furent seules :

— Madame! madame! au nom du ciel! qu'allez-vous dire à ma grand'mère?

La dame recula surprise, et répondit avec hauteur :

— Ce qu'une jeune fille de votre âge ne doit pas savoir, reculez-vous et laissez-moi l'entrée.

Mais la résistance doubla les forces et la persévérance d'Isabelle, elle s'élança vers la porte du cabinet de la marquise en s'appuyant le dos contre le chambranle :

— Non, vous n'entrerez pas, dit-elle.

— Cette jeune fille est folle! reprit l'inconnue en se retournant vers la gouvernante, plus surprise qu'elle.

— Cette jeune fille est, je crois, sous l'influence d'une vive émotion, laissez-moi la raisonner, madame.

— Je n'ai pas le temps d'attendre, que cette scène se termine sur-le-champ, ou j'appelle les hoquetons de M. le cardinal, qui m'ont suivie, pour me faire livrer le passage.

— Vous entendez, mademoiselle?

— Oh! mon Dieu! mon Dieu! que faire? murmura mademoiselle de Saulieu, en cachant sa tête dans ses mains.

Béatrix entrait en ce moment, inquiète aussi, mais timide, à l'aspect de sa sœur, qui pleurait à chaudes larmes, elle courut vers elle et la prit dans ses bras :

— Qu'avez-vous, ma sœur? que vous fait-on? que signifie cette violence?

— Oh! Béatrix! Béatrix! si vous ne voulez pas que je meure, aidez-moi à l'empêcher de passer.

Cette résistance était si extraordinaire, si hors des

habitudes d'Isabelle que madame Legrand ne se l'ex-
pliquait point. Quant à la dame masquée, ses traits
impénétrables ne révélaient pas ses impressions, mais
elle marchait vivement par la chambre et prononçait à
haute voix quelques exclamations incomplètes, cependant son émotion était incontestable, malgré ses efforts
pour la dissimuler.

— Mademoiselle, ma chère enfant, répétait madame
Legrand, vous exposez votre grand'mère, votre sœur,
vous-même à la colère de Son Éminence. Que crai-
gnez-vous? que pouvez-vous craindre? retirez-vous,
je resterai.

— Oh! non, non, disait-elle, je ne m'en irai point.

Béatrix se pencha vers elle et lui dit quelques mots
tout bas.

— Croyez-vous? demanda-t-elle, en relevant la tête.

— Je vous en réponds.

— Ah! c'est bien alors! passez, madame.

Et elle ouvrit elle-même la porte que Béatrix soutenait.

— Je vous remercie, mademoiselle, mais soyez tranquille, j'aurai pour madame la marquise tous les égards
qui lui sont dus.

Madame Legrand précédait l'envoyée de la cour, les
deux enfants s'étaient enfuies vers l'autre issue, la
marquise était assise près de son lit, où elle allait se
mettre bientôt sans doute; elle tenait en main un livre
de prières, et son visage recueilli indiquait une pieuse

I.   2

préoccupation. Aussitôt que l'inconnue l'aperçut, elle
s'arrêta et s'appuya près de la muraille, saisie de respect apparemment.

— Madame la marquise me pardonnera d'entrer chez
elle de cette manière, dit madame Legrand, mais il est
arrivé un ordre de Son Éminence pour madame la
marquise.

— Un ordre du roi, insista la dame, en s'avançant.

— Un ordre du roi ! répéta la marquise.

Et sans plus attendre elle se leva en pied.

— Qui apporte cet ordre, et que désire Sa Majesté de
sa très-humble servante ?

— C'est à vous seule, madame, que je puis le dire.

— Laissez-nous, madame Legrand, et veillez à ce
que les gens de madame soient traités comme il convient.

Madame Legrand sortit, après avoir avancé un siége
à l'étrangère. Aussitôt qu'elle les eût quittées, la marquise commença la conversation par une question à
laquelle la dame ne s'attendait pas sans doute.

— N'aurai-je point l'honneur de savoir à qui je
m'adresse, madame ? M. le cardinal emploie-t-il des
envoyés masqués jusqu'aux dents lorsqu'il fait parler à
la mère et à la femme des serviteurs du roi ?

Sans répondre, l'étrangère tendit à madame de Saulieu le parchemin dont elle était chargée, en lui montrant que le sceau n'avait point été détruit.

— Lisez, madame.

La marquise regarda soigneusement le cachet, coupa la soie et lut ce qui suit :

« Madame la marquise de Saulieu, je me souviens des services rendus par votre maison au feu roi et à ses prédécesseurs, je me souviens que votre fils a perdu la vie sur le champ de bataille, en défendant les droits du roi notre sire, Louis le Juste, aussi je ne veux point punir votre désobéissance à mes ordres comme je l'aurais fait pour toute autre personne. Vous avez donné asile en votre château à un rebelle nommé Jacques de Maulevrier, ou s'il n'y est point encore il va s'y rendre, assuré d'y trouver un refuge contre la justice du roi. Je vous fais cette lettre pour que vous ayez à me le livrer sur-le-champ, s'il est déjà à Saulieu, ou pour que vous ayez à le livrer s'il s'y présente plus tard. La personne qui vous remettra ceci a toute ma confiance, elle vous dira tout ce que vous devez savoir, je désire que vous ne lui fassiez aucune question. Elle vous entretiendra aussi d'un autre sujet, pour lequel vous lui donnerez toutes les satisfactions qu'il vous sera possible, cela me sera fort agréable et aussi au roi notre sire, qui s'y intéresse beaucoup. Sur ce, madame la marquise de Saulieu, j'espère vous trouver obéissante et je vous prie de me croire tout à vous,

» RICHELIEU. »

La lettre, écrite en entier de la main du cardinal,

était par cela même une haute faveur. Madame de Saulieu la relut deux fois.

— Madame, dit-elle ensuite, veuillez assurer Son
Éminence de mes très-humbles services, et ajoutez
qu'elle a été trompée de tous points. Jacques de Maulevrier ne saurait être un rebelle, c'est le plus loyal
chevalier de toute la province.

— Le duc de Montmorency était l'homme noble par
excellence, madame, cependant sa tête est tombée sous
une accusation méritée de haute trahison. Jacques de
Maulevrier était l'ami du maréchal de Montmorency,
vous comprenez le reste.

— Je ne défends point ce que j'ignore, madame. La
noblesse de France n'aime point à être opprimée, con-
damnée, et peut-être y a-t-il une différence à faire
entre la résistance à faire au cardinal et celle aux ordres de Sa Majesté. Ce dont je suis sûre, c'est que Jacques
de Maulevrier n'a point forfait à l'honneur, ce dont je
suis sûre, c'est qu'il n'a point paru au château de Saulieu
jusqu'à présent, enfin ce dont je suis plus sûre encore,
c'est que s'il y était venu demander asile, si je l'avais
accordé, s'il y venait plus tard, je ne le livrerais à personne, fût-ce au roi lui-même, dût ma tête de quatre-
vingt-trois ans tomber comme celle du glorieux Montmorency dont vous avez tout à l'heure prononcé le
nom.

— C'est votre dernier mot, madame la marquise ?

— Mon dernier mot et ma dernière résolution, madame ; Catherine de Rochegude, marquise de Saulieu, rendra à ses petites-filles l'héritage de leurs pères tel qu'elle l'a reçu, le blason sans tache, la fortune sans perte ni dissipation.

— Vous ne pensez pas, madame, à la suite de cette superbe réponse, M. le cardinal n'aime pas qu'on le refuse.

— Monsieur le cardinal ne peut exiger de moi ni ma honte, ni mon parjure. Je suis prête à mourir pour le roi, si le roi l'exige, mais jamais je ne consentirai à une lâcheté, le roi m'ordonna-t-il de la commettre.

— Madame, insista l'étrangère, très-émue, prenez garde !

— Je ne crains rien, encore une fois. Le roi est le maître de ma vie, non de mon honneur.

— Je serai donc obligée de laisser ici garnison, madame la marquise.

— Le château de Saulieu appartient à Sa Majesté, puisqu'il est à la maison de mon fils ; on y recevra ses soldats comme déjà ces vieilles murailles ont abrité les soldats des rois, ses prédécesseurs, en amis et en alliés.

L'inconnue garda le silence quelques instants. Madame de Saulieu attendait, avec l'exquise politesse du temps, qu'elle ajoutât quelque chose ; elle reprit :

— Voici la première partie de ma mission terminée, madame, je rendrai votre réponse à Son Eminence ; puisque vous refusez de vous laisser fléchir, je souhaite que vous ne vous en repentiez pas. Il me reste main-

2.

tenant à vous parler d'autre chose. C'est une entreprise délicate et pénible, j'en conviens, mais peut-être aussi votre cœur recevra-t-il quelque soulagement de ce que vous allez entendre. C'est toujours de la part de M. le cardinal, de la part du roi, et vous m'écoutez, n'est-ce pas?

— Madame, c'est mon devoir...

— Eh bien... Eh bien... vous avez une fille...

La physionomie de la marquise changea subitement, elle était froide, hautaine, bien que résignée, elle devint triste, désespérée, outrée de douleur et de colère.

— Madame, interrompit-elle en se levant, pas une syllabe de plus, c'est assez.

— De la part du roi, madame!

— C'est un ordre de Sa Majesté?

— Oui, madame!

Alors elle se rassit, mais les larmes tombèrent une à une sur ce visage vénérable, des larmes sortant du cœur, de ces larmes qui ressemblent à des gouttes de lave et qui creusent leur sillon partout où elles passent.

— Parlez donc alors, puisqu'il le faut.

— Vous avez une fille, madame, pardonnez-moi si je vous afflige, mais cela est nécessaire. Cette fille, vous ne l'avez pas vue...

— Depuis vingt ans, madame, depuis le jour où elle a quitté la maison paternelle sans dire adieu à sa mère.

L'accent et le regard de la marquise étaient sublimes

de tendresse et de résignation. L'inconnue hésitait et sa voix était pleine d'une émotion mal déguisée. Elle eut besoin de reprendre un peu de courage pour continuer :

— Votre fille, madame de Saulieu... vous a écrit plusieurs fois, madame la marquise, elle a tenté d'obtenir votre pardon, elle vous l'a demandé humblement agenouillée au seuil de votre porte, vous avez refusé de la recevoir.

— Je l'ai refusé.

— Et maintenant votre fille n'est plus jeune, votre fille a besoin de l'affection de sa mère, elle a besoin de son indulgence et de sa bénédiction, elle vous conjure de les lui accorder.

— Jamais...

— Le roi, Son Eminence le désirent...

— Je ne le veux pas.

— Elle a bien souffert !

— Elle ! elle a souffert, cette créature sans âme et sans entrailles qui a condamné ma vieillesse aux regrets, à l'abandon, qui a franchi sans sourciller le seuil de cette porte, où elle est revenue s'agenouiller plus tard, quand le besoin et l'inconstance l'ont isolée à son tour. Oh ! madame, je ne sais qui vous êtes, ce masque qui me cache vos traits ne me permet pas de deviner votre cœur, je ne sais si vous avez des enfants, mais certainement vous avez eu une mère, vous comprendrez peut-être alors ce que j'ai senti, ce que je

sens encore en ce moment; j'ai quatre-vingt-trois ans,
bientôt Dieu me rappellera, et la main de ma fille ne
fermera pas mes yeux, et mes petites orphelines ne seront point remises par moi entre les bras de leur
tante. Comprenez-vous cela, madame, le comprenez-
vous?

— Il dépend de vous qu'il en soit autrement, madame la marquise; d'un mot vous changez le sort de
vos derniers jours, vous retournez en arrière de bien
des années, vous retrouverez les joies d'autrefois, les
souvenirs et même les espérances...

— Des espérances à mon âge!

— Oui, des espérances et Dieu les justifiera, si vous
vous souvenez de ses commandements : « Pardonnez-
moi mes offenses comme je pardonne à ceux qui m'ont
offensé. »

— Offensé! ma fille! offensé, mon Dieu! Depuis bien
des années mes lèvres étaient fermées sur ce nom;
puisqu'elles se rouvrent aujourd'hui, écoutez-moi, madame, ensuite vous n'oserez plus plaider la cause de
celle qui vous envoie. Je ne suis pas un juge inexorable; si madame de Saulieu, tel est son nom, m'avez-
vous dit, si madame de Saulieu s'était laissé entraîner
par une passion irrésistible, si madame de Saulieu, coupable d'une faute, quelque grave qu'elle fût, en eût
fait pénitence et fût venue vers moi pour implorer ma
clémence maternelle, si je l'eusse sue malheureuse
surtout, nul doute que je n'en eusse accordé le par-

don, et qu'elle n'eût trouvé un refuge sur ce sein qui l'avait portée.

— Eh bien, madame, cela n'est-il pas arrivé ainsi?

— Non, madame, cela n'est point arrivé ainsi. Ma fille a suivi un misérable...

— Madame!...

— Un misérable, je le répète; ma fille m'a abandonnée, mais ce qui est affreux, ce qui est horrible, c'est que ce misérable, elle ne l'aimait point, c'est que moi, sa mère, elle ne m'aimait point; c'est que ma fille est une sans cœur, je vous l'ai dit, une ambitieuse, un miracle d'orgueil et que ses remords mêmes ne sont peut-être que de la colère. Je la connais.

— Vous la méconnaissez au contraire. Elle vous aime, elle vous a toujours aimée, elle n'a point suivi un misérable. L'homme qui l'a entraînée mérite l'admiration de tous.

— Lui a-t-il donné son nom? demanda amèrement la marquise, alors pourquoi s'appellerait-elle madame de Saulieu.

L'inconnue fit un mouvement.

— Il ne pouvait pas lui donner son nom, un obstacle invincible les séparait.

— Il l'a donc délaissée!

— Vous oubliez, madame, qu'il m'est interdit de répondre à vos questions. Je veux bien vous dire pourtant que vous ignorez complétement l'histoire de cette union. L'homme que vous supposez n'est point celui qu'avait choisi votre fille, elle a l'âme trop haute pour cela, il ne m'est point permis, quant à présent, de vous apprendre la vérité; peut-être vous sera-t-elle révélée un jour ; d'ici-là, suspendez votre jugement, n'accusez point sans preuves, n'accusez point votre enfant surtout, votre enfant, dont le vœu le plus cher est de se jeter à vos pieds.

Madame de Saulieu tomba dans une profonde rêverie, elle regardait fixement l'inconnue, elle examinait sa taille, ses cheveux, ses mains, jusqu'à sa toilette, et, à mesure qu'elle avançait dans cet examen, elle devenait pâle et tremblante.

— Qui êtes-vous donc, dit-elle lentement, qui êtes-vous donc, vous qui venez ici chargée des paroles d'une fille pour sa mère, et qui ne montrez pas votre visage? qui êtes-vous, je veux le savoir, j'en ai le droit.

Pour toute réponse l'étrangère lui désigna du doigt le passage de la lettre du cardinal où les questions lui étaient interdites.

— Je ne ferai point de questions sur le service du roi, s'écria la marquise, éclatant enfin de désespoir, mais j'en ferai sur ma fille et sur sa messagère, il n'est pas de puissance humaine qui puisse m'en empêcher. On ne m'effraye pas facilement, vous l'avez vu. Tout à l'heure j'offrais ma vie pour défendre mon hôte, je puis bien la risquer pour ma fille, toute coupable qu'elle soit, je suis mère après tout!

— J'attendais ce cri, madame, et je n'en demande

pas plus aujourd'hui à votre ressentiment, je le porterai
à celle qui m'envoie pour la consoler et lui donner un
peu de patience, soyez bénie, vous qui l'avez prononcé.

Madame de Saulieu écoutait à peine, elle continuait
son examen, l'inconnue se sentit gênée par ce regard,
elle se leva.

— Je prends congé de vous, madame, obligée que je
suis de partir tout de suite. Je tâcherai d'obtenir que
Son Éminence ne conserve point de rancune pour votre
refus, je reviendrai, j'espère et vous me connaîtrez
mieux alors.

— Je veux vous connaître sur-le-champ ! s'écria-
t-elle !

Et avec une force dont on ne l'aurait pas jugée
capable, elle se précipita vers l'inconnue et lui arracha
son masque. A peine eut-elle aperçu ses traits qu'elle
tomba évanouie de toute sa hauteur sur le carreau.

III

LES BORDS DE LA VIVE

Le même soir, un peu avant le coucher du soleil, un
jeune homme, vêtu d'un simple costume de clerc, marchait lentement sur la route de Poitiers à Vivonne. Il
portait sur son épaule un bâton noueux au bout duquel une serviette, attachée les quatre bouts ensemble,
contenait sans doute son bagage de campagne. Son

chapeau, enfoncé sur ses yeux, cachait une partie de son visage, ce que l'on en pouvait entrevoir semblait soucieux et triste, il côtoyait les arbres de la forêt, la tête basse, et, s'il rencontrait un voyageur, au lieu de répondre gaiement à son salut de bienveillance, il touchait à peine le bord de son feutre, sans prononcer une parole.

Il arriva vers sept heures à la petite ville et s'arrêta avant d'y entrer, pour examiner scrupuleusement son costume, ensuite il prit résolûment la grande rue et alla tout droit vers un cabaret borgne, annoncé aux passants par un énorme bouchon de feuillage. Il jeta de la porte un regard scrutateur, enfin il se décida à y pénétrer, au risque d'être asphyxié par l'odeur nauséabonde qui s'en exhalait. Cette pièce était fort obscure, à peine éclairée par un lampion fumeux, il choisit pourtant le coin le plus obscur encore, s'assit devant une table boiteuse et paya une chopine de vin. Aussitôt qu'on l'eut servi, il devint le point de mire de tous les buveurs et chacun se demanda quel était ce jeune cadet, si retiré, si triste, si caché dans ce coin noir. Il n'eut pas l'air de voir cette préoccupation et continua tranquillement, en apparence du moins, cette réflexion solitaire.

Il était assis depuis une demi-heure environ, lorsqu'un autre homme, presque aussi jeune que lui, plus simplement vêtu encore, entra dans l'auberge. Il s'arrêta aussi au bord de la porte, regarda dans l'intérieur, et dès qu'il aperçut le premier voyageur, il marcha droit vers lui.

Celui-ci se leva, et tendit la main.

— Donne, dit-il.

— Je n'ai rien, répondit l'autre, elle est absente.

— Absente, mon Dieu! comment faire alors?

— M'envoyer à celle qui vous attend, qui vous désire, vous êtes certain de la trouver prête et de n'être point refusé.

— Partie! partie! ne sais-tu où elle est allée? demanda-t-il, sans répondre à son compagnon.

— Nul ne le sait au château, elle n'a emmené que deux de ses femmes et un laquais.

— Le jeune homme mit ses coudes sur la table et cacha son visage.

— Ne vous laissez point abattre, monsieur, que ferions-nous, je vous le demande? De la résolution, au contraire, et de la patience, c'est la seule manière de nous en tirer. Écrivez un mot, donnez-le-moi, je cours où vous savez, et je reviens de même. Allons! hâtons-nous.

Le jeune homme leva la tête et regarda fixement celui qui parlait.

— Mais c'est une mauvaise action que tu me proposes là. Tu veux que je lui offre de partager mon sort, que je la jette dans ce gouffre où je vais tomber moi-même, je ne le ferai point.

— Écoutez-donc et vous verrez.

I. 3

Leurs têtes se rapprochèrent et ils se parlèrent bas pendant plus d'un quart d'heure, le clerc céda enfin aux observations de son confident, il sortit de sa poche un encrier, une feuille de papier, et écrivit quelques mots très-vite, l'autre jeune homme se hâta de les prendre et quitta la maison.

Cependant, une conversation animée avait lieu entre les buveurs. On commençait à se renvoyer les épithètes de maraud, de bélître, et tout le vocabulaire du temps, changé maintenant comme les mœurs. Il s'agissait du duc de Mortemart, annoncé depuis quelques semaines à Vivonne, et qui n'y avait point encore paru.

— Et moi je te dis que monseigneur arrive ce soir, on a ouvert toutes les fenêtres du château.

— Monseigneur ne viendra point.

— Je gage que si!

— Je gage que non!

— Tiens, entends-tu ce bruit dans la rue? le voilà lui-même, cela t'apprendra à me contrarier.

Tous se levèrent et coururent à la porte. En effet un cortége passait, éclairé par les torches. Une litière entourée de gardes, de hoquetons, de pages; les rideaux baissés ne permettaient point de distinguer par qui elle était occupée, mais ce devait être une personne de grande qualité à en juger par le train qu'elle menait sur le chemin du roi.

Quand la dernière lumière eut disparu, les ivrognes

rentrèrent au cabaret, reprirent leurs places et leurs discours.

— Ce n'est point M. le duc, ce ne sont point ses livrées, je les connais bien apparemment.

— Non, ce n'est point M. le duc, dit le maître d'école, le plus savant de la compagnie, mais je sais bien qui c'est, je l'ai reconnu, et vous ne vous en doutez guère. Aussi vous n'avez pas été à la cour!

— Oui, comme toi pour y compter le linge sale de la cuisine, voilà ce qui te rend si fier.

— Insolent!

— C'est égal, va toujours. Qui donc se trouve dans cette litière?

— J'ai reconnu les hoquetons, ne faites pas semblant de rien, entendez-vous? ce n'est ni plus ni moins, que Son Éminence monseigneur le cardinal de Richelieu, ou quelqu'un de sa maison du moins.

— Miséricorde! et que viendrait-il faire ici?

Au nom de Richelieu le jeune homme avait vivement levé la tête, il fit même un mouvement pour parler, il se contint. Les paysans et le maître d'école continuèrent leur conversation, jusqu'à ce qu'un nouveau tapage les amenât encore à la porte, pour satisfaire leur curiosité. Plusieurs cavaliers marchaient en avant, d'autres les suivaient, c'était encore quelque grand seigneur en voyage. Un des hommes de la troupe se détacha, et s'approchant du groupe amoncelé devant l'auberge, il demanda un verre de vin.

— Je vous le donnerai volontiers, et pour rien, répondit l'hôte, si vous voulez me dire à quel seigneur
vous appartenez.

— Nous n'en faisons point de mystère : je suis à
M. le marquis de Fouquerolles, qui se rend au château
de Saulieu, ainsi que son frère, M. le comte d'Oston,
pour leurs mariages avec les petites-filles de madame
la marquise, leur grand'tante.

— Mon Dieu! murmura le jeune homme, encore cela.
Mais l'enfer est donc déchaîné contre moi?

Il écouta la suite de la conversation, il recueillait
avidement les paroles de cet homme et les observations qui les suivaient. Lorsque le cortége fut passé, il
revint à son banc et se laissa tomber la tête et les bras
sur la table, dans l'attitude de la désolation ou du sommeil.

— Je suis perdu! pensa-t-il. Encore si Gournay revenait, je saurais la vérité toute entière.

Gournay tarda une heure encore! Le moment vint de
fermer le cabaret, on pria le jeune homme de se retirer,
et d'une façon assez peu courtoise. On lui ferma la
porte au nez, on le poussa dans la rue, il fut forcé d'attendre tout en maugréant, enfin Gournay parut au bout
du chemin, il courut à lui.

— Eh bien, eh bien, dit-il, pourquoi as-tu tant
tardé?

— J'ai voulu tout voir, tout savoir pour tout dire.
Votre lettre est remise, mais la jeune demoiselle m'a

cherché partout pour vous conjurer de tarder quelque temps avant de vous présenter. Il y a au château une envoyée du cardinal ; elle est venue pour vous chercher, elle a eu une scène avec madame la marquise, à la suite de laquelle celle-ci s'est évanouie. Elle est fort malade, on ne sait ce qui arrivera. La dame étrangère demeure à Saulieu, et tout cela cache un mystère impénétrable jusqu'ici. Sur ces entrefaites sont débarqués les beaux fiancés...

— Je sais, je sais ; ensuite ?

— Ensuite voilà ce qui a été convenu avec la vieille Radegonde... Nous allons aller au bord de la Vive, à un endroit qu'elle m'a indiqué. Là nous trouverons une barque dont les avirons seront enveloppés de linges, afin de ne pas faire de bruit ; elle prépare tout en ce moment, malgré l'embarras que donne au château l'état de madame de Saulieu. Nous monterons dans la barque, nous nous rendrons au pied de la muraille, où l'ombre des arbres empêchera de nous apercevoir, en nous tenant cachés au fond du bateau, et là nous attendrons qu'on puisse nous ouvrir la petite porte du fossé, celle où passent les pêcheurs, le vendredi matin, vous vous le rappelez.

— Parfaitement.

— Allons donc doucement vers la rivière, on ne nous introduira pas avant deux ou trois heures du matin.

— Gournay, je suis bien malheureux !

— Hélas ! monsieur, qui le sait mieux que moi ! Il

n'en faut pas moins aller jusqu'au bout, tout essayer
tout tenter ; si nous ne réussissons pas, au moins n'y
aura-t-il pas de notre faute. Du courage ! Marchons !

— Et Isabelle !

— Mademoiselle de Saulieu vous aime, elle ne con-
sentira point à se séparer de vous !

— Et si on la force ?

— On ne le pourra pas. D'ailleurs, nous en serions
prévenus, et nous agirions en conséquence.

— Tu veux me rendre le courage que je n'ai plus,
mon pauvre Gournay. Ah ! sans elle je ne défendrais
point ma vie, j'irais la livrer sur-le-champ. Qu'est-ce
que j'en pourrai faire, avec une carrière brisée, une
fortune perdue ?

— Et madame votre mère ?

— Tu vois, Gournay, quel est l'état de mon cœur, ma
bonne mère, que j'aime tant, je n'y pensais pas.

Ils avaient quitté la petite ville et suivaient un sen-
tier fleuri, au bord duquel un petit ruisseau serpentait
en murmurant. La lune s'était levée, elle éclairait de
sa lueur mélancolique tout ce paysage tranquille. Le
silence régnait partout : de temps en temps seulement
l'aboiement d'un chien, ou le cri d'un oiseau de nuit,
interrompait le calme de la nature, et Jacques de Maulevrier, que depuis longtemps sans doute on a reconnu,
se laissait aller involontairement à la rêverie. Il oubliait ses peines pour ne songer qu'à son amour. Il se
rappelait combien de fois il avait parcouru avec Isa-

belle cette route parfumée, sa mémoire lui présentait jusqu'aux moindres détails; il écoutait encore ces longues causeries, répétées en se promenant, les bras enlacés. Maintenant il était seul, il était proscrit, sa bien-aimée allait peut-être appartenir à un autre, si elle n'avait pas le courage de résister. Quel serait son avenir? Dieu seul le savait, hélas! Gournay respecta ses réflexions, il marchait à côté de lui, en serviteur fidèle, il songeait à la petite maison de ses parents, qu'il allait quitter pour son maître. L'idée ne lui venait pas de l'abandonner en cette circonstance douloureuse ; son dévouement allait jusqu'à la mort.

Depuis un instant ils apercevaient à travers les feuilles une petite lumière immobile, à un endroit où jamais ils n'avaient connu de chaumière. Ils s'arrêtèrent spontanément et se consultèrent avant d'aller plus loin. C'était peut-être un piége, peut-être un ennemi inconnu.

— J'irai voir avec précaution, dit Gournay, n'allons pas tomber dans une souricière.

— Ce sont peut-être les gens de Radegonde qui préparent le bateau.

— Ils ne prendraient pas de lumière, ce n'est pas cela.

— Alors ce sont des pêcheurs d'écrevisses.

— Je vous en instruirai tout à l'heure, ne quittez pas cette place, monsieur, cachez-vous derrière ces broussailles, et ne répondez qu'à ma voix.

Le domestique partit, après avoir ôté ses chaussures pour faire le moins de bruit possible. Il avança à pas de loup ; tant qu'il fut sous le couvert des arbres, il ne redoutait pas grand'chose, mais le bosquet finissait brusquement, et au milieu d'une assez vaste clairière se trouvait un joli bâtiment tout neuf, une sorte de cabane ornée, couverte en chaume comme celles des paysans, mais entourée de fleurs, de mousse et de végétation de toute espèce. La maison n'avait qu'un rez-de-chaussée, des fenêtres à carreaux assez larges pour l'époque ; l'une d'elles était seule éclairée et répandait au loin la lumière qui les avait frappés. A peine Gournay eut-il mis le pied sur le gazon de la clairière, qu'un chien de moyenne taille, noir de la tête à la queue, sortit de la maison et s'élança vers lui, en aboyant. Il tâcha de retourner en arrière, mais le chien le suivit en aboyant toujours, et presque en même temps une vieille femme se montra à la porte de la chaumière.

— Ne craignez rien, si vous n'avez que des desseins paisibles, avancez sans trembler, s'écria-t-elle, Asmodée ne vous fera point de mal.

Gournay hésitait, pourtant le chien continuait ses cris et commençait à lui faire sentir ses dents au talon.

— Avancez franchement, ne vous cachez pas, vous dis-je, reprit la vieille femme, autrement vous aurez de la peine à vous en débarrasser.

— Que le diable emporte la satanée vieille et son roquet, murmura le valet, n'importe, payons d'audace, et voyons un peu ce qui se passe dans cette maison-là.

Suivant donc le conseil qui lui était donné, il marcha hardiment vers la chaumière, et en effet, selon ce qu'elle lui avait annoncé, le chien se tut comme par enchantement, se contentant de suivre pas à pas l'étranger, dont les intentions lui paraissaient moins suspectes, puisqu'il ne se cachait plus. La femme qui avait parlé attendait sur le seuil de la porte, et à mesure qu'il s'approchait d'elle son aspect étonnait de plus en plus le fidèle serviteur ; elle lui fit signe de venir tout à fait auprès d'elle. Lorsqu'il fut dans le cercle lumineux, dont la maison était entourée de ce côté, la vieille femme, qui le voyait alors parfaitement, dit :

— C'est bien cela, c'est justement cela que j'attendais ; entrez, jeune homme, et remerciez le hasard qui vous amène près de moi en cet instant.

Gournay était brave, même un peu aventureux, on l'a vu ; il était surtout profondément dévoué à son maître. Il flairait un danger, et il voulait l'essuyer d'avance, afin de n'y point exposer celui pour lequel il eût donné sa vie sans hésiter.

— Je bénirai le hasard ou la Providence, bonne mère, répondit-il, selon que votre accueil servira mes projets.

— Tu as donc des projets ?

— Qui n'en a pas dans ce monde ? Vous-même, ne formez-vous pas en ce moment celui de me tromper ?

— Je te pardonne, tu ne sais à qui tu parles. Hâte-toi

3.

d'entrer, l'heure est favorable, plus tard elle ne le serait point, je le crains, hâte-toi.

Elle s'effaça pour livrer passage à Gournay, qui fut ainsi obligé de la toucher presque. En jetant les yeux sur elle, il resta frappé d'étonnement et faillit reculer en arrière.

— N'aie donc pas peur, enfant, et va où ton destin t'appelle.

— Peur! je n'ai point peur des hommes, mais j'ai peur des mauvais esprits, et tu ne portes point là un accoutrement chrétien. Ah! mon Dieu! ajouta-t-il, lorsqu'il fut entré dans la maison, qu'est-ce que tout ceci?

Le lieu où il se trouvait était bien propre en effet à causer une surprise réelle, jamais cabinet d'histoire naturelle et de chiromancie ne porta un aspect plus saisissant. C'était une grande pièce lambrissée de chêne, avec le plafond pareil : le sol était en marbre noir luisant, couvert au milieu d'un tapis de laine noire brochée de rouge. Des animaux empaillés, suspendus à des cordes mobiles, s'entrechoquaient au moindre vent et produisaient un bruit sinistre et indéfinissable. Des hiboux, des chats-huants, voire même un grand-duc, se trouvaient placés sur un perchoir, avec une chaîne à la patte sur de petites consoles attachées à la muraille. Tout cela roulait des yeux effroyables, se disputait souvent une proie, et criait à qui mieux mieux.

Ce n'était pas tout : des chats noirs de toutes les tailles, vieux et jeunes, grands et petits, se promenaient, dormaient ou jouaient les uns avec les autres, pendant que le balancier d'une pendule immense augmentait par son mouvement monotone et uniforme la mélancolie involontaire qui pénétrait l'âme dans cette mystérieuse demeure. Des fioles de verre et de faïence, aux mille couleurs, des alambics, des instruments inconnus, des tableaux inexplicables, une immense table encombrée de livres et de grimoires, complétaient l'ameublement.

Quant à la maîtresse elle-même, son costume était aussi extraordinaire que le reste. Elle portait une longue robe à queue, composée de mille plis. L'étoffe, d'un rouge de sang, était fine et forte en même temps ; son bonnet, semblable à la couronne ducale de Venise, était de la même couleur que sa robe ; ses cheveux, entièrement blancs, tombaient en nattes tout autour de sa tête, et, par une idée singulière, un bouquet de roses, les plus fraîches et les plus éclatantes, embaumait à son côté. Elle avait dû être belle, ses traits indiquaient positivement une origine étrangère et méridionale. Ses yeux brillaient comme deux étoiles, et ses dents, qu'elle montrait avec affectation, étaient aussi blanches, aussi bien rangées qu'à vingt ans. Sa taille élevée et admirablement prise, avait quelque chose de majestueux, elle marchait comme une reine.

Lorsque Gournay eut bien examiné tout cela, il regarda un peu en arrière et se repentit intérieurement

d'être venu. En suivant le bord de la Vive, ainsi qu'il
lui avait été recommandé, il eût évité cette maudite
maison, où Satan tenait ses assises, et ni lui ni son
maître, n'aurait couru le moindre danger.

— Assieds-toi là et lève les yeux, dit-elle, il faut que
j'y puisse lire à mon aise.

— Dans mes yeux ! et pourquoi faire ?

— Tu es bien curieux, mon garçon. Ah ! oui, c'est toi
et ce n'est pas toi, ajouta-t-elle en écartant ses cheveux ; ton maître est dans les environs, va le chercher.
C'est à lui que je dois tout dire.

— Mon maître ! Je n'ai point de maître.

— Allons donc ! reprit-elle en haussant les épaules,
tu n'as point de maître ! Tu en as si bien un que le
voici.

En effet, M. de Maulevrier était debout à l'entrée de
la porte.

IV

LE NEUF DE PIQUE

Gournay se leva vivement et se plaça entre Jacques
et la vieille, la main sur son poignard, caché dans sa
ceinture, et prêt à le défendre envers et contre tous.

— Que diable fais-tu là ? demanda le jeune homme.

— Demandez à madame, monsieur le c..., c'est-à-
dire demandez à madame, mon ami. J'ai l'esprit si

troublé que je ne sais, en vérité, plus la signification de mes paroles. Elle peut mieux que personne te renseigner sur ce qui se passe ici.

— Il se passe que tu extravagues et que tu fais des contes de la Mère l'Oie, jeune homme. Ce seigneur est ton maître, vous vous cachez tous les deux ; mais, si vous n'y prenez garde, vous allez vous perdre ensemble. Il suffit de vous éclairer sur le danger pour que vous l'évitiez, si vous êtes des hommes raisonnables.

— Oh! oh! pensa Jacques, n'est-ce point là un espion du cardinal ? Tenons-nous ferme et jouons serré.

Il se mit à rire tout haut avec un air de franchise et de bonne humeur à dérouter les soupçons le plus rebelles.

— Ah! mon Dieu! poursuivit-il, vous êtes bien savante, madame, et ce que vous dites là est la pure vérité, excepté que je ne suis point un seigneur. Il est, en effet, mon valet, et je me cache, afin d'éviter cette maudite soutane, à laquelle on me condamne, quand j'aurai fini mes études, je n'en veux absolument pas entendre parler. Nous arrivons de Poitiers tout d'une haleine, je crois bien qu'on nous poursuit, et si vous pouvez nous aider à éviter la férule de mes parents, je vous en récompenserai bien.

— Ah! ah! fit la vieille rêveuse en portant sur le comte un regard scrutateur, nous allons voir cela de plus près. Asseyez-vous là.

— En face de vous ?

— Oui, absolument en face.

— Très-volontiers. Mais, je vous en prie, dites-moi à quoi vous servent cette foule d'animaux qui assourdiraient un mort. Comment voulez-vous qu'on s'entende au milieu de tout cela ?

— Nous nous entendrons parfaitement tout à l'heure, et vous oublierez les animaux, un peu de patience. Ces animaux, ce sont mes amis, mes confidents, depuis que j'ai renoncé à l'espèce humaine, et que je la couvre de mon mépris.

— Bien obligé !

— Oh ! vous penserez comme moi plus tard, quand vous serez détrompé des folies du cœur, des rêves de l'ambition, de la croyance en vos semblables ; quand vous aurez assez souffert pour ne plus sentir vos douleurs, ni vos joies, vous me comprendrez, et vous vous souviendrez de moi.

M. de Maulevrier se sentit intéressé malgré lui par l'accent profond de cette femme. Elle disait vrai, certainement ; sa physionomie présentait en ce moment une analogie complète avec ses paroles. Elle arrangeait avec distraction des tarots sur sa grande table. Gournay, moins facile à impressionner que son maître, le tirait incessamment par sa manche, en lui répétant :

— L'heure passe, monsieur, voici bientôt le moment, partons.

Un charme indéfinissable, une curiosité ardente, re-

tenaient le comte à sa place. Il eût voulu percer le
mystère de cette créature étrange, et il s'humiliait,
malgré lui, devant sa puissance.

— Que voulez-vous de moi? demanda-t-il, voyant
qu'elle se taisait.

— Je veux que vous sachiez ce qui vous menace et
que vous suiviez mes conseils. J'ai en vain parlé à
votre père autrefois, il ne m'a pas écoutée, vous savez
quelle mort fut la sienne.

— Vous avez connu mon père!

— Je vous ai vu naître, je vous ai tenu sur mes genoux et bercé bien des fois ; vous ne vous souvenez
plus de moi, je ne reste dans vos souvenirs que comme
un rêve ! nous nous retrouvons aujourd'hui, nous nous
retrouverons plus tard, tout cela est écrit.

— Je ne me rappelle point vous avoir jamais vue.

— Ingrat! quoi, vous ne vous rappelez pas une
belle fée, toute blanche, qui vous apportait des fleurs,
qui se penchait la nuit sur votre berceau, qui vous
menait jouer le matin au bord de la Vonne, et qui vous
cueillait les plus belles cerises, les plus beaux raisins?
Vous ne vous rappelez pas les contes dorés qui vous
endormaient, pendant que vous vous rouliez à mes
pieds sur la mousse? Oh! je n'ai rien oublié, moi ! Je
vous ai cherché souvent depuis, sans oser me montrer
à vous. J'ai attendu avec patience, je savais que le jour
viendrait, et il est venu!

Jacques cherchait jusqu'au fond de sa mémoire, et il

y retrouvait une idée confuse, une forme vague, in-
décise, se rapportant à ce que lui disait la pythonisse.
Cependant il ne le lui avoua pas, il pouvait se tromper,
cette femme pouvait être devenue ennemie, elle était
peut-être envoyée pour le perdre, ou peut-être lui ra-
contait-elle une fable au hasard, pour l'éprouver, pour
obtenir de lui ce qu'il ne disait pas. Voyant qu'il se
taisait, elle reprit :

— Vous ne vous souvenez plus de Ryna ?

— Ryna ! oh ! je m'en souviens !

Ces mots lui échappèrent, il eût voulu les reprendre.

— Vous vous souvenez de Ryna, Jacques ! Eh bien,
Ryna c'est moi, Ryna, la belle fille, est devenue en si
peu d'années la vieille femme décrépite que vous voyez.
Croyez-vous que j'aie souffert ?

— Ryna ! reprit-il, combien de fois ce nom a frappé
mon oreille, et dans mon enfance et depuis que je suis
homme. Ryna ! combien ma pauvre mère l'a pleurée,
cette Ryna qu'elle aimait tant ! Elle la croit morte, et
Ryna est morte. Ryna aurait plus de quarante ans de
moins que vous, Ryna serait jeune encore. Vous me
trompez, vous n'êtes point Ryna.

— Je m'y attendais, reprit la solitaire avec mélancolie, j'en étais sûre, et voilà pourquoi je ne me suis
pas révélée plus tôt. Qui pourrait reconnaître Ryna
sous ce visage, sous ces cheveux blancs ? Qui ne me
dénierait pas mon origine en entrant dans cette maison ? La mère qui m'a mise au monde, la vôtre qui m'a

vu élever près d'elle, ne me reconnaîtraient pas plus
l'une que l'autre, je le sais, je le sais bien, je ne m'en
étonne pas.

M. de Maulevrier écoutait avec surprise cette femme
extraordinaire ; il cherchait à lui appliquer les récits
qu'il avait entendu faire tant de fois dans sa famille, et
ne retrouvait pas une trace de cette beauté, de cette
pureté, de cette douceur tant vantée.

— Non, non, dit-il, ce n'est pas elle ! ce ne peut pas
être elle ! Partons, Gournay, l'heure est proche.

— Gournay ! tu es un Gournay, toi ? Au fait, j'aurais
dû te reconnaître, tu ressembles à ton oncle le man-
chot et un peu aussi à ta mère Pierrette la chanteuse !
C'était une jolie fille que Pierrette la chanteuse ! Nous
avons souvent cueilli ensemble des noisettes là-bas, du
côté de la grande futaie ; a-t-elle encore la cicatrice
qu'elle s'est faite en montant aux arbres, pour dénicher
les merles ?

— Jésus ! monsieur, elle connaît ma mère comme
moi-même. Ce pourrait bien être mademoiselle Ryna
de M...

— Ne prononce pas le nom de mes pères ici, enfant,
ou ce toit s'écroulerait sur notre tête.

Une terreur véritable agitait ses traits, en prononçant
ces mots ; elle regardait tout autour d'elle, comme si
un ennemi invisible eût dû veiller sur ses paroles et la
punir d'une infraction à ses ordres. Les deux jeunes
gens se sentirent frissonner, l'émotion de cet être sin-

gulier, vraie ou fausse, les gagnait peu à peu, le charme
magnétique opérait sur leurs vives imaginations.

— Vous voyez ce que dit Gournay, reprit-elle, lorsqu'elle fut un peu remise, et si, pour vous convaincre,
vous voulez d'autres preuves, ne craignez pas de m'en
demander. Il me faut votre confiance, il me la faut tout
entière. Vous êtes dans une position dangereuse, plus
dangereuse que vous ne le supposez même, je veux
vous en retirer, je veux que vous soyez heureux à
l'avenir, si toutefois vous pouvez l'être ; c'est ce que
nous verrons tout à l'heure ; coupez ces cartes et n'ayez
ni craintes, ni distractions.

Il obéit machinalement. Elle tira les tarots les uns
après les autres, les plaça dans un certain ordre sur la
table, en prononçant des paroles inconnues et en comptant des nombres fabuleux. Aussitôt qu'elle y eut mis
la main, trois gros chats, les ancêtres des autres, dont
les prunelles de feu étincelaient dans leur robe noire,
accoururent de différents côtés et se placèrent en
triangle autour du jeu. Les hiboux redoublèrent leur
tapage, il y eut quelque chose de saisissant et de bizarre dans toute cette préparation.

— Ah ! dit-elle enfin tout haut, mon pauvre Jacques,
vous êtes amoureux.

Il y a toujours un amour quelconque dans la destinée
d'un homme de vingt-cinq ans.

— Vous êtes aimé autant que vous aimez vous-même.
C'est une belle jeune fille destinée à bien des larmes.

Elle a l'âme d'une vierge et le cœur d'un héros. En ce moment la mort plane sur sa maison, et cette mort change toute sa destinée. Armez-vous de courage, pauvre amant, elle va se marier.

Jacques bondit comme un faon blessé.

— Cela n'est pas, cela ne peut pas être, Isabelle ne brisera pas nos serments ; c'est une noble fille, elle n'appartiendra qu'à moi.

— Elle appartiendra à un autre avant que trois jours se soient écoulés, et vous ne devrez ni l'accuser, ni la haïr. Je dis plus, vous-même y consentirez.

— Moi ! je suis très-tranquille alors, cela ne sera point, car je n'y consentirai jamais !

— Malheur ! malheur ! vous avez beaucoup à souffrir aussi, vous. Voyez-vous cette carte fatale, ce neuf de pique placé là, près de votre étoile ? Tant qu'il ne la quittera point, ne comptez sur rien en ce monde. Vous allez courir risque de la vie, et vous échapperez néanmoins, vous irez à l'étranger, vous avez quelque chose d'extraordinaire dans votre avenir, on vous croira... Mais, qu'est-ce que je vois, mon Dieu ! interrompit-elle tout à coup, en devenant pâle comme un linge. Quelle est cette femme, première cause de tous vos maux. Ah ! cette femme je la connais, je la connais, je la sens, je la vois, c'est elle ! Maudite ! maudite !

Sa voix s'élevait à mesure que son exaltation augmentait, ses yeux semblaient prêts à sortir de leurs orbites, ses mains tremblaient, ses lèvres devenaient violettes, ses dents claquaient, elle était effrayante.

— Elle encore, mon Dieu ! toujours elle. Ah quoi ! je la retrouverai donc toujours. Ah ! elle n'est pas loin d'ici, c'est elle qui a porté la mort dans la maison de votre bien-aimée, c'est elle qui vous poursuit, comte, prenez garde ! prenez garde !

Un des chats poussa un miaulement plaintif, qui fit frémir les deux auditeurs jusque dans la moëlle des os.

— Écoutez, Jacques, reprit-elle très-vite, vous allez bientôt voir celle qui vous est chère, vous allez être sauvé par elle, croyez-vous, c'est une erreur. Vous courez près d'elle un danger immense, vous allez vous-même chercher ce que vous devez fuir. Prenez ce talisman, et attachez-le sur votre poitrine. Vous ne pourrez périr, tant que vous le conserverez, ni par le fer, ni par le feu, ni par l'air, ni par l'eau. Lorsque vous vous trouverez en péril, placez votre main droite, sous ce sachet, prononcez trois fois le nom de Ryna, comptez jusqu'à neuf, et, quelque chose qui arrive, vous ne succomberez point. Trois fois cette amulette vous sauvera la vie, vous ne m'oublierez plus alors.

— Que contient ce petit sac ? N'est-ce pas quelque pratique du diable, à laquelle un chrétien ne doit point céder ?

— Ce sac, vous le voyez, ne contient qu'une chose, un neuf de pique, ni plus ni moins. Ce n'est pas ma main qui vous conduira dans la mauvaise route, fils de Catherine mon aimée, ne me redoutez pas.

L'imagination de M. de Maulevrier se frappait de plus en plus; il prit le talisman lorsqu'elle l'eut refermé, et le suspendit sur sa poitrine, avec un ruban qu'elle lui donna également.

— Ne le quittez ni jour, ni nuit, entendez-vous? car le péril vous viendra souvent inattendu. Qu'il vous garde et qu'il vous préserve, comme il a déjà gardé une vie, la plus précieuse de toutes.

— Monsieur, monsieur, disait Gournay impatient, l'heure avance, partons, partons vite, nous manquerons le rendez-vous.

Quant à M. de Maulevrier, complétement sous le charme, il ne pouvait s'arracher à ce dangereux besoin de connaître l'avenir, qui nous domine tous et qui nous entraîne souvent jusqu'à la déraison.

— M'aime-t-elle? demanda-t-il.

— Elle vous aime, et elle est digne d'être aimée.

— Cependant elle va, dites-vous, en épouser un autre?

— Oui, et malgré cela elle restera la plus noble, la plus fidèle des créatures, et vous l'admirerez et vous l'adorerez. Mais pourquoi me faire répéter tout cela? Oh! je demande pourquoi, comme si je ne savais pas qu'il est des choses qu'on ne répète et qu'on n'entend jamais assez. Partez maintenant, allez où l'amour vous offre un asile; cachez-vous bien, la trahison et le danger sont au milieu de vous. Je veillerai sur votre vie, ces cartes viennent de me révéler ce que j'étais loin de soupçonner. Hélas ! mon avenir comme le vôtre est à Saulieu.

— Votre avenir ! s'écria le jeune homme.

— Oui, mon avenir. Vous êtes étonné, n'est-ce pas? qu'une femme de mon apparence parle de son avenir. C'est que mon avenir est vaste, à moi, mon avenir c'est mon passé, ce sont les conséquences, c'est la vengeance de ce passé terrible, si long et si lentement écoulé. Oh! la vengeance! la vengeance!

— Madame, reprit Jacques en se levant, le bon Dieu nous fait dire dans sa prière: *Pardonnez-nous nos offenses comme nous pardonnons à ceux qui nous ont offensés.* Vous ne voulez donc pas qu'il vous pardonne.

Après ces paroles il croisa son manteau sur sa poitrine et marcha vers la porte.

— Un instant, mon fils, un instant encore. — Vous verrez bientôt votre mère.

— Ma mère ! murmura-t-il, là-haut peut-être !

— Non, bientôt, ici-bas, sur la terre ; donnez-moi votre parole de gentilhomme que vous ne lui révélerez pas mon existence avant que je vous en aie accordé la permission.

— Pourquoi vous cacher de ma mère, si vous êtes véritablement Ryna? Ma mère qui vous aimait tant, ma mère, qui chaque jour de sa vie prie Dieu pour Ryna, en récitant la parole de l'enfant prodigue. Non, si vous êtes Ryna, vous ne pouvez vous cacher de ma mère, c'est impossible, ou vous n'êtes pas Ryna.

— Appelez mon cœur, Jacques, appelez-le, lui qui depuis tant d'années a cessé de battre, il restera sourd, excepté pour votre mère, excepté pour vous, mais je ne puis voir votre mère, je ne puis consentir à me révéler à votre mère, car le fait seul de mon existence lui apprendrait un secret qu'elle doit ignorer toute sa vie peut-être, toute la mienne au moins. Si la comtesse soupçonnait la vérité, elle la devinerait tout entière, alors, entendez-vous bien, Jacques. Alors le même danger qui vous entoure vous-même l'entourerait aussi. Moins jeune, moins forte que vous, elle y succomberait, elle y succomberait innocente, et ce crime-là passerait tous les autres. Adieu, ne m'interrogez plus, car je ne vous répondrai pas un mot. L'heure est passée.

Elle ferma les cartes en même temps, en même temps aussi les trois chats descendirent de la table, les hibous se tranquillisèrent, tout rentra dans l'ordre accoutumé, comme si un coup de baguette eût arrêté toutes ces machines à la fois.

M. de Maulevrier et Gournay se retirèrent, suivis en silence par Ryna, portant à la main une lampe antique, et semblant un bas-relief d'Herculanum descendu de la muraille. La perfection de ses formes, la beauté de ses traits, flétris avant le temps, mais beaux encore, mais réguliers et admirables, rendaient l'illusion complète. Elle resta debout à la porte pour les éclairer, tant qu'elle put les voir.

— La mort te suit, Jacques, dit-elle, dès qu'elle l'eut

perdu de vue, prends garde qu'elle parvienne à te dé-
passer !

V

LA FIN D'UN JOUR PUR

Cependant le château de Saulieu était dans le désordre et l'agitation la plus complète. L'évanouissement
de la marquise appela sur-le-champ les deux jeunes
filles cachées dans un cabinet de la tourelle, d'où elles
avaient tout entendu grâce à la présence d'esprit de
Béatrix, qui s'était rappelé cette issue. En un clin d'œil
tout le monde fut sur pied aux cris qu'elles poussèrent;
l'inconnue eût pu s'échapper dans ce bouleversement
général, sans que personne lui en demandât compte.
Elle remit son masque, presque aussitôt après qu'on le
lui eût arraché, et s'appuya debout sur le dossier d'un
fauteuil, immobile et silencieuse; elle ne donna pas de
soins à la malade, elle ne dirigea même pas ceux qui
lui furent prodigués. Elle semblait attendre, non pas
insensible, au contraire le mouvement de sa poitrine
révélait une vive émotion, mais paisible, et lorsque
madame de Saulieu fut couchée dans son lit, elle s'approcha de la ruelle, et prit sa main pendante en dehors
de la couverture. On le remarqua.

— Madame, dit vivement Isabelle, c'est vous qui avez
mis ma grand'mère dans cet état, vous ne resterez pas

auprès d'elle; si elle reprend sa connaissance et qu'elle
vous aperçoive, elle y retomberait encore; veuillez
vous retirer, je vous prie, vous êtes entrée ici malgré
moi, sortez-en de votre plein gré, si vous ne voulez
pas que je vous rende la pareille.]

L'inconnue n'entendit pas, ou du moins elle n'en fit
pas semblant; elle resta debout, à la place où elle se
trouvait, comme abîmée dans des réflexions doulou-
reuses. Madame de Saulieu, étendue, sans pouls, sans
mouvement, sans chaleur, allait rendre le dernier soupir. Le chapelain, tous les domestiques, les deux jeunes
filles entouraient son lit; un des gens était monté à
cheval, pour chercher un médecin à Vivonne; la con-
sternation régnait partout. Isabelle seule conservait la
fermeté de son caractère; cependant de tous c'était la
plus éprouvée. La présence de cette femme dont la mission lui était connue, lui soulevait le cœur, elle voulait l'éloigner à tout prix. Son audace la frappait et
l'offensait en même temps, elle revint à la charge et
la somma impérieusement de sortir. La présence des
domestiques lui imposa cette fois, il fallut répondre:

— Mademoiselle, dit-elle, je suis ici pour remplir un
devoir, et je ne quitterai point le château que ce
devoir ne soit rempli. Avant toutes choses les ordres
du roi.

— Ah ! oui, dit amèrement Isabelle, je me souviens,
vous avez un prisonnier à réclamer! Le lit de souffrance de madame de Saulieu ne vous est pas suspect,

I.   4

je pense, reculez-vous donc et ôtez-vous de ses regards,
c'est moi, sa fille, qui vous l'ordonne.

— Sa fille! murmura l'étrangère, se soutenant à
peine. Je m'éloignerai.

Mademoiselle de Saulieu marchait fièrement devant
elle, repoussant l'objet de sa colère et la forçant à se
reculer. Lorsqu'elle fut hors de portée elle la laissa, en
lui jetant un coup d'œil de mépris, qui se résuma par le
mot espion! qu'elle lui adressa à demi-voix. L'ambassadrice tressaillit, comme si un serpent l'eût piquée.

— Prenez garde, mademoiselle! répliqua-t-elle vivement.

Un mouvement et un cri de madame de Saulieu appelèrent tout le monde près d'elle, on oublia la dame
masquée, Isabelle même ne s'en souvint plus, sa grand'-
mère lui paraissait au plus mal. On envoya un second
messager, pour presser le médecin, l'inquiétude était
au comble, en ce moment même on annonça l'arrivée
de MM. de Fouquerolles. Béatrix regarda sa sœur, qui
pâlit à faire pitié.

— Allez recevoir messieurs mes cousins, dit Isabelle
à madame Legrand, apprenez-leur ce qui vient d'arriver,
faites-les conduire à leurs appartements, et dites que
ma mère les recevra aussitôt que cela lui sera possible.

Radegonde était accourue des premières, elle soutenait sa maîtresse dans ses bras, elle employait en vain
tout ce que la connaissance du tempérament de la
marquise lui inspirait de soulagement. Elle n'avait

point jusque là levé les yeux de ce lit de souffrance; l'ordre donné par Isabelle appela son attention, et ses regards tombèrent sur cette femme mystérieuse, présage nouveau de malheur, au milieu de cette famille éplorée.

— Oh! mon Dieu! dit-elle, cela est-il possible!

Et, laissant madame de Saulieu aux mains de ses suivantes, elle s'approcha.

— Votre nom, madame? demanda-t-elle brusquement.

— Mon nom n'est point fait pour vos oreilles, répliqua l'inconnue.

— Si je ne me trompe pas, au nom du ciel! au nom de votre père qui est près de Dieu! au nom de votre mère qui va y aller, peut-être! répondez-moi, me reconnaissez-vous?

— La douleur vous trouble l'esprit, ma bonne amie, pourrais-je vous reconnaître, puisque je ne vous ai jamais vue?

— Oh! pensa-t-elle, en se retirant, après une profonde révérence, ce n'est point elle, ce n'est pas sa voix, ce n'est pas sa taille non plus, pourtant je ne sais quel pressentiment m'annonçait son nom, mon cœur s'est déjà trompé tant de fois!

Madame de Saulieu se souleva elle-même et appela faiblement, Radegonde s'élança vers elle pour lui répondre et lui donner ce qu'elle désirait; ses paroles n'avaient aucune suite, sa raison bégayait encore. On lui fit avaler quelques gouttes de cordial, elle ouvrit les yeux et murmura :

— Où sont mes enfants?

— Ici, près de vous, chère mère.

— Oh! c'est bien, ne me quittez jamais, n'allez jamais loin de moi, mes bien-aimées.

Les deux jeunes filles se rapprochèrent par un mouvement involontaire et simultané.

— Mes enfants, ajouta-t-elle, je suis frappée à mort, j'ai vu une apparition.

— Une apparition, ma mère! C'est une illusion, une folie, ne songez point à cela.

— Je l'ai vue, et tenez, je la vois encore, là-bas, cette femme masquée, c'est elle! c'est elle!

Isabelle fit un geste de suprême désespoir vers cette représentation du mauvais génie, en lui montrant la porte; la marquise fermait les yeux pour ne plus la voir, pendant ce temps elle pouvait disparaître; elle ne bougea pas.

— Ma fille, demanda la marquise, mon Isabelle, m'aimez-vous?

— Plus que ma vie, ma mère.

— Cette femme est-elle-là, peut-elle encore nous entendre?

— Elle est là, ma mère.

Tant mieux, car je vais lui parler, sans la voir.

— Si je vous demandais de mourir pour moi, Isabelle, le feriez-vous?

— A l'instant, ma mère, et sans hésiter.

— Alors vous ne me refuserez pas si j'implore un autre sacrifice, si à mon dernier moment je vous dis : ma fille pour que je repose en paix dans ma tombe, vous allez donner votre main ici, près de mon lit de mort, à M. de Fouquerolles!

— Ma mère!

— Écoutez, mon enfant, et jugez-moi. J'ai eu un fils, votre père; mais... il m'est pénible de vous l'avouer, j'ai eu aussi une fille.

— Je le sais, ma mère.

— Ah! vous le savez. Cette fille, dont je veux ignorer la destinée, à qui je pardonne, mais que je ne puis ni ne dois recevoir, cette fille avait déshonoré notre nom. Elle l'a déshonoré sans avoir l'excuse de l'amour, car un pareil cœur ne peut aimer; sans la bonté de M. de Fouquerolles, votre oncle, le déshonneur devenait public : c'est lui qui a sauvé notre antique maison de sa perte. Votre père alors, dans sa reconnaissance, lui demanda ce qu'il pouvait lui offrir, ce qu'il pouvait faire pour lui, qui avait tant fait pour nous. M. de Fouquerolles le pria d'accorder ses deux filles à ses deux fils afin de mieux former une seule famille, et ne voulut jamais accepter autre chose. M. de Saulieu lui donna sa parole de gentilhomme que les mariages se concluraient aussitôt que vous auriez atteint l'âge nécessaire. On vous éleva dans cette idée; vous savez depuis votre enfance mes projets sur vous. Je ne vous ai ja-

4.

mais parlé ainsi que je viens de le faire, je ne pouvais toucher à cette corde douloureuse, ni vous apprendre ce que j'aurais désiré oublier moi-même. Maintenant lorsque votre père a succombé sur le champ de bataille, M. de Rivière m'apporta ses dernières paroles, et c'étaient celles-ci :

— Surtout recommandez à ma mère et à ma femme de tenir ma parole à M. de Fouquerolles, si mes filles s'y refusaient ma malédiction tomberait sur leur tête.

» Votre mère m'a rappelé cette volonté expresse avant de monter au ciel, maintenant, mes filles, vous savez tout, que comptez-vous faire, en face d'un devoir aussi formel?

Avant cet entretien suprême la marquise avait fait sortir tous les domestiques, excepté Radegonde. Elle était donc seule avec ses petites-filles et l'inconnue cachée dans l'ombre de la grande cheminée.

— Ma mère, répliqua Isabelle, faut-il vous répondre devant cette femme?

— Vous le pouvez.

— Je puis tout dire?

— Tout.

— J'obéis à vos ordres, madame, comme j'y obéirai tant que Dieu m'octroiera le bonheur de vous conserver. Vous savez que je n'aime pas M. de Fouquerolles, vous savez que mon cœur appartient à un autre.

— Je le sais, ma pauvre Isabelle, et je sais combien vous aurez à souffrir de votre obéissance.

— J'accepte cette souffrance, madame, je l'accepte pour remplir la promesse de mon père, pour ne pas encourir la malédiction de mon père, pour que ma mère repose en paix, pour que vous, mon aïeule vénérée, vous vous endormiez tranquille dans le Seigneur. Je suis prête à donner ma main sans mon cœur; si je succombe au fardeau, au moins j'aurai essayé de le soulever, vous ne m'accuserez plus.

En prononçant ces mots, Isabelle tomba à genoux près du lit, les mains jointes, le visage de nacre, et les lèvres tremblantes. Jamais la douleur ne revêtit une forme plus réelle et plus admirable! L'inconnue avait tout écouté sans donner le moindre signe d'émotion, toujours debout, toujours appuyée dans l'ombre; elle garda le silence et attendit.

— Mon Isabelle, vous êtes une noble fille, je ne puis refuser votre sacrifice, et Dieu m'est témoin que si j'étais libre vous ne le feriez pas. Et s'il y a ici quelqu'un qui connaisse madame de Saulieu, qu'on lui rapporte ce qui se passe, et comment sont les filles de notre maison. Radegonde, allez prévenir le chapelain; allez prévenir MM. de Fouquerolles et d'Oston, que tous se rendent ici sur-le-champ, le temps presse, allez aussi quérir les voiles de vos jeunes maîtresses, allez! Je n'ai plus guère de temps à moi, je le sens.

Radegonde se disposa à exécuter les ordres de la vieille dame, Isabelle la suivit jusqu'à la porte et lui parla bas.

— Voici bientôt l'heure, dit-elle.

— Je le sais.

— Tu tiendras ta promesse et la mienne. Radegonde, tu l'introduiras dans ta propre chambre, et tu l'y tiendras caché jusqu'à ce que nous puissions lui rendre la liberté sans danger pour lui.

— Malgré ce qui se passe?

— Malgré ce qui se passe, certainement, j'ai juré de renoncer à lui, mais je n'ai pas juré de le laisser périr.

— Faut-il lui apprendre?...

— Non, j'irai moi-même le lui annoncer, c'est à moi seule qu'appartient le droit d'expliquer ma conduite. Va exécuter les ordres de ma grand'mère, et prie Dieu de me donner la force de vivre jusqu'au bout de ma tâche.

Béatrix, pendant ce temps-là, se serrait dans la ruelle; sans qu'elle s'en rendît compte, la présence de cette inconnue masquée la glaçait et l'effrayait au dernier point. Madame de Saulieu priait, les mains jointes et les yeux fermés. Quand Isabelle revint, elle l'appela.

— Mon enfant, dit-elle, vous êtes une héroïne du devoir, Dieu vous en récompensera par votre bonheur.

— Je ne compte sur aucune récompense, madame, le devoir me suffit.

— Pauvre enfant!

Et une larme roula sur la joue de cette excellente femme, dont le cœur octogénaire avait conservé toute la chaleur de la jeunesse.

Le chapelain et les fiancés ne tardèrent pas à paraître. Madame de Saulieu désira attendre le médecin, avant de procéder à la cérémonie; elle se sentait si faible qu'elle craignait de ne point arriver jusqu'à la fin. Il arriva quelques instants après et ne laissa pas d'espérance aux orphelines désolées. La secousse qu'elle avait reçue brisait le fil de son existence, elle s'éteignait peu à peu, un cordial lui donna une force factice, qui la mit à même d'achever son œuvre. Les deux jeunes gens, heureux de voir avancer une union qu'ils désiraient depuis longtemps, ne sentaient que cette joie, et si la tristesse d'Isabelle les frappa, ils l'attribuèrent à l'état alarmant de la marquise. La présence de l'étrangère les étonna, ils questionnèrent madame Legrand.

— Cette dame est munie d'un ordre du roi et de Son Éminence, répondit-elle.

Il n'y avait rien à répondre à cela.

— C'est égal, dit le jeune comte d'Oston, cette femme est sombre comme la nuit.

— M. de Rivière est absent pour le service de Sa Majesté. Malheureusement, dit la malade, notre ami est parti ce matin même, il n'a prévenu que moi; moi seule je connais le motif de ce voyage, que Dieu protège ! Hélas ! je ne le reverrai pas. Je vous prie de lui dire

mes regrets, nous nous retrouverons là-haut. Monsieur
le chapelain, êtes-vous prêt?

On avait improvisé un autel dans la ruelle, le chapelain revêtit les habits sacerdotaux, les deux jeunes
couples se réunirent, et la cérémonie allait commencer,
lorsque mademoiselle de Saulieu perdit connaissance.
On s'empressa autour d'elle; le médecin lui fit respirer
des sels, elle ne revenait point; enfin, après une crise
nerveuse, elle ouvrit les yeux;

— Pardon, ma mère, dit-elle, en baisant la main de
la marquise, pardon, ce n'est pas ma faute, mon cœur
a été plus faible que moi.

— Ne pleurez pas, mon enfant, surtout, cachez vos
larmes, elles me brisent et me rendraient parjure.

M. de Fouquerolles releva sa fiancée :

— Mademoiselle, dit-il, si Dieu vous prend votre protectrice, vous retrouverez en moi tout l'amour, toute
la sollicitude qu'elle avait pour vous, soyez tranquille.

— Ma mère! ma mère! reprit Isabelle, d'une voix
suppliante, c'est un généreux gentilhomme que mon
cousin de Fouquerolles, il y a crime à lui donner la
main sans le cœur.

— Songez à votre père, à votre mère, ma fille,
obéissez!

Le chapelain commença les paroles sacrées; Béatrix,
heureuse sans arrière-pensée, prononça d'une voix
ferme le serment solennel; Isabelle semblait plus morte
que vive, à peine fut-elle entendue. Cependant madame

de Saulieu la remercia et l'encouragea par un baiser. Après la bénédiction nuptiale les deux époux se retirèrent chez eux, ainsi que cela avait été convenu, et laissèrent les jeunes femmes tout entières à leurs soins pieux. Radegonde sortit en même temps, elle resta plus d'une demi-heure absente et revint plus tranquille. Isabelle l'interrogea d'un coup d'œil, elle répondit de même que tout était terminé. Mademoiselle de Saulieu soupira fortement, c'était à la fois un soulagement et un regret.

Lorsque les jeunes femmes restèrent seules avec leur aïeule, le médecin et madame Legrand, l'inconnue sembla revenir à la vie de tout le monde; elle fit quelques pas et s'approcha du lit.

— Madame, demanda-t-elle d'une voix presque émue, me permettez-vous de rester ici?

— Je ne veux ni le permettre, ni le défendre, répliqua la marquise; je veux croire que je me suis trompée, et que vous êtes simplement l'intermédiaire entre le roi, Son Éminence et moi. En cette qualité, vous pouvez rester au château de Saulieu tant que vous souhaiterez l'honorer de votre présence.

— Mais autrement?...

— Autrement, vous ne pouvez avoir oublié ma volonté.

— Madame, madame! resterez-vous inflexible en un pareil moment?

Les médecins n'étaient pas à cette époque ce qu'ils

sont aujourd'hui, ils se divisaient en trois classes très-
distinctes, vivant tout différemment, et n'ayant ni les
mêmes attributions, ni surtout la même position dans
le monde. Les célèbres docteurs, connus à la cour
dans les maisons des grands, entraient dans les affaires
les plus secrètes d'une famille, ils étaient amis respectueux de leurs *pratiques* (*clients* ne s'employait alors
qu'au barreau), et bien souvent ils épargnèrent à ces
amis plus élevés qu'eux en dignité et en richesse, des
douleurs et des pertes irréparables. Les empiriques
leur faisaient un tort immense dans tout ce qui con-
cernait la santé, on les croyait, on les recherchait, on
se livrait à leurs remèdes, et s'ils vous tuaient, personne n'avait le courage de se plaindre, la voix de
ceux qui survivaient faisait taire les regrets des morts.

Enfin les *frater* de province, tel que celui qui soignait
alors la marquise. Ceux-là, ignorants et timides, n'o-
saient pas employer leurs moyens *énergiques* sur les
maîtres des châteaux où on les appelait, mais ils tuaient
tout à leur aise les petites gens et les villageois. Quelques savants moines exerçaient la médecine qu'ils
apprenaient à fond dans leurs solitudes, ce n'était jamais pour la généralité. Il fallait se rendre près d'eux,
les prier souvent; ils vendaient plus volontiers des
reliques que des ordonnances. Ces différentes catégories
dans l'art de guérir feront comprendre aisément comment et pourquoi au moment d'une scène pareille à
celle qui devait avoir lieu, on pria le frater de se re-

tirer quelques instants dans la pièce voisine. Cependant cet homme était vieux, l'expérience lui tenait lieu de savoir, il était infiniment supérieur aux autres hommes de sa profession. La marquise le connaissait depuis sa naissance, c'était à ses bontés qu'il devait son état, le peu qu'il savait, et, chose rare! il s'en montrait reconnaissant.

— Je vous appellerai dès qu'elle aura besoin de vous, dit Isabelle, laissez-nous, maître Joquelin.

— Sommes-nous seules, ma fille? poursuivit la malade.

— Nous le sommes, ma mère.

— Qu'elle approche donc alors.

L'étrangère approcha la tête baissée. Son cœur se fondait-il? Sa superbe s'humiliait-elle devant ses fautes et devant la mort? La marquise continua :

— Vous n'avez plus rien à me dire, n'est-ce pas? Vous vous retirez, madame, vous me permettez de songer au dernier passage entre Dieu et mes enfants. Allez donc, et tout ce que je puis souhaiter, c'est que Dieu vous bénisse.

Un sanglot s'échappa de cette poitrine si calme jusque-là, elle tomba tout à fait à genoux et ne prononça qu'un mot :

— Pardon!

— Pardon à vous! pardon à celle qui cause tous nos maux! Relevez-vous et sortez !

— Quoi! ne me laissera-t-on point. Quoi! serai-je

J. 5

bannie encore de votre chevet? Madame, ayez pitié, pitié de moi, je souffre bien!

La marquise ferma les yeux et resta immobile, ses lèvres seules remuaient, elle priait sans doute. Toute l'attitude de la suppliante révélait une angoisse réelle, aussi sa joie fut-elle au comble lorsque madame de Saulieu laissa tomber ces mots:

— Vous pouvez rester! à une condition seulement, vous obéirez à tous mes commandements quels qu'ils soient.

— J'obéirai.

— Otez votre masque.

— Madame, y pensez-vous?

— Otez-le, vous dis-je, que ces jeunes filles voient vos traits et les gravent dans leur mémoire. Vous pouvez les servir, madame, le ferez-vous?

— Je le ferai.

— A bas le masque! vous dis-je, et voyons-nous face à face, oserez-vous me le refuser?

Elle dénoua lentement les cordons et les enfants virent un beau visage, d'une quarantaine d'années, d'une pâleur mate et presque cadavéreuse. Elle restait agenouillée, et rien ne peut rendre l'expression de son visage, sur lequel toutes les passions, toutes les émotions se combattaient.

— Mon Dieu! dit la marquise, dois-je donc tout éprouver dans cet instant suprême! Voulez-vous me punir de mes fautes en entassant sur mon cœur toutes les impressions, toutes les douleurs d'une longue vie?

Donnez-moi donc la force alors, mon Dieu, si telle est votre volonté.

— Ma mère, interrompit Isabelle, est-il bien nécessaire que vous vous fatiguiez ainsi ?

— Laissez, mon enfant, ne parlez point de ce que vous ignorez. Écoutez-moi l'une et l'autre. Rappelez-vous ce que je vous ai révélé tout à l'heure, cette tante, dont vous venez d'apprendre l'existence, cette fille qui causa le déshonneur et la désolation de sa famille, cette fille, la voilà !

— Ah ! mon Dieu ! s'écrièrent-elles à la fois.

— Oui, la voilà, la voilà maintenant humiliée, repentante, j'en doute, mais la voilà. La voilà étrangère dans la maison de ses ancêtres, au lit de mort de sa mère, non pas tant parce qu'elle a failli, que par ce qu'elle a fait souffrir à mon cœur par sa dureté, par son indifférence.

— Ma mère ! ma mère !

— Ne m'appelez pas votre mère, je ne la suis plus. Écoutez-moi plutôt, car les forces s'épuisent et l'effet du breuvage bienfaisant s'efface. Je vous pardonnerai, je vous bénirai encore, malgré tout, si vous voulez en ce dernier instant réparer vos fautes et vous le pouvez. Regardez ces deux anges, ce sont les filles de votre frère, vous êtes puissante et riche, bien que je ne vous demande pas comment vous l'êtes devenue, protégez-les, servez-leur de mère et d'appui, à ces pauvres orphelines, soyez pour elles tout ce que vous n'avez pas

été pour moi. A ces conditions j'oublierai, c'est à vous
de choisir.

— Je vous jure, ma mère, de protéger les filles de
mon frère; de faire pour elles tout ce que je pourrai et
de ne jamais les abandonner tant qu'il me restera un
souffle d'existence.

— Vous le jurez, ici, sur le Christ et sur le sein qui
vous a portée?

— Je le jure.

— Soyez donc pardonnée et bénie; songez que je
vous verrai après ma mort, Dieu le permettra, et songez que selon que vous agirez, ma bénédiction et mon
pardon vous seront repris ou rendus.

— Vous m'accordez votre tendresse, madame?

— Oh! il est bien tard pour réclamer une tendresse
que vous avez foulée aux pieds : il est bien tard quand
je n'appartiens plus à ce monde.

— Ma mère!

— Hélas! ce mot a tant de puissance sur mon cœur!
Je l'avais oublié! dans votre bouche il me touche plus
que je ne saurais l'exprimer, ayez pitié de moi, ayez
pitié de moi, je me meurs!

La marquise tomba en effet en faiblesse, mais on
n'appela personne; dans ce premier moment, les soins
réunis de ses filles lui suffirent, elle revint à elle après
cette syncope.

— Je ne suis pas encore partie, mes chères petites,
dit-elle. Il m'est donné de vous revoir encore. Vous

n'oublierez point le visage de votre tante, n'est-ce pas?
Elle vous dira où vous pourrez la trouver, en cas de
besoin, mais vous ne lui permettrez pas de rester ici,
de se montrer à mes vassaux, de réveiller des souvenirs
éteints. Vous ne revélerez à personne ce qui s'est passé,
vous ne verrez madame de Saulieu qu'au jour du malheur ou de la nécessité, vous me le promettez, mes
filles ?

— Nous vous le promettons, madame, répliqua Isabelle, et sans efforts. Il nous est impossible d'accepter
comme une parente celle qui ne revenait au château de
ses pères que pour livrer l'hôte de ce château, celle
qui s'est constituée le sicaire du bourreau de la noblesse française. Si madame est la sœur de mon père
et votre fille, madame, je ne puis m'engager qu'à une
chose vis-à-vis d'elle, c'est au respect, ne m'en demandez pas davantage, c'est plus que je ne saurais trouver
dans ma conscience.

Madame de Saulieu, avec son caractère indomptable,
était impuissante à se contenir.

— Ce dont vous m'accusez, ma nièce, est dans notre
sang, apparemment, car ce sang bout avec autant de
force dans vos veines que dans les miennes. Vous êtes
comme moi, hautaine, orgueilleuse, vous êtes une vraie
fille de Gertrude-la-Belle, notre aïeule, perdue par sa
vanité, comme j'ai été perdue par la mienne. C'est
bien, persévérez.

— Osez-vous parler ainsi devant moi à cet ange dont

vous brisez la vie ! Ah ! vous êtes toujours la même !
Rien ne vous corrigera, et bien folle serais-je de m'en
rapporter à vos promesses, vous qui n'avez jamais eu
ni parole ni loyauté.

Madame de Saulieu fut contrainte au silence, le regard de sa mère était terrible.

— Rappelez le médecin, dit celle-ci, rappelez-le, je
souffre ! je souffre !

Maître Joquelin accourut. Il secoua la tête d'un air
triste.

— Faites venir M. le chapelain, continua-t-il très-
bas, il en est temps.

Le chapelain fut mandé, il commença les prières,
tout le monde se mit à genoux, même la fière madame
de Saulieu, tout le monde pleura, elle avait replacé son
masque, et l'on ne voyait que ses traits immobiles. La
malade allait toujours en s'affaiblissant, le pouls ne se
sentait plus, elle murmurait des paroles sans suite,
dans lesquelles le nom de sa fille revenait, celle-ci ne
se révélait point. Radegonde, rentrée avec les autres
serviteurs, cherchait à deviner ce que pouvait être
cette femme si pareille à ses souvenirs. Elle écoutait sa
voix, et cette voix vibrait à sa pensée. MM. de Fouque-
relles et d'Oston avaient été prévenus, la foule des serviteurs remplissait la chambre, on n'attendait plus
que le dernier soupir de la marquise, lorsqu'un homme
parut sur le seuil de la porte en s'écriant :

— Suis-je arrivé à temps, mon Dieu !

VI

A PARIS

Le matin, de très-bonne heure, un seigneur frappa à la porte d'un escalier de service, au Palais-Cardinal, et la voix d'un homme, réveillé en sursaut, demanda, avec assez d'humeur :

— Qui est là?

— Ouvrez, ouvrez vite, Bernin, j'ai une communication importante à vous faire de la part de Son Éminence.

On entendit un peu de bruit dans la chambre. Bernin se leva, passa à la hâte un vêtement indispensable et tourna la clef dans la serrure.

— C'est vous, monsieur le comte, qu'y-a-t-il de nouveau, à pareille heure? Son Éminence a-t-elle besoin de moi?

— Sur-le-champ. Elle désire vous dicter une lettre, hors des attributions de ses secrétaires et des gens connus. Votre écriture est la seule que nous puissions employer.

— Comment se trouve monseigneur le cardinal?

— Bien mieux; il a trop de découvertes importantes à achever, trop de pistes à suivre pour ne pas se porter presque aussi bien que vous. Venez !

Ils sortirent ensemble, descendirent le dégré remontèrent par un autre plus grand et se trouvèrent bientôt dans la chambre où le cardinal, tout malade qu'il fût, veillait pour le salut de la France. En les apercevant il leva les yeux.

— Assieds-toi près de mon lit, Bernin, prends une plume et écris.

Bernin obéit sans prononcer une parole.

« J'ai reçu votre demande; quelque exorbitante qu'elle soit, il y sera fait droit sur-le-champ. Trouvez-vous demain au soir à l'endroit que vous indiquez, l'homme et la *chose* y seront absolument comme vous le désirez. Je n'ai pas besoin de vous dire à quoi vous oblige ma complaisance, vous le savez aussi bien que moi. »

— Signe Paul et Damien. Bien! c'est cela. Maintenant, porte toi-même cette lettre à la porte Saint-Honoré, fais-toi accompagner par quelques mousquetaires; tu trouveras un homme avec un manteau bleu de ciel, il te dira : *La lune est-elle levée ?* Tu répondras: *Elle sort des nuages.* Ensuite tu lui remettras ce billet, sans lui faire aucune question, et tu reviendras vite.

— Oui, monseigneur.

Bernin sortit et n'ajouta pas une parole. Richelieu resta seul avec le comte de Rochefort, un de ses plus chers confidents; il y eut un moment de silence, pendant lequel le cardinal changea de place dans son lit, en se plaignant.

— Rochefort, dit-il, j'ai beau me cramponner à la vie, je sens la mort arriver.

— Vous, monseigneur! vous en avez encore pour bien des années. Est-ce qu'on meurt à votre âge?

Je ne suis pas vieux d'années, mais je suis vieux de fatigue et de travaux. Quand une tête a porté le monde si longtemps, il faut qu'elle tombe, la charge est trop lourde pour un seul homme.

— Monseigneur, vous avez la force nécessaire pour soutenir bien plus encore. Un peu de repos, et vous ne vous apercevrez plus de vos souffrances. Comme Antée, vous devez toucher la terre pour renaître.

— Je la toucherai bientôt pour ne plus me relever, comte, entendez-vous? avant cela que de choses à faire! Oh! le temps! le temps! Je l'achèterais de tous mes trésors. J'ai commencé une grande œuvre, je la voudrais achever. Une œuvre qui m'effraie moi-même, si je la laisse en suspens, car elle a deux tranchants, elle peut perdre ou sauver la monarchie, selon la main qui la dirigera. Et je crains les mains inhabiles. Il existait un intermédiaire entre le roi et le peuple, la noblesse; cet intermédiaire, Louis XI lui a porté le premier coup, j'ai continué son ouvrage, en lui donnant plus d'extension encore. Tous deux nous nous sommes servis de la hache pour abattre ces têtes orgueilleuses, s'élevant jusqu'au trône. La postérité, qui jugera les moyens plutôt que la pensée, nous accusera tous deux: nous serons cruels, nous serons barbares, notre mémoire

I.　　　　　　　　　　　　5.

restera exécréé, tandis que les grands sacrifices s'accomplissent pour le bien général.

— Qui pourrait vous méconnaître, monseigneur?

— Qui? Tout le monde, vous le premier, Rochefort, vous qui me connaissez si bien, si votre intérêt l'exigeait. Ai-je un ami au monde, moi qui ai tant répandu de bienfaits? je n'ai que des flatteurs ou des envieux, à commencer par le roi lui-même. Aussi je méprise l'espèce humaine!

Il donna une chiquenaude à son rabat, en même temps qu'un sourire sardonique ridait ses lèvres. Le comte de Rochefort n'osa rien répondre.

— Nous avons donc accepté les conditions de cet homme, nous allons lui faire porter par Bernin ses sacs dans la forme qu'il nous désigne; ensuite, nous tiendrons M. Gaston; il est impossible qu'il fasse un mouvement sans que nous en soyons avertis, c'est l'essentiel.

— Vous accordez toute la somme, monseigneur.

— Sans en rabattre une obole : la trahison se paie cher, monsieur. La vertu devrait se payer plus cher encore, c'est plus rare. Allez donc voir si Bernin est revenu, ce garçon se fait lourd, je le changerai.

M. de Rochefort laissa Son Éminence seule quelques instants. Ce front, si plein de pensées, se courba dès que personne ne l'observa plus, il s'affaissa sur lui-même et murmura :

— Oh! je voudrais dormir!

Ses yeux se fermèrent en effet; mais le mouvement

de ses sourcils révélait une pensée constante; il se reposait peut-être, pourtant son intelligence veillait
encore. Il entendit rentrer le comte et Bernin, son visage fut composé dans l'espace d'une seconde.

— Eh bien, qu'a-t-il répondu?

— Ces seuls mots : On y sera.

— Et toi aussi, mon pauvre Bernin, va te coucher,
tu ne dormiras pas beaucoup la nuit suivante, s'il t'est
donné de fermer l'œil. Je t'instruirai du reste en temps
et lieu, va!

Bernin ne se le fit pas répéter, il salua le cardinal, et
partit. Celui-ci exigeait de ses gens cette obéissance
passive; ils y étaient accoutumés, et jamais une dis-
cussion n'eut lieu dans une maison aussi considérable.
Le comte de Rochefort demanda la permission de se
retirer aussi, depuis près de vingt-quatre heures il
n'avait pris ni sommeil, ni nourriture.

— Ah! oui, mon pauvre comte, c'est vrai, vous êtes
souffrant; le service du roi vous a tenu à cheval toute
la journée, et j'ai oublié de vous renvoyer chez vous.
Avez-vous faim? Cela ne se demande pas, après un si
long jeûne. Allez, allez au lit et à la réfection. A propos:
n'oubliez pas l'affaire de Saulieu. Où en est-elle?

— Elle est partie depuis quelques jours et n'a rien
fait dire encore. Elle croit réussir.

— C'est bien, elle est fine et adroite; heureusement
nous connaissons sa portée. Adieu, à ce soir.

Le comte de Rochefort sortit. Aussitôt que le cardi-

nal fut seul, il resta un instant à réfléchir, puis il
tira un cordon placé près de son lit, un valet de chambre se présenta.

— Qu'on me fasse venir Campanelli.

Le laquais sortit sans répondre, dix minutes après
un vieillard d'un beau visage et d'une belle prestance,
fut introduit dans la chambre. Sa barbe blanche tombait jusqu'à sa ceinture, son costume bizarre était entièrement constellé d'étoiles. C'était une ample et longue
robe bleue, semblable à l'empyrée, sa tête était nue et
encore bien garnie de cheveux éclatants comme de l'argent filé. Il salua humblement le cardinal, et s'approcha
lentement de son lit.

— Venez, Campanelli, et répondez-moi sans vous
servir de vos phrases habituelles, répondez-moi comme
un homme à un homme, faisant abstraction de vos intérêts, qui n'en seront pas moins sauvegardés pour
cela. Dites-moi, croyez-vous à votre science?

Campanelli fit un mouvement de surprise.

— Vous n'y croyez donc plus, vous, monseigneur?

— J'y croirai si tu y crois, maître.

— Eh bien, monseigneur, j'y crois aussi fermement
qu'à l'existence de mon âme.

— L'horoscope que tu as tiré du dauphin te semble
donc véritable?

— Il est sûr et certain, monseigneur.

— Répète-le-moi, j'ai besoin de le graver dans ma
mémoire.

) — Il sera fort et puissant, il sera luxurieux comme Henri IV, il agrandira son royaume par de grandes guerres, il donnera des lois au monde et imposera sa volonté comme la première de toutes les lois.

— Après?

— Il continuera l'œuvre de Votre Éminence. Cette œuvre à laquelle elle croit attaché le salut de la France.

A laquelle *je crois*. Est-ce que je me trompe?

— Oui, monseigneur.

— Je me trompe en voulant affermir l'autorité royale, en cherchant à délivrer le roi des tyrans qui l'oppriment.

— Oui, monseigneur, car en abattant ces tyrans qu'une main ferme peut toujours contenir, vous mettez le roi face à face avec un autre tyran, bien plus dangereux, bien plus indomptable, avec le pouvoir populaire. Vous ôtez les digues au torrent, et le torrent débordera.

— Il est facile de remplacer les digues brisées par d'autres plus fortes.

— Cela est *possible*, non pas facile, à un homme de votre trempe, mais de pareils hommes ne se produisent pas souvent, on en compte à peine quelques-uns dans l'histoire.

— Le dauphin, dis-tu, sera un de ces hommes.

— Oui, mais après lui! mais lui-même, sur la fin de son règne!... Avant un siècle et demi, monseigneur, la monarchie française aura cessé d'exister. Je vois des

malheurs effroyables; je vois là la mort, les supplices, le
sang, je vois la race de Hugues Capet décimée et pros-
crite. Oh! cela est affreux, horrible!

Richelieu ne répondit pas, il baissa la tête.

— Se tromper ainsi! murmura-t-il, après avoir tant
pensé! Ensuite?

— Vous ne doutez donc plus de ma science, monseigneur, que vous m'interrogez?

— J'ignore si je crois ou si je doute, mais je voudrais
savoir.

— Il est une personne bien plus capable que moi de
répondre à Votre Éminence, une merveille de lucidité
qui apprendrait à monseigneur les choses les plus cachées.

— Vous vous jouez de moi, Campanelli.

— Moi, monseigneur! Votre Éminence me mécon-
naît. Lorsqu'elle m'a fait venir d'Italie pour faire le
thème de nativité de monseigneur le dauphin, elle eut
la bonté de me dire qu'elle avait toute confiance en
moi et qu'elle ne consulterait aucun autre astrologue,
sans m'en avoir prévenu. Votre Éminence n'a point à
se plaindre de moi, j'espère, j'ai fidèlement rempli mon
devoir, j'ai suivi ses instructions à la lettre. Maintenant c'est moi qui propose à monseigneur de lui faire
connaître un des phénomènes les plus extraordinaires
de ce siècle; je ne crois pas que ce soit en rien lui
manquer de respect, c'est, au contraire, l'aider dans
ses recherches et lui apporter de nouvelles lumières.

— Ne vous effrayez pas, Campanelli, répondit le cardinal, en riant, je plaisante. Quant à votre sorcière, nous en causerons une autre fois. Pour aujourd'hui, je vous remercie, il se fait tard, je vais essayer de me reposer un peu. Si vous n'êtes pas content de votre logement au Palais-Royal, prévenez-moi, on vous en donnera un autre. Surtout n'allez pas chez la reine sans ma permission.

— Votre Éminence sait que je suis son serviteur.

Le cardinal tira le même cordon, fit un geste d'adieu familier à l'astrologue, et lorsque le valet de chambre parut :

— Qu'on n'entre plus, sous aucun prétexte, jusqu'à ce que j'appelle, et qui que ce soit, entendez-vous? Je crois que je vais dormir.

C'était une nouvelle, en effet, que ce sommeil annoncé si solennellement. Les souffrances aiguës qu'endurait le ministre et qu'il supportait avec une patience héroïque, lui enlevaient totalement le sommeil. A peine trouvait-il quelques minutes d'assoupissement; il eût payé une bonne nuit d'une province. Ce jour-là, il se sentait si mortellement fatigué qu'il espéra et il se hâta d'essayer cette espérance; mais au bout d'une heure à peu près, il fallut renoncer à tout repos. Cette tête, qui gouvernait le monde, ne pouvait se calmer, ces yeux, qui veillaient sur tant d'intérêts divers, ne se fermaient pas. Après un soupir de découragement, il se retourna dans son lit.

— Le roi, dont je fais les affaires, dort tranquille, lui, et il est aimé, et on ne l'accuse pas. A moi les fatigues, les travaux, les haines; à lui les bénédictions et l'amour. Et je meurs à mon âge, pour avoir usé mes forces à son service! Allons, manœuvre, va, reprends ta chaîne, et marche jusqu'à l'éternel repos.

Deux ou trois laquais accoururent à son appel.

— Les médecins! dit-il.

Ils attendaient depuis un instant dans l'antichambre. Ils remplirent leurs fonctions ordinaires en silence.

— Je ne suis pas mieux, n'est-il pas vrai, messieurs?

— Monseigneur, si Votre Éminence voulait se retirer à Rueil, seulement trois mois de suite, sans s'occuper d'affaires, sans toucher une plume, je réponds de son rétablissement.

— Et pendant ce temps, que deviendra le royaume?

Les médecins employèrent tous les moyens possibles pour le décider, il répondit toujours de la même manière.

— Celui qui conduit le vaisseau de l'État doit rester à son poste et y mourir.

Le jour venu, la foule des courtisans assiégea la chambre et le palais. Le cardinal les reçut avec sa gravité et sa froideur accoutumées. D'un coup d'œil il distinguait ceux dont il avait besoin et les appelait l'un après l'autre pour leur donner des ordres. Bernin se présenta à son tour; dès que son maître le vit, il lui fit signe de se cacher dans sa ruelle, et de l'écouter à l'abri des courtines.

— Tu vas partir, entends-tu, et sans tarder, pour la forêt de Sénart. Carrefour-du-Roi, tu rencontreras à la porte de la première auberge, à droite, sur la route, un homme conduisant trois mulets. Tu t'approcheras de lui, tu lui montreras une croix que je vais te remettre, cette croix est divisée en trois morceaux. Il faut que la brisure se rapporte exactement et qu'il te dise en te la présentant :

« — Le gland est encore au chêne.

» Tu lui répondras :

» — Nous allons en porter une charge.

» Il te conduira ensuite, ainsi que ses mulets, chargés d'argent, dont le compte est avec la croix. Au Carrefour-du-Roi se trouvera un autre quidam, qui doit remettre l'autre morceau de la croix et te demander :

» — Combien y a-t-il d'étoiles au ciel ?

» Tu lui remettras les mulets et l'argent, contre un paquet cacheté, qui doit t'être livré intact. Tu reviendras alors, et, à quelque heure que ce soit, tu entreras chez moi. Ne te crois pas seul dans cette expédition, et marche sans crainte. Une escouade de mes gendarmes te suivra déguisée, prête à te prêter main forte, si cela était nécessaire. Ceci est un secret d'État, je n'ai pas besoin de t'en dire davantage. Voici la croix et les instructions, pars. »

Bernin sortit mystérieusement, comme il était entré.

Le cardinal continua de recevoir tout le monde, jusqu'au moment où les deux battants de la porte s'ouvrirent et où les estafiers annoncèrent :

— Son Altesse Royale Monsieur, duc d'Orléans.

Richelieu fit un imperceptible mouvement très-difficile à interpréter. Ses yeux se tournèrent vers le prince qui entrait, et il eut bien vite compris à l'expression de ses traits que l'entretien ne se passerait pas tranquillement.

— J'aimerais mieux cette scène-là demain qu'aujourd'hui, pensa-t-il.

Monsieur s'approcha d'un air superbe et sans toucher à peine le bord de son chapeau ; il n'y avait point de dames présentes. Il prit le fauteuil qu'on lui offrit à côté du lit, puis il dit avec un sourire narquois :

— Je craignais que vous fussiez parti pour le Louvre, monsieur le cardinal.

— Monsieur sait bien ma pauvre santé et que je ne puis quitter cette chambre. Je suis honoré et reconnaissant de sa visite à un malade, à qui il est interdit de la lui rendre.

— *Honoré*, je le suppose, *reconnaissant*, nous verrons cela tout à l'heure. J'ai à vous parler monsieur le cardinal.

— Monsieur, on va nous laisser seuls, si Votre Altesse l'exige.

— Ce que je vais vous dire n'est point secret, monsieur, chacun doit le savoir, au contraire, et je voudrais avoir ici toute la noblesse de France.

— Je suis aux ordres de Monsieur.

Cette humble réponse fut accompagnée d'un regard d'une arrogance extrême, caché sous les longs cils du cardinal, Gaston le vit néanmoins, et le rouge lui monta au visage.

Vous êtes étonné de me recevoir ici, sans doute?

— En effet, je croyais Monsieur à Blois, depuis plusieurs semaines.

— J'y suis, et j'y devais rester, mais un ordre du roi m'en a rappelé momentanément hier.

— Un ordre du roi! Monsieur se trompe, je le crains.

— Un ordre du roi, vous dis-je, monsieur. Je suis venu, et Sa Majesté m'a commandé de me rendre chez vous.

La joie du triomphe fit baisser quelques secondes les yeux du moribond.

— J'y viens, sur l'ordre de Sa Majesté, pour rétracter la déclaration que j'ai faite..

— Monsieur a fait beaucoup de déclarations, de laquelle s'agit-il?

Un murmure, contenu par le respect, circula dans la foule. Le caractère indécis et presque lâche de Gaston était connu de tout le monde. Il avait une de ces bravoures qui se font tuer sans trembler dans une bataille, et qui deviennent humbles devant une explication un peu vive. Il écrivait, il rétractait, il accusait ses meil-

leurs amis, et en même temps les portait aux nues, il
était impossible de compter sur lui en quoi que ce fût.
Il participait à toutes les conspirations, et lorsqu'elles
étaient découvertes il abandonnait ses complices. Aussi,
ce jour-là, Vitry dit-il à son voisin :

— La grande colère de Monsieur aboutira à des ex-
cuses, vous allez le voir.

La question du cardinal le laissa tout interdit, sa
fierté s'humiliait déjà devant cette impassibilité inébranlable.

— Je dois vous parler de la part du roi, monsieur,
votre maître et le mien. C'est pour cette déclaration de
Saint-Fargeau, au nom de Mademoiselle, c'est...

— Pardon, si j'interromps Son Altesse, mais je ne
vois pas trop en quoi toute cette affaire me concerne.

— En quoi? Je ne sais... c'est le roi...

— Ah! peut-être vous revenez sur les biens donnés
par Mademoiselle, trop jeune pour les administrer.

— Ce n'est pas elle, monsieur, il s'agit de mon apa-
nage. Il n'est pas réglé encore pour les limites; le roi
dit que cela va se faire, mais que cela dépend de vous.

— Je suis le très-humble serviteur de Monsieur, ses
ordres seront exécutés.

— Je ne suis point ici pour cela, mais pour vous expliquer comme quoi...

Il se tut un instant.

— Comme quoi Madame est en querelle avec sa famille et qu'il vous faut les raccommoder.

— Je ne suis point en Lorraine, Monsieur.

— Enfin le roi veut... le roi veut...

Ses yeux venaient de tomber sur Puylaurens, son ancien confident, celui qu'il avait envoyé en Espagne, et qui s'était exilé lui-même, lorsque le maréchal de Montmorency paya de sa tête la lâcheté de ses complices.

Puylaurens, depuis lors, n'avait plus reparu en France, qu'y venait-il faire à cette heure? La hardiesse d'un tel retour ne le cédait qu'à celle de se présenter ainsi au Palais-Cardinal, le prince en resta pétrifié, et à dater de ce moment, il perdit le peu de présence d'esprit que sa faiblesse lui avait laissée.

Le cardinal affecta une grande patience, une déférence complète. Il attendit, et, comme Monsieur ne parlait point:

— Je trouve à Son Altesse une mine charmante, l'air de Blois lui convient à merveille; quand est-ce qu'elle y retourne?

Le fils de Henri IV ne tenait de lui qu'un peu de son esprit, ses autres qualités lui faisaient défaut.

— Je suis absolument du même avis en ce qui vous regarde. L'air de Richelieu vous rétablirait tout de suite, et je serais heureux de vous y savoir en voie de guérison, avec l'intérêt que je vous porte.

Richelieu s'inclina d'un air de courtoisie, il était résolu à ne pas donner prise un instant.

— Monsieur n'a plus rien à m'ordonner?

C'était un congé formel.

Monsieur eut la faiblesse de l'accepter, il se leva.

— Qu'avais-je annoncé? reprit Vitry, il se laisse chasser comme un laquais.

— Avez-vous compris quelque chose à ce qu'il a dit?

— Est-ce qu'il l'a compris lui-même? Tout son esprit se fond devant cette soutane rouge. Il s'est humilié et il s'en va lorsque le maître le juge convenable. Oh! si le feu roi le voyait!

Pendant ce temps le prince s'était levé en effet, les yeux fixés sur Puylaurens, qui se confondait en révérences, pour se mieux faire remarquer.

Le cardinal l'aperçut enfin et devint pâle de colère.

— Ah! ah! dit-il, monsieur de Puylaurens! C'est le jour des revenants.

— Moi-même, monseigneur, je suis venu moi-même me mettre entre vos mains, et vous supplier de me permettre d'être à vous corps et âme. Ceux que j'ai servis jusqu'ici m'ont abandonné, cette fois, du moins, je veux qu'on me soutienne, me voilà.

Le cardinal devina d'un coup d'œil le parti qu'il pouvait tirer de cette défection, et n'eut garde d'y mettre obstacle. Il adressa un sourire tout aimable à Puylaurens, en lui disant:

— Vous pouvez rester, monsieur. J'aime les braves et les hardis. Si vous vous fussiez caché, je vous aurais poursuivi, vous vous livrez vous-même, je vous pardonne.

Ce n'était pas la première scène de ce genre, dont Monsieur fut contraint d'accepter l'affront.

Il se tint immobile et en silence et répondit avec beaucoup de hauteur au profond salut de son ancien complice.

— Adieu, monsieur, dit-il au cardinal, je souhaite de nous voir mieux tous les deux.

Aussitôt qu'il fut sorti de la chambre, le cercle se resserra et les conversations particulières commencèrent.

— Messieurs, interrompit le cardinal, on va jouer; qui gagnera du roi ou de la dame? Je parie pour le roi, faites votre jeu.

VII

DANS LA FORÊT

Cependant Bernin cheminait vers la forêt de Sénart, sur un cheval de louage et avec le costume le plus belliqueux qu'il pût imaginer. Sa fierté ne pouvait se dissimuler entièrement que malgré sa place éminente, il était peut-être sur la route de quelques bons horions, peut-être pis. Il trouva au cabaret indiqué l'homme et ses mulets, ployant sous le faix.

— Seigneur! qui va-t-on acheter? se demanda-t-il. Il faut que ce soit le roi lui-même, ou tout au moins Monsieur.

Pendant le chemin il interrogea le conducteur et acquit facilement la certitude qu'il ignorait encore ce qu'il allait faire. Il marchait par l'ordre de Son Éminence, et n'avait pas osé demander encore une explication.

— C'est égal, monsieur, j'aurais préféré ne pas courir la nuit, avec mes bêtes et ses sacoches. On nous fera peut-être un mauvais parti, ajouta-t-il.

Bernin jeta un regard investigateur sous les arbres qui l'entouraient; la nuit commençait à descendre, et, dans la forêt, l'obscurité était complète. Ils avaient encore deux lieues à faire à travers des routes tortueuses. Le valet de chambre réfléchissait aux vicissitudes de la vie politique. S'il perdait son maître, qui lui saurait gré de tant de peine? Peut-être de nouveaux favoris détruiraient-ils les créatures de l'ancien, peut-être ne lui resterait-il même pas une pension pour vivre tranquille sur ses vieux jours. Le muletier sifflait et chantait pour se donner du courage; ils arrivèrent enfin à ce carrefour annoncé où ils trouvèrent en effet un homme, un masque sur le visage et l'épée à la main.

— Qui va là? demanda-t-il.

Bernin s'empressa de donner le mot d'ordre.

— C'est bien, dit l'homme, alors avancez et comptons.

— Je n'en ai pas l'ordre, répondit Bernin.

— C'est possible, mais moi je le donne et vous attendrez, s'il vous plaît, que j'aie fini. Je ne prétends pas acheter chat en poche.

Il s'établit par terre, avec autant d'aisance que s'il eût été tranquille dans sa maison, mais sans quitter de l'œil son épée et ses pistolets, posés à côté de lui.

— Maintenant, l'ami, dit-il au muletier, décharge-moi tes bêtes, avec précaution et mets chaque sac auprès de moi, que je compte.

— Faut-il, monsieur?

— Je ne sais, murmura Bernin.

— Certainement il le faut, car je ne signe pas sans cela votre décharge.

— Va donc! mais que le diable emporte les fâcheux!

L'inconnu ne s'inquiéta point de cette mauvaise humeur. Il ouvrit le premier sac, et en tira les pièces qu'il compta avec une rapidité indiquant une grande habitude. Il les entassait à mesure dans un bissac qu'il avait apporté et assaisonnait les comptes d'observations, tantôt d'approbation, tantôt de blâme.

— Les pièces sont rognées, c'est bien là M. le cardinal. Pourtant le compte y est, jusqu'à présent du moins. Dites à Son Éminence qu'on lui en donnera pour son argent.

— Savez-vous, monsieur, que votre prudence est sans égale? Le bruit de cet or peut attirer des voleurs, le nombre en est grand, vous nous ferez égorger.

— Croyez-vous? demanda-t-il, d'un air narquois, sans relever la tête. Quant à moi je ne les crains guère.

— Comment emporterez-vous tout cela? Nous ne vous laisserons pas les mulets.

— Je n'y compte point.

— Vous avez donc pris vos précautions?

— Eh! eh!

— Voici la dernière sacoche, cela va finir pourtant.

— Comment, la dernière sacoche? Alors, il en manque une, ce ne sont point là nos conventions. Oui, en effet, il en manque une. Ah! M. le cardinal! vous ne me saviez pas si régulier dans mes comptes apparemment. Recharge tout cela sur tes mules, mon garçon, et vous, monsieur Bernin, écoutez bien ce que je vais vous dire. Vous remettrez à Son Éminence toute cette somme, je n'en ai pas gardé une pistole, vous en êtes témoin; vous ajouterez que je la lui renvoie, afin qu'elle soit complétée, ou bien qu'alors rien n'est fait entre nous. Je serai ici la nuit prochaine, j'attendrai; si on ne m'apporte rien, je saurai ce qui me reste à faire. Si vous revenez bien nanti, je me mettrai à l'œuvre dès demain. Là-dessus, tirez de votre côté et laissez-moi tirer du mien. Que le bon Dieu et saint Hubert vous gardent des mauvaises rencontres!

— J'en suis tout gardé, monsieur, n'importe quel soit votre nom.

— Un peu d'aide fait grand bien, ne l'oubliez pas.

Bernin se retira fort contrarié; quant à l'homme, il était déjà parti. Le valet de chambre hâtait le pas des mules et le sien, l'inquiétude la plus vive le dominait.

Il y avait mille chances pour qu'il fût volé; il n'hésita pas alors à rejoindre l'escorte, le nombre seul pouvant imposer aux malfaiteurs. Bien lui en prit d'avoir eu cette idée. On aperçut presque tout le temps des hommes de mauvaise mine suivant le convoi. La bonne attitude des gendarmes suffit à les mettre en fuite. Mais quand Bernin rendit compte de sa mission, il ajouta :

— Certainement, monseigneur, sans les gendarmes, ni le muletier, ni le trésor, ni moi y e revenions.

— Le muletier et ses bêtes sont en lieu de sûreté?

— Oui, monseigneur.

— Ils ne parleront pas plus les uns que les autres?

— Monseigneur peut être tranquille, j'ai la clef dans ma poche.

— Eh bien, mon pauvre garçon, on te donnera ce qui te manque, et tu retourneras cette nuit. Après tout, mon compère est une honnête créature, il a renvoyé l'argent. Va dormir, Bernin, si tu peux. Ah! si j'étais sûr qu'une course aussi ennuyeuse dût amener le sommeil, je prendrais tes habits et j'irais moi-même. Il est inutile de prévenir Rochefort de tout ceci.

— Je suis comme le muletier et ses bêtes.

Le cardinal sourit. Bernin sortait, il le rappela.

— A propos : tu vas faire préparer mes équipages. Demain, je pars pour Rueil.

— Monseigneur se trouve donc mieux?

— Si je ne me trouve pas mieux, nul ne doit le savoir. Le roi y vient dîner.

— Monseigneur a donné ses ordres?

— Madame d'Aiguillon y est arrivée depuis hier, elle a dû tout voir. D'ailleurs, un dîner de malade n'a pas besoin d'être si copieux. Le roi et moi nous nous suivrons de près, Bernin.

— Dans bien des années, monseigneur.

— Je sais ce que je sais à cet égard, mon ami. Le goûter de demain n'est qu'un petit cercle. Le roi ne veut pas qu'on le raconte, afin de ne pas être ennuyé de la foule des courtisans. Il me fait cet honneur *pour moi*, pour faire taire ceux qui me prétendent à la veille d'une disgrâce. Monsieur y sera, et de là partira pour Blois.

Bernin restait stupéfait. Depuis plus de vingt ans qu'il servait le cardinal, jamais il n'avait entendu un si long discours de son maître à lui. Ordinairement il donnait ses ordres sans commentaires, et les confidences de ce genre étaient loin de ses habitudes.

Il devait avoir une raison pour se montrer communicatif. Bernin le connaissait à merveille; au lieu de s'en réjouir, il s'en préoccupa.

— Il espère peut-être m'enivrer de vanité et me faire commettre quelque indiscrétion; il a besoin de ma place, que sais-je! mais cela n'est pas naturel.

Le pauvre Bernin ne calculait pas sur la maladie.

Il voyait toujours le cardinal puissant et superbe, il ne songeait point aux besoins que la souffrance apporte avec elle.

Bernin aimait Richelieu, et il l'aimait d'une manière désintéressée; Richelieu le savait, Richelieu s'en souciait peu lorsqu'il était bien portant, en possession de ses facultés, de ses idées, de ses mouvements. A présent la mort approchait, l'homme prenait le dessus sur le ministre, il regardait autour de lui et n'y trouvait que des courtisans ou des héritiers. Hors cet humble ami, personne ne s'inquiétait de lui, quand il ne pourrait rien promettre, rien accorder. Les génies les plus supérieurs, les politiques les plus habiles ont un coin de leur âme ignoré peut-être d'eux-mêmes, jusqu'au jour du malheur, où l'humanité se retrouve. Bernin était pour le cardinal cette représentation visible de la Providence que nous cherchons sans cesse et que nous ne perdons pas sans un amer regret, tant il est vrai que l'isolement est la plus vive de toutes les douleurs.

La journée se passa comme de coutume au Palais Cardinal. On y vit plus de monde que jamais. La visite du roi à Rueil était connue et cette faveur éclatante appelait tous les courtisans. Chacun espérait être désigné; la liste fut courte, on ne voulait absolument que quelques familiers. Louis XIII avait plus que jamais ses humeurs noires, le cardinal, bien loin de l'en distraire, le confirmait dans ces pensées lugubres, il espérait de la sorte l'éloigner davantage encore des af-

I.   6.

faires. L'ambition est insatiable; quand elle a tout, elle veut encore.

Bernin accomplit le soir son pèlerinage comme la veille; seulement sa suite fut doublée.

Le mystérieux inconnu se trouvait au rendez-vous. Il recommença juste ce qu'il avait fait, compta les espèces, pesa les sacoches, et trouvant son affaire en règle, il décampa sans dire merci.

Le muletier et Bernin repartirent; ils se séparèrent devant le cabaret où ils s'étaient d'abord rencontrés.

Aussitôt que le valet de chambre eut franchi la barrière et se fut éloigné, le muletier changea complétement de tournure et de façon. Il quitta son attitude obséquieuse et modeste, entra dans la maison, en criant :

— Mon cheval, mon cheval! et vite, il n'y a pas un instant à perdre.

Un cheval tout sellé attendait dans l'écurie, un domestique l'amena et tint l'étrier avec respect.

— Tu sais où tu dois aller, lui cria-t-il en partant au galop.

— Oui, monsieur le comte, répondit l'autre et j'y serai cette nuit.

Le domestique resta sur la porte jusqu'a ce qu'il n'entendit plus le bruit des fers du cheval frappant les cailloux.

Il rentra à son tour dans la maison en étendant ses

bras, et bâillant avec tous les signes d'une envie de dormir invincible.

— Commençons par nous reposer, se dit-il ; je ferai peut-être sa commission demain. Nous verrons! La nuit porte conseil.

VIII

RUEIL

Le temps de notre histoire le plus fertile en intrigues est certainement celui où se passent ces aventures. La fin du règne de Louis XIII et de Richelieu, la Fronde, furent de perpétuelles scènes plutôt comiques que tragiques, malgré quelques drames épars çà et là. Jamais le caractère français ne se montra avec autant d'éclat, d'esprit, de bravoure, mais aussi jamais les mœurs ne furent plus dissolues et les consciences plus faciles. On vendait, on donnait et sa personne, et sa parole, et son honneur, autant de fois que l'intérêt, la fortune et surtout le plaisir l'exigeaient. C'était un changement perpétuel de partis et d'idées, auquel il était impossible de se reconnaître. Tant que le cardinal fut le maître, l'intrigue se cachait, ou il la dominait lui-même ; lorsqu'elle entrevit la fin de sa puissance, elle releva la tête, qu'elle craignait moins de perdre, et tous les fils se disposèrent pour le moment où la main d'une femme tiendrait le sceptre. La Fronde naquit des rancunes des grands contre Richelieu; Mazarin en fut le prétexte.

Le matin du jour où il attendait le roi à son château de Rueil, Bernin entra chez lui, ainsi qu'il l'avait ordonné, sans même prendre le temps de changer de costume.

— Eh bien? demanda le Cardinal.

— Tout est terminé, monseigneur.

— Et le muletier? qu'as-tu fait du muletier!

— Je l'ai quitté où je l'avais pris, ainsi que vous me l'aviez ordonné.

— Je t'ai ordonné, au contraire, de le ramener ici et de ne le laisser échapper sous aucun prétexte.

— Vous m'avez ordonné cela, monseigneur! Plairait-il à Votre Éminence de me dire quand et en quel lieu?

— Je t'ai envoyé cet ordre hier, au moment de ton départ, à cause des renseignements qui me sont parvenus. Et il est à cette auberge, dis-tu?

— Sans doute, avec les mules.

— Va sur-le-champ t'en informer, amène-le moi, je l'attends. Je ne partirai pas pour Rueil que je ne l'aie en mon pouvoir.

Bernin courut, Richelieu se montra sombre et inquiet jusqu'à son retour, qui se fit attendre plus d'une heure et demie. Dès qu'il l'aperçut, il l'interrogea vivement.

— Monseigneur, vous voyez le plus désolé des hommes, le cabaret est fermé. J'ai questionné les voisins, ils m'ont répondu qu'il ne s'était pas ouvert d'aujourd'hui, qu'ils n'avaient aperçu quoi que ce soit, ni dans la maison, ni aux environs, et voilà tout ce que j'ai pu apprendre.

— Sang-Dieu! on ne m'avait pas trompé, c'est lui!

— Monseigneur, je vous atteste sur ce qu'il y a de plus sacré que je n'ai reçu aucun ordre de vous que celui dont vous m'avez chargé vous-même.

— Et je le sais bien, répliqua-t-il avec impatience, on l'a remis au faux muletier.

Bernin se sentit soulagé d'un poids immense. Il ne se trouvait plus coupable, il était maintenant sûr de ne point être accusé.

Le cardinal se fit lever, habiller, sans prononcer une parole; il rêvait profondément. On le descendit jusqu'à son carrosse; il monta seul, ne permettant à qui que ce fût de l'accompagner autrement que dans un carrosse de suite. Lorsqu'il arriva chez lui, Monsieur y était déjà, jetant feu et flamme de loin, comme à l'ordinaire, et s'adoucissant dès qu'il fallait soutenir sa colère. Le vainqueur de Cassel ne craignait ni la poudre, ni la mort; il craignait les yeux sévères de Son Éminence et les réprimandes de son frère.

Rueil, où Louis XIII allait venir visiter son sujet, était un château bâti sous les règnes précédents, d'abord pour Catherine, ensuite pour Marie de Médicis. Ce n'était, à proprement parler, qu'un nid, en comparaison du magnifique palais de Saint-Germain.

Cependant la beauté des jardins, des décorations, l'élégance des bâtiments, suppléaient à la grandeur. Le parc ne le cédait en rien à ceux de Sa Majesté, on y trouvait toutes sortes de jets d'eau, de bocages, de solitudes, de fontaines, de statues, et tout ce que l'art put imaginer pour rendre cette maison agréable.

« En entrant dans ce délicieux Éden, les yeux et les oreilles étaient d'abord trompés par des notes contrefaites et par les mouvements de toutes sortes d'oiseaux, qui chantaient perpétuellement à mesure que l'eau les faisait chanter. Un peu plus loin, on voit plusieurs belles statues antiques, qui servent d'ornements à deux fontaines, entr'autres un crocodile de grandeur naturelle, qui fait une harmonie si surprenante, qu'on dirait qu'il a dans son corps un concert de musique italienne. Après avoir écouté avec admiration ces copies imitant si bien la nature, on vient à un lieu ressemblant fort au portrait que les poëtes font des Champs-Élysées.

» C'est un bocage, dont le sommet des arbres est entrelacé si près à près, qu'on ne voit plus le soleil au travers. L'obscurité des lieux et le murmure des vents au sommet des arbres remplissent cet endroit d'une espèce d'horreur sacrée. Je ne saurais comparer ce désert qu'à ce que les historiens disent des avenues du temple de Jupiter Ammon, en Égypte.

» La maison est au centre de ce bocage; on la croirait plus propre, ainsi entourée, pour un couvent que pour la cour d'un prince. Ce qu'on en peut dire de plus favorable, c'est qu'elle ressemble à un ermitage, ou à une cellule consacrée à la mélancolie des rois. »

Je copie mot à mot cette description dans un manuscrit contemporain, où j'ai puisé tous les documents relatifs à cette histoire.

Rueil était, on le voit, un séjour de tristesse ou de rêverie, convenant parfaitement au caractère de Louis XIII, aussi y venait-il souvent. Il s'y plaisait, il aimait à y être seul. La reine fuyait ces sortes d'endroits, qui l'impressionnaient fortement et lui rendaient son malheur trop sensible. Ce jour-là, pourtant, elle avait suivi son *seigneur* et *maître;* il l'avait exigé, la faveur du cardinal devait être complète.

Monsieur ne fit pas défaut à ses habitudes. Il vanta la maison, les jardins, les tableaux, tout ce qui restait sur un terrain neutre. Son Éminence reçut ses compliments avec la condescendance d'un supérieur. Cette condescendance devait sembler bien cruelle au fils de Henri IV; il la supporta néanmoins.

Quand le roi fut arrivé, à l'instant même, on se mit à table; il voulait être servi avec promptitude et exactement. Le cardinal n'eut garde de le faire attendre. Ils ne mangèrent ni l'un ni l'autre. Richelieu l'avait bien dit, ils se mouraient tous les deux; tous les deux cherchaient à le cacher, le ministre surtout. Quant au

roi, son désir brûlant était de lui survivre, il le voulait
avec une force de volonté qui ressemblait à de l'en-
têtement. Il soupirait après sa délivrance et il cherchait
à retenir sa vie qui lui échappait. Le repas fut triste,
ainsi que cela était partout où se trouvait le roi. A peine
échangea-t-on quelques paroles.

— Le roi retourne ce soir à Paris? demanda madame
la princesse de Condé, venue avec la reine.

— Oui, ma cousine, je veux coucher au Louvre.
M. le cardinal revient aussi, je pense.

— Je reviens comme vous, sire.

— Quant à mon frère, il m'a témoigné le désir de
rester ici jusqu'à demain; l'hospitalité de M. le cardinal est si magnifique, qu'elle n'a point de limites for-
mées. Monsieur passera donc la nuit ici, et ceux d'entre
vous, messieurs, qui souhaiteront lui tenir compagnie
à souper, me seront fort agréables.

Monsieur, versatile et perpétuellement en contra-
diction avec lui-même, se montra satisfait de rester
quelques heures de plus sous le toit de son ennemi
mortel. Ce caractère si particulier, tant de fois dépeint
et présentant toujours quelque face nouvelle, n'inspire
ni sympathie ni intérêt. Il joua pourtant un grand
rôle à cette époque, non pas par sa valeur personnelle,
mais par sa position. Il était, après le cardinal, le premier personnage de l'État. La régence tout entière reposait sur lui, bien que la reine eût de droit ce titre, le
fait lui donnait la puissance. Il pouvait soutenir Anne

d'Autriche, ou lui faire obstacle; ce n'était pas peu de chose.

Tous les yeux se tournaient donc vers ce prince, si peu fait pour attirer les regards. Cette explication est nécessaire à la suite de ce récit, à ceux de mes lecteurs qui ne se sont point particulièrement occupés de l'histoire de cette époque, si difficile à bien connaître dans tous ses détails.

Les seigneurs qui se trouvaient présents acceptèrent avec joie l'ordre de Louis XIII. Monsieur était un bon compagnon, quand le jeu lui plaisait.

Il avait de l'esprit et du plus original. Lorque Madame lui permettait quelque partie de table, il s'y conduisait vaillamment, on en parlait pendant huit jours. On attendit donc impatiemment le départ des malades et l'on se prépara à un souper somptueux.

Le roi, défiant, examinait tout, et ne disait que ce qu'il lui plaisait de dire.

— Mon frère, et il sourit finement au prince, mon frère, nous nous reverrons, je l'espère, avant votre départ pour Blois. Madame vous attend, et je serais coupable de tromper son impatience. En attendant, pour ce soir, bon appétit, joyeuse vie et doux sommeil ensuite, vous pouvez dormir, vous, qui n'avez pas les soucis du trône.

Le cardinal assura le duc d'Orléans des sentiments les plus sincères.

— Mon humble maison est à vos ordres, Monsieur,

1.   7

commandez, ordonnez comme en votre propre logis.

Gaston avait parmi ses principaux domestiques un jeune page, nommé Olivier de Serrac, qu'il affectionnait très-particulièrement et qui ne le quittait jamais.

Il se tenait derrière lui, n'importe où il fût, et le dévouement de cet enfant à son maître était passé en proverbe à la cour. Il était beau à miracle. Certains courtisans assuraient que c'était une femme déguisée.

Quoiqu'il en fût, ce jeune homme était venu chez Monsieur d'une façon tout à fait singulière, recommandé par madame la duchesse de Nemours, l'amie particulière du prince. On ne lui connaissait pas de famille; le cardinal le protégeait, sans chercher à l'entraîner dans une voie perfide à l'égard de son maître.

Ce jour-là, il se sentait d'une gaieté folle; plusieurs courtisans lui en demandèrent la raison; il répondit qu'il avait vu la vierge Marie, et qu'elle lui avait annoncé pour bientôt le comble du bonheur.

Monsieur ne se contenta pas de cette raison, il en voulait une autre. Olivier ne lui répliqua que par une plaisanterie, et se disposa à le servir.

Parmi les convives se trouvait le duc de Beaufort, petit-fils de Henri IV et de la belle Gabrielle. C'était un des plus beaux et des moins habiles seigneurs de la cour. Sa nullité était proverbiale, il l'a bien prouvée depuis, pendant la Fronde.

Il détestait de toutes ses forces le cardinal de Richelieu. Très-jeune encore, il préludait à ses expéditions et commençait le roman de sa vie, si pleine d'incidents et de mystères.

Il parcourut tout le château, tous les jardins, pour être bien sûr de sa liberté.

— Et malgré tout, ajouta-t-il, je ne me sens pas à mon aise ici. Je tremble toujours de voir lever quelque chausse-trappe qui nous ensevelisse dans un souterrain.

Avant le souper, les jeunes seigneurs se promenèrent longtemps, devisant des beautés de la cour. Chacune d'elles trouva son champion et ses détracteurs. Un souper d'hommes ressemblait dès ce temps-là à ceux d'aujourd'hui. On médisait, on calomniait, on se moquait à outrance, Monsieur plus que les autres.

— Ceux d'entre vous, messieurs, qui voudront venir à Blois, y jugeront de ma retraite. Je fais bâtir, je m'amuse; Madame a près d'elle un essaim de jolies femmes, bien plus jolies qu'à Paris; je me fais apporter les poissons, les gibiers de toutes les terres de Mademoiselle, la chère est excellente, l'air est bon, on y vit tranquille, que voulez-vous de plus? Olivier, versemoi à boire.

Olivier se tenait tout prêt, une bouteille de vin de Chypre à la main, de la sorte il était charmant.

— Monsieur, dit le duc d'Enghien, votre Olivier deviendra un paladin comme son patron, quand la barbe lui sera poussée.

— Monseigneur, il est bien difficile de vous suivre, j'essaierai.

— Il répond comme un docteur. Quel âge as-tu, Olivier?

— Monseigneur, j'ai seize ans et demi.

— Es-tu bien sûr d'être un garçon?

— Pourquoi cela, monseigneur?

— Les garçons n'ont point ordinairement un visage et des cheveux semblables aux tiens.

— Monseigneur, un garçon de mon âge n'est point un homme.

— De mieux en mieux. Quels sont tes parents.

— Je n'en ai plus.

— Quoi! ni père, ni mère!

Il baissa les yeux tristement.

— Non, monseigneur, ni père, ni mère.

— Cet enfant est plein de grâce, je l'adopte, poursuivit étourdiment le duc de Beaufort.

— Je vous remercie, monseigneur, je ne suis plus à prendre.

— Tu veux rester avec Monsieur.

— Jusqu'à la mort.

— Pauvre enfant! c'est bien long! Quoi! enchaîner ainsi tout ton avenir!

— L'avenir, monsieur, qui sait? c'est peut-être une heure. Quelque jeune que nous soyons, avons-nous un avenir?

— Quelle pensée à ton âge et dans un pareil moment!

Le duc de Beaufort éleva son verre et se mit à crier : à la santé du bel Olivier !

— A quand ta première maîtresse, Olivier ?

— Quand elle voudra, monseigneur.

— Es-tu déjà amoureux ?

— Monseigneur, ne parlons pas si haut de mes amours.

— As-tu donc des amours ?

— Monseigneur, j'ai un cœur et je n'ai pas eu de mère.

Ce bel enfant prononça ces mots avec une expression déchirante, chacun se sentit ému.

— Ventre saint-gris ! comme disait mon aïeul, s'écria le duc de Beaufort, si j'étais femme, j'adorerais ce marmouset-là, et je voudrais lui broder sa première écharpe.

Monsieur se retourna vers son page et lui demanda à boire.

— Petit, tu m'as oublié.

— Moi, monseigneur ? J'oublierais plutôt de vivre, mais c'est que je pensais.

— A cet âge on pense toujours, dit le duc d'Enghien.

— Monseigneur, êtes-vous donc beaucoup plus âgé que moi !

Le reste du souper se passa en propos bien plus gais et en libations si fréquentes, que la plupart des convives eurent toutes les peines du monde à regagner leur lit. Monsieur se sentit tellement échauffé qu'il refusa de se coucher, et se mit à courir dans le château, suivi d'Olivier seulement. L'enfant écartait les autres domestiques, ne voulant point souffrir que le prince fût vu dans un état semblable. Quant à lui, il n'avait pas même soupé. Arrivé à la galerie supérieure, Gaston aperçut un lit de camp, dressé pour le gardien des tableaux, et se jeta dessus.

— Monseigneur, dit Olivier, si vous descendiez à votre chambre.

— Non, j'aime mieux rester ici. Causons.

— Quelqu'un pourrait venir, nous serions mieux chez Votre Altesse Royale.

— Je suis bien en cette galerie, il y a plus d'air.

— Au moins, monsieur, ne vous couchez pas sur ce pliant, il n'est pas fait pour vous.

— Il est fait pour moi et je le veux. Viens ici, petit Olivier, et réponds-moi. Tu as dit d'un ton si touchant : je n'ai jamais connu ma mère! que cela m'a été au cœur. Tu ne l'as donc pas connue?

— Monsieur le sait bien.

— Non, je ne le sais pas, répondit le prince, avec l'insistance d'un homme ivre, il faut me le dire tout de suite.

— Monseigneur, il est bien tard pour vous répéter une histoire qui vous est connue.

— Je te dis que je ne m'en souviens plus, si je la sais, et je veux que tu me la répètes.

— Vous n'avez pas pitié du pauvre Olivier, mon cher maître.

L'enfant se mit à pleurer. Le prince s'en aperçut, et comme les ivrognes sont ordinairement fort tendres, il pleura aussi.

— C'est bien, c'est bien, mon fils, viens ici que je t'embrasse, et conte-moi tes peines, je te promets de te les ôter. Voyons où es-tu né?

— Je ne l'ai jamais appris, monseigneur.

— Qui t'a élevé!

— Une vieille femme et un homme très-méchant.

— Où cela?

— Loin de Paris, mais j'ignore le nom du pays. Je ne me rapelle que celui de la maison, *la Courtaudière*.

— Comment, tu étais dans un pays dont on te cachait le nom?

— Je ne sortais jamais de l'enclos et je ne voyais personne, monsieur, qui eût pu me l'apprendre?

— La vieille femme, comment s'appelait-elle?

— Julie.

— Et l'homme méchant?

— Monsieur.

— Comment Monsieur?

— Oui, monsieur, tout court, comme Votre Altesse Royale.

— Quel bélitre! Ce n'était pas moi cependant. Jusqu'à quel âge es-tu resté là?

— Jusqu'au moment où je suis entré dans la maison de Monsieur.

— Ah! oui, je me souviens! Et qui t'a fait entrer chez moi?

— M. le cardinal, par la recommandation de madame la duchesse de Nemours.

— C'est vrai. Voyez un peu combien j'avais oublié tout cela! Ah! ça, il y a une chose que je n'ai pas oubliée, dont je me souviens à merveille, au contraire, et qui m'a toujours étonné. Le cardinal t'aime beaucoup?

— Je le crois, monsieur, du moins Son Éminence me témoigne une grande bonté.

— Pourquoi diable! alors, puisqu'elle t'aime tant, t'a-t-elle mis chez moi, qu'elle ne peut souffrir.

— Ah! pour cela, monsieur, je ne me l'explique point, j'y ai pensé souvent.

— Tu l'as vu aujourd'hui, ce cardinal de malheur?

— Monsieur! interrompit Olivier d'une voix suppliante.

— Et que veux-tu qu'il me fasse! il me renvoie à Blois, il n'en peut pas davantage. Tu l'as vu?

— Oui, monsieur. Il a été plus affectueux encore que de coutume. Il m'a parlé de sa fin qu'il croit prochaine, le pauvre seigneur! et m'a dit que j'aurais un sort brillant quand il n'y serait plus. Il m'a ordonné de lui écrire de Blois et de ne pas manquer d'aller au Palais-Cardinal, avant d'y retourner.

Le prince s'était étendu, pendant que le jeune homme parlait; le sommeil le gagnait peu à peu.

— Continue toujours, petit, murmura-t-il, je t'entends.

Mais avant quelques secondes écoulées il était endormi.

Olivier s'assit tranquillement sur une banquette, à côté de son maître, qu'il eut soin d'abord de bien envelopper dans son manteau, puis il se mit à penser, à rêver comme rêvent les âmes de cet âge et de ce caractère, surtout lorsqu'elles n'ont connu du monde que la souffrance. Il se rappela son enfance presque abandonnée, et pourtant le souvenir des lieux qu'il avait habités lui fit venir les larmes aux yeux. Le petit ruisseau serpentant dans la prairie, devant la maison, les pâquerettes fleuries dont il composait des bouquets pour la Vierge, le joli oiseau qu'il avait élevé et qui chantait sa chanson le matin dans sa cage, le chien qui partageait ses jeux, tout cela composait déjà un passé enfui, que cette âme poétique embellissait des mille couleurs du regret.

Il rêvait aussi des espérances nouvelles, son cœur battait au souvenir des belles dames qu'il avait vues. Mademoiselle de Condé, la charmante princesse qui devint plus tard madame de Longueville, occupait son imagination et son cœur. Il eût pu dire comme Ruy-Blas :

> Moi, pauvre ver luisant, amoureux d'une étoile.

Il n'avait pas soupé, nous le savons, mais il n'y son-

I.   7.

geait guère. Il veillait en même temps sur le sommeil de son maître, il écoutait tous les bruits, tremblant qu'on ne les surprît ainsi, dans ce lieu si peu fait pour servir de chambre à coucher au premier prince de la famille royale.

Il entendit bientôt parler, et des pas qui s'approchaient, la voix du duc de Beaufort dominant les autres, car il était entouré d'une grande suite de gens.

— Mon Dieu! pensa-t-il, comment faire?

Il cherchait à dissimuler M. Gaston en le couvrant d'une grande toile qui se trouvait là par terre, pour entourer les tableaux, il ne le voulut point souffrir, et se mit à maugréer en le repoussant de toutes ses forces. Le duc de Beaufort le surprit dans cette occupation.

— Que fais-tu là, petit Olivier?

Monseigneur, je... monseigneur... c'est Monsieur.

— Ah! oui, je devine, il s'est endormi là, comme les autres sous la table. Je ne comprends pas qu'on soit si facile à abattre. Nous ne pouvons laisser Monsieur ici, mon appartement est au bout de cette galerie, nous allons l'y transporter.

— Si Monsieur se réveille.

— Il sera charmé de notre compagnie, sois tranquille. Il dormira mieux chez moi que chez lui. D'ailleurs je préfère l'y garder, c'est plus sûr.

— Monseigneur, Monsieur a ses domestiques, reprit le page offensé.

— Il a toi, il a Fontrailles, il en a deux ou trois
autres très-dévoués, ce qui reste appartient au cardinal; je t'en réponds. Allons, ajouta-t-il, s'adressant à
ceux qui le suivaient, prenez Monsieur bien doucement
et emportons-le.

— Monsieur aura besoin de moi peut-être, je demande à monseigneur la permission de le suivre.

— Écoute, petit, tu m'as l'air harassé de fatigue,
Monsieur va dormir jusqu'à demain matin du sommeil
du juste, je n'ai point de lit à te prêter, prends celui-ci,
repose-toi. Je te donne ma parole de gentilhomme que,
s'il se réveille, je te ferai appeler sur-le-champ.

— Mais, monseigneur, je ne quitte jamais Monsieur,
je couche à sa porte. Je le ferai comme de coutume, je
n'embarrasserai point, permettez-moi...

— Non, te dis-je, à ton âge, il faut dormir.

Et le prenant dans ses bras, comme une nourrice
enlève son poupon, il l'étendit à la place que son maître venait de quitter, il le couvrit soigneusement du
manteau du prince, lui cacha les jambes avec la toile
et lui dit :

— Restez ici, monsieur de Serrac, et attendez-y les
ordres de Son Altesse Royale, je lui rendrai compte de
votre soumission.

L'enfant n'osa résister, et puis il était bien las! à cet
âge, le sommeil est le premier des besoins. Il ne fut
pas plutôt couché que ses yeux se fermèrent et cependant il murmurait encore :

— Si Monseigneur m'appelle, on me préviendra, on me l'a promis.

Le duc de Beaufort, très-jeune aussi à cette époque, était d'une beauté et d'une force remarquables. Il supportait sans faiblir le vin et les orgies. Il donna son propre lit à Gaston, se sentant capable de veiller toute la nuit et de boire encore, sans que sa tête en fût ni plus lourde, ni plus troublée.

— En vérité, ce petit Olivier est une charmante créature, dit-il, au premier de ses écuyers. Laissons-le se reposer pendant que Monsieur... Qu'il leur faut donc peu de chose à ces princes-là! Le sang d'Henri IV ne s'est-il donc transmis à ses enfants que par le côté bâtard. Ah! si j'avais été le fils de Marie de Médicis!

Il prenait de temps en temps au prince des bouffées d'ambition. Il se figurait un avenir de puissance, auquel il croyait presque avoir des droits. Le duc de Beaufort était brave comme son aïeul, il avait de plus que lui une franchise à toute épreuve. Mais la nature lui avait refusé l'intelligence, surtout le don de la parole! Il ne manquait pas d'une certaine justesse d'idées, seulement il lui était impossible de les exprimer. Il tremblait, il perdait la tête aussitôt qu'on l'écoutait, et alors débitait les choses les plus étranges. Si M. de Beaufort eût pu prendre l'esprit de son oncle Gaston il eût dominé son siècle, malheureusement pour lui ces ortes d'échanges ne sont pas possibles. Il mena une

vie agitée et romanesque qu'il termina par une mort
plus romanesque encore.

Monsieur dormit en effet, sans faire un mouvement,
trois bonnes heures. Le duc de Beaufort s'était établi
près de son lit, avec une table chargée de bouteilles et
continuait le souper interrompu pour les autres par
la fatigue. Gaston ouvrit les yeux et se montra très-
surpris de se trouver là, ne se souvenant plus de ce
qui s'était passé.

— Où suis-je? demanda-t-il, en se frottant les yeux.
Ah! voilà mon beau neveu de Beaufort en train de bien
faire. Ah ça! nous ne sommes plus dans la grande salle.
Que signifie cela?

Lorsque Monsieur appelait les enfants du duc de
Vendôme *mon neveu*, c'est qu'il était d'une humeur
délicieuse! Le duc de Beaufort le savait bien, aussi s'en
montra-t-il très-reconnaissant.

— Cela signifie, monsieur, que Votre Altesse Royale
avait sommeil et qu'elle a daigné accepter mon lit?

— C'est bien! j'entends. Et où est Olivier?

— Il dort. Le pauvre enfant n'y voulait point consentir, dans la crainte que Monsieur ne l'appelât? Enfin
je l'ai couché de force, en lui promettant de l'envoyer
chercher dès que Monsieur aurait besoin de lui!

— Faites-le appeler, je vous prie, je veux l'envoyer
chez moi, savoir ce que font mes gentilshommes.

M. de Beaufort fit signe à un des officiers présents de
courir à la galerie et d'en ramener le page. Il s'y rendit

aussitôt et aperçut l'enfant à la même place où on l'avait laissé, roulé dans le manteau de son maître, bien reconnaissable et bien connu à cause d'un gros diamant qui lui servait d'agrafe, et il étincelait sur l'épaule du jeune homme, le manteau étant replié deux fois. L'écuyer de M. de Beaufort toucha Olivier au bras, en l'appelant, celui-ci ne remua point.

— Les enfants ont le sommeil très-dur, pensa-t-il.

Il le toucha de nouveau, un peu plus fortement, en répétant :

— Hé! hé! Olivier de Serrac! debout! Son Altesse Royale vous demande.

Même silence et même immobilité. Il en fut saisi d'étonnement.

— Il est peut-être malade, ce pauvre petit, ajouta-t-il, en approchant la lumière, le voilà bien pâle!

Il s'approcha tout à fait, releva un peu le manteau pourpre, si hermétiquement croisé sur le corps froid de l'enfant et poussa un cri d'horreur. Olivier, baigné dans son sang, avait un poignard enfoncé jusqu'à la garde dans sa poitrine !

— Mon Dieu! mon Dieu! ils ont assassiné cet orphelin, que le ciel les prenne en pitié !

Et sans réfléchir davantage, il chargea le beau cadavre sur ses épaules et l'emporta. En entrant chez M. de Beaufort, où il n'arriva que couvert du sang de cette créature innocente, il le déposa aux pieds des princes, en répétant :

— Justice, Monsieur, justice! voilà votre joli page,
et l'état où on l'a réduit.

Monsieur, qui sommeillait encore un peu, se releva
sur son séant, en poussant un cri d'effroi et de colère,
le duc de Beaufort, excité par ses nombreuses libations,
se jeta impétueusement sur ce malheureux jeune
homme et, le prenant dans ses bras, il le posa doucement sur un autre lit qu'on avait dressé pour lui-
même, à côté de celui de Monsieur.

— Un médecin! un médecin! dit-il, il n'est peut-être
qu'évanoui, on peut le sauver encore! appelez le médecin du cardinal, il doit y en avoir un ici pour ses
gens au moins.

— Appelez Fontrailles, dit Monsieur, il se connaît en
blessures, qu'il vienne ici vite. Qu'on n'ébruite pas cet
événement et que pas un des gens de la maison ne
pénètre en cette chambre tant que nous y serons.

Pendant ce temps le duc de Beaufort, aidé de ses
gentilshommes, ôtait avec précaution les habits du
pauvre Olivier, sa tête inerte, pâle, mais belle à ravir,
retombait sur sa poitrine, dès qu'on ne la soutenait
pas; ses yeux fermés, ses traits calmes, ressemblaient
à un superbe marbre antique. Il était mort sans souffrir, sans se réveiller. On n'osa pas arracher le poignard,
avant de voir s'il vivait encore, bien qu'on ne pût
guère en conserver l'espérance. Son cœur ne battait
plus, son pouls était muet, ses longs cheveux inon-
daient ses joues, et baignaient dans le sang.

— Mon pauvre Olivier! dit Monsieur, les yeux fixés sur sa blessure, mon pauvre enfant! qui me l'a tué! qu'avait-il fait à qui que ce fût au monde? Qui pouvait être l'ennemi de cet ange?

— Monsieur, répondit un gentilhomme, qui venait d'entrer, il était couvert de votre manteau?

— C'est vrai, ajouta le duc, je l'en avais entouré moi-même.

— Il était entouré de mon manteau! Voici qui prend bien une autre tournure! il est mort à ma place, sans doute, l'innocent Olivier, c'est moi qu'on a cru frapper, sa poitrine fidèle a reçu le coup.

— Ah! Monsieur! sous son toit, le cardinal est-il bien capable d'une semblable infamie! demanda un des seigneurs présents.

— Le cardinal a des agents qui le servent souvent plus qu'il ne le voudrait, ou du moins qu'il s'arrange de manière à désavouer en cas d'échec. Il en sera de même dans cette circonstance, j'en suis sûr. Occupons-nous d'abord de sauver Olivier, si cela est possible, nous verrons après ce qui nous reste à faire vis-à-vis des ennemis déclarés et des ennemis qui se cachent. Voici Fontrailles.

— Quoi! monseigneur, s'écria celui-ci en entrant, quoi! ce pauvre Olivier... cela est-il bien possible?

— Regarde, examine, Fontrailles, le voilà.

Fontrailles mit la main sur la poitrine du page, écouta, tâta le pouls, toucha fortement les membres, pour y rappeler la sensibilité; il attendit quelques secondes.

— Tout est inutile, dit-il enfin, il est mort, son corps commence à se refroidir.

Cette sentence fut accueillie par un silence morne, et, parmi tous ces hommes de guerre, il n'en était pas un seul qui ne sentît une larme trembler à sa paupière. Quant à Monsieur, il n'y fit pas tant de façon, cachant son visage dans ses oreillers :

— Mon pauvre page, dit-il, mon pauvre Olivier, qui m'aimait tant! mort! mort pour moi! dit-il en sanglotant.

— Monsieur, ce n'est pas le moment de pleurer, il faut que cette mort soit vengée, et c'est à Votre Altesse Royale à le faire, reprit M. de Beaufort. Fontrailles, arrache ce poignard, auquel nous n'avons pas osé toucher, apporte-le par ici, que nous l'examinions.

Puylaurens arracha l'arme avec beaucoup de peine; elle s'était fixée entre deux côtes et n'en voulait point sortir. Il la remit au duc, qui l'essuya d'abord, et en examina la poignée et la lame, avec le sang-froid d'un homme tout prêt à casser la tête à quelqu'un.

— Voici une inscription sur la lame, c'est difficile à lire, ah! il y a : *Je l'aurai!* Oui, c'est déjà un indice, ce stylet a dû être commandé à une intention quelconque. Maintenant, le pommeau est en croix, comme les autres, mais voici un écusson au bout. Un écusson de fille, en losange, ce n'est point une chanoinesse, le cordon manque. Les armoiries sont écrasées et effacées, il est impossible d'y rien voir. Je ne m'explique pas cette étourderie d'abandonner son poignard.

— C'est une bravade, une bravade à mon adresse, dit Monsieur. Maintenant, si vous m'en croyez, nous repartirons pour Paris, à l'instant même, nous mettrons ce malheureux enfant dans mon carrosse, avec un prêtre, s'il en existe dans la maison de ce prêtre sans foi. S'il y a une justice dans le royaume, si le roi mon frère est autre chose qu'un esclave couronné, il me faut une vengeance éclatante. Et dussé je la prendre, si on me la refuse, moi aussi : Je l'aurai !

Les préparatifs de départ furent bientôt terminés ; avant de quitter Rueil, on interrogea la sentinelle de l'escalier, près de laquelle l'assassin avait dû nécessairement passer, à moins qu'il ne se fût évanoui en fumée. Elle assura n'avoir aperçu qu'une femme, laquelle lui avait donné le mot d'ordre, comme un habitant de la maison, et était descendue, sans montrer ni trouble, ni empressement.

— Je connaissais la présence de Monsieur dans la galerie, ajouta le garde, et j'aurais arrêté toute personne suspecte.

La sentinelle était-elle gagnée ? disait-elle vrai ? C'est ce qu'il était difficile de savoir ; on se mit donc en route, au pas, comme il convient à une marche funèbre, les torches allumées, les mantelets du carrosse baissés.

Le cortége entra ainsi dans Paris, les princes à cheval auprès de ce char mortuaire.

— Au Palais-Cardinal, messieurs! s'écria Beaufort.

La renommée apprit bien vite à Son Eminence quelle visite elle allait recevoir.

IX

LES ADIEUX

Cependant Jacques était resté de longues heures dans la chambre de Radegonde, sans avoir vu personne, sans qu'on fût venu lui donner des nouvelles de ce qui se passait au château. Sans la présence de Gournay, qui le retenait à force de raisonnements et de prières, il eût déjà essayé vingt fois de sortir, et se fût livré à ses ennemis. La nuit était passée, les rayons du jour tombaient d'aplomb par la fenêtre, M. de Maulévrier l'entr'ouvrit, pour respirer l'air frais du matin; il regarda un instant le ciel, admira le réveil splendide de la nature, écouta les premiers chants des oiseaux, voltigeant dans le feuillage, et se sentit un peu plus tranquille.

— Oh! si je pouvais la voir! pensa-t-il, si je pouvais errer avec elle là-bas, sous ces belles allées qui nous ont abrités si souvent! Tout est-il donc fini entre nous?

— Monsieur, il ne faut jamais désespérer, et je crois surtout qu'en ce moment, notre devoir est de penser à vivre, sauf à savoir ensuite ce que nous ferons de la vie.

— Gournay, tu n'es pas menacé de perdre Isabelle!

— Non, monsieur, mais je suis menacé de perdre mon cou, ce qui m'intéresse tout autant, je ne vous le cache pas.

— Il était plus de midi avant que personne ait paru, l'impatience de Jacques devenait de la colère, et bientôt Gournay commença à douter de sa puissance à le retenir. Au coup de *l'angelus*, Radegonde entra.

— Enfin! s'écria Jacques.

— Oui, enfin, répondit-elle, j'ai bien tardé, en effet. Mais hélas! j'apporte de tristes nouvelles.

— Isabelle?... demanda-t-il avec anxiété.

— Elle viendra elle-même ce soir.

— Et que m'importent alors les tristes nouvelles, puisque je la verrai.

— Même la mort de madame Saulieu, dont les bontés pour vous se sont produites jusqu'au dernier moment.

— Quoi! madame de Saulieu...

— N'a plus que bien peu d'heures à vivre. Ce n'est pas tout encore.

— Qu'y a-t-il de plus?

— Le château est rempli des gens de Son Éminence, ils y doivent rester pour en prendre possession, c'est-à-dire pour y tenir garnison quelques semaines, afin de vous saisir si vous paraissiez. Comment vous sauver à présent!

— Je ne me sauverai point, je resterai ici, dans cette chambre, autant qu'eux. A ton âge, Radegonde, on n'en médira pas.

— Ce n'est pas tout encore!

— Eh! mon Dieu! que vas-tu m'apprendre? Je suis préparé à tout.

— Mademoiselle vous en instruira elle-même. Qu'elle est malheureuse, cet ange du ciel! tout l'accable à la fois. Quel courage il lui faut pour y résister! maintenant je suis venue quelques minutes, pour vous donner de la nourriture et calmer votre impatience, que je conçois. Il me faut vous quitter, mon absence serait remarquée. Gardez-vous de vous montrer, si vous tenez à la vie et si vous ne voulez pas nous perdre tous. Priez Dieu, pour qu'il vous console.

Elle déposa sur la table ce qu'elle avait pu se procurer à l'office sans élever de soupçons, puis elle remonta près de la marquise, qui l'avait déjà demandée trois fois. Vers deux heures les jeunes gens entendirent tinter tristement la cloche de la chapelle, elle sonnait l'agonie de la meilleure des femmes, de celle qui dans toute son existence, n'avait jamais fait que du bien à tous. Un sentiment religieux et un regret sincère les saisirent. Ils s'agenouillèrent et s'unirent d'intention à ceux qui parlaient à Dieu de cette âme sainte. Elle allait quitter ce monde pour un monde meilleur, ce n'était point elle qu'on devait plaindre.

— Ah! dit M. de Maulevrier, le cœur brisé, en

songeant à la douleur d'Isabelle, elle eût été pour moi
une si bonne mère!

La cloche tintait toujours.

— Ce glas dure bien longtemps! comme elle souffre
avant de mourir, cette chère mère! Isabelle est là près
de son chevet. Que ne puis-je prendre la moitié de
son affliction!

Le glas s'arrêta, on entendit le bruit de l'étendard
placé sur la plus haute tour et dont les plis s'enrou-
laient à la hampe, au moment où on allait le descendre, en signe de deuil. Un maître-d'hôtel avait déjà
crié, selon les anciens usages, observés scrupuleusement dans cette maison :

— La dame et maîtresse de ce château, bourg et dé-
pendances de ce marquisat de Saulieu est maintenant
madame Isabelle de Saulieu, marquise de Fouquerolles;
tous lui doivent obéissance.

— Si je le permets! murmura sa tante, en serrant sa
main contre sa poitrine, c'est ce que nous verrons!

Les serviteurs en larmes venaient tour à tour à côté
du lit de la marquise, la contempler une dernière fois
et prier pour elle, près de sa dépouille mortelle.

— Les deux petites filles et leurs maris se tenaient
debout à la tête, madame de Saulieu, presque cachée
sous les rideaux, restait en face. Isabelle ne pleurait
pas, elle n'avait plus de larmes. Tout ce qui s'était
passé depuis la veille lui semblat un songe.

Près de madame de Saulieu, un jeune garçon de

dix-sept ans environ regardait curieusement ce spectacle nouveau pour lui; ses traits n'exprimaient ni
émotion, ni sympathie. Il ne parlait à personne, nul
ne s'occupait de lui, c'était un étranger pour tous.
M. de Ravière seul paraissait le connaître et lui adressait
de temps en temps un signe, qu'il ne comprenait point,
ou qu'il ne se souciait pas de comprendre.

Quand la cérémonie des adieux fut terminée, la famille resta seule.

Madame de Saulieu avait remis son masque, elle s'a-
vança vers Isabelle.

— Madame! lui dit-elle, je dois partir maintenant,
ma mission est terminée. Vous n'oublierez pas plus
que moi, je suppose, ce qui s'est passé cette nuit. Lorsque vous aurez besoin de moi, adressez une lettre à
madame de Villers, au couvent des Ursulines, à Chaillot, elle me parviendra. Je laisse ici des hommes à moi,
selon l'ordre que j'en ai reçu. Je serais bien malheureuse si une désobéissance de votre part amenait encore un malheur sur cette maison, c'est à vous d'y
veiller. Adieu!

Et cette femme quitta l'œil sec le cadavre de sa mère,
à peine refroidi, qui était morte sans l'embrasser!

— Madame! dit le marquis de Fouquerolles, lorsqu'elle fut partie, j'espère bien que vous n'écrirez
jamais au couvent des Ursulines de Chaillot.

Le chapelain et madame Legrand s'établirent près des

restes de la marquise, avec toutes les femmes, de la maison, pour faire la veille des morts.

Les jeunes époux exigèrent de leurs femmes qu'elles prissent un peu de repos.

Isabelle consentit à suivre M. de Fouquerolles, elle ne voulait pas descendre à son insu vers Jacques. Il lui semblait horrible de manquer de confiance envers celui qu'elle venait d'accepter pour maître, pour compagnon de sa vie.

— Monsieur, lui dit-elle, lorsqu'ils furent seuls, nous ne sommes point en un jour de noces et de joie, bien que nous ne soyons unis que depuis hier. Nous nous connaissons de longue date, vous savez assez que je suis incapable de vous tromper, pour ne pas le craindre; permettez-moi d'entrer une heure dans la chambre de Radegonde, et permettez-moi ensuite de rester seule chez moi, au moins jusqu'à ce que nous ayons rendu les derniers devoirs à mon aïeule. Je vais remplir un devoir douloureux, je vais passer un des moments les plus pénibles de ma vie, j'ai besoin de toute ma force, de tout mon courage pour cette épreuve. Comptez sur moi, monsieur, je ne vous manquerai jamais.

M. de Fouquerolles était amoureux et jaloux, mais M. de Fouquerolles ne voulait pas, en des circonstances semblables, blesser le cœur de sa femme, et se l'aliéner à jamais peut-être. Il la laissa libre et lui accorda tout ce qu'elle demandait.

Elle descendit donc, plus morte que vive, et Jacques la vit entrer au moment où il ne l'attendait plus.

— Ah! mon Isabelle! s'écria-t-il en se précipitant vers elle.

— Jacques... monsieur... murmura-t-elle. Et elle le repoussait doucement.

— J'ai cru ne plus vous revoir, et j'en serais mort, ma bien-aimée.

— Vous savez le malheur qui m'a frappée, continua-t-elle, toujours froide et sérieuse.

— Je le sais.

— Mais vous ne savez pas tout encore, c'est à moi qu'il est réservé de vous l'apprendre. Ah! ne me regardez pas ainsi, car je n'en aurais pas la force. Jacques! mon pauvre Jacques!

Elle se mit à pleurer, ses larmes la soulagèrent.

— Hélas! j'ai donc été maudite dès ma naissance, depuis que je vis je souffre, et toujours par ceux qui tenaient mon bonheur en leurs mains. Maintenant, je n'ai plus rien à attendre ici-bas, mes espérances sont envolées, mon sort est fixé, j'ai dû obéir à ma grand'mère sur le lit de mort, je suis mariée.

M. de Maulevrier ne répondit rien, ne fit pas un geste, pas un mouvement, il semblait changé en statue.

Isabelle lui prit la main, ses larmes tombaient une à une sur ces deux mains unies par l'amour et séparées par le devoir.

I.   8

— Pardonnez-moi, mon ami, car je suis la première victime, car je serai plus malheureuse que vous, dans cette union que je déteste ; vous restez libre, vous n'avez à cacher ni vos pleurs, ni vos regrets. Vous pouvez essayer de guérir votre cœur : vous en avez les moyens, la possibilité, je ne pourrai, moi, que me taire et louer Dieu de vous avoir ôté cette immense douleur d'un amour sans espoir.

— Isabelle ! et vous y avez consenti...

— Mon ami, c'était une dette d'honneur, c'était la dette de notre nom, contractée par mon père, pour sauver celle... même à vous je ne dois point révéler ce secret. Qu'eussiez-vous fait à ma place ? Vous eussiez acquitté la dette, et moi, j'aurais dit ce que vous allez me dire : Jacques, vous avez bien fait.

— Elle me l'avait prédit ! s'écria le malheureux jeune homme, en frappant sa tête, que je serais forcé de vous admirer encore.

— Je ne sais ce que vous voulez dire, Jacques, mais depuis deux jours il se passe autour de moi tant de choses merveilleuses, que je comprends et crois tout. J'ai vu mourir ma pauvre grand'mère dans les circonstances les plus incroyables. J'ai vu des spectres évoqués autour de son lit, j'ai vu M. de Ravière accourir, lui qui venait de partir à peine, amenant un jeune homme étranger, dont ma grand'mère seule a su le nom et l'origine, et qu'elle a fait placer au milieu de nous. J'ai vu tout cela, je peux tout croire.

— Oh! oui, il faut tout croire puisqu'Isabelle de Saulieu a pu abandonner celui qui reçut sa foi. Oui, il faut que toutes les impossibilités soient possibles, puisqu'il s'est trouvé des nécessités assez impérieuses pour la rendre parjure. A présent je douterais de moi-même, je douterais de Dieu, qui a permis une telle action.

— Ne doutez pas de Dieu, Jacques; priez-le, au contraire, lui seul vous donnera la force de supporter vos douleurs. Nous allons nous séparer aujourd'hui, nous ne nous reverrons que dans l'éternité. Je ne manquerai point volontairement au serment que j'ai prononcé devant mon aïeule sur le bord de sa tombe. Je resterai l'épouse irréprochable de celui que j'ai accepté. Je n'ai plus de droits à votre amour, mais je veux conserver votre estime, je ne vous reverrai jamais; si nous nous revoyions, nous aurions trop de luttes, trop de combats à livrer, fuyons les tentations, vivons honnêtement, dans la crainte du Seigneur et dans l'approbation du monde, nous nous réunirons ensuite là-haut, pour ne plus nous quitter.

— Ah! partons donc ensemble alors, et de suite s'il se peut, car je sens que pour moi, mon exil ici-bas ne durera pas longtemps.

— Notre sûreté personnelle est, à présent, la seule chose qui m'occupe. J'espère parvenir à vous sauver. Restez ici quelques jours, Radegonde se contentera du cabinet, j'avouerai à M. de Fouquerolles votre présence ici, il m'aidera à trouver le moyen de tromper les espions qu'on nous a laissés. Je n'ai pas d'amour pour lui, mais je rends justice à ses qualités généreuses, il est incapable d'une mauvaise action.

— Et que m'importe! je veux me livrer, au contraire, j'en veux finir ainsi avec la vie, ce fardeau désormais inutile à celui qui n'a plus d'avenir à y placer.

— Jacques! Jacques! croyez-vous donc que je ne vous aime plus? Votre vie n'est-elle pas ma vie? Votre gloire n'est-elle pas ma gloire? Ayez pitié de moi, si vous n'avez pas pitié de vous. Adieu, l'heure s'écoule, il faut partir; adieu, mon premier, mon unique amour. Soyez heureux, soyez grand. Oubliez-moi, puisqu'il faut m'oublier, afin de ne plus souffrir.

— Vous m'oublierez donc, vous?

— Moi! vous oublier, mon Dieu! ah! je ne me souviendrai que trop.

— Madame, dit Radegonde, qui s'était tenue avec Gournay dans le cabinet voisin, pendant cette conversation, madame, pardonnez-moi, mais il est temps de rentrer; on s'apercevrait de votre absence, on vous chercherait.

— Tu as raison, Radegonde, hélas! tu n'as que trop raison, je ne suis plus libre. Adieu, Jacques, adieu encore, adieu toujours!

Par un mouvement spontané, ils se jetèrent dans les bras l'un de l'autre; ce premier et suprême embrassement résumait tout le bonheur de leur vie. Ils restèrent ainsi quelques instants, confondant leurs larmes,

sans que leurs lèvres se touchassent, chastes et purs
jusque dans leurs regrets.

X

UN MYSTÈRE

Le lendemain de ce jour, dans la cabane des bords
de la Vive, où nous avons laissé Ryna, au coucher du
soleil, la magicienne avait ouvert toutes ses fenêtres,
et, placée près de la grande, elle respirait l'air du soir.
Il faisait une de ces chaleurs lourdes, qui précèdent un
orage, par lesquelles les fleurs exhalent un parfum
plus pénétrant; Ryna, comme toutes les natures ner-
veuses, était fort accessible aux variations de l'atmo-
sphère, elle se sentait mal à son aise et cependant cette
torpeur, qui alourdissait ses membres, ne manquait
pas d'un certain charme. Elle n'eût point voulu la se-
couer, elle était bien, avec cette souffrance. Le soleil
se couvrait de gros nuages noirs, chargés d'électricité
et de grêle. Asmodée, accablée par la chaleur, s'était
couché aux pieds de sa maîtresse, tout à coup il se releva et s'élança vers la porte, en aboyant comme un
furieux.

— Quelqu'un encore, murmura-t-elle sans relever à
peine la tête.

— Il fera une terrible nuit, la vieille, répondit une

I.   8.

grosse voix, et j'espère bien que vous ne refuserez pas l'hospitalité à deux pauvres diables, qui n'ont pas le moyen de la demander à une hôtellerie.

Ryna se releva de toute sa hauteur et montra sa bizarre et imposante figure; elle se trouva en face de deux hommes, l'un vieux et l'autre jeune, mais vigoureux et bien découplés tous les deux. Leurs habits annonçaient la misère, et la misère honteuse. Ils étaient propres, quoique recousus et raccommodés sur toutes les coutures. Le plus âgé, d'une physionomie résolue et cauteleuse tout à la fois, montrait ses traits avec l'assurance d'un homme qui n'a rien à craindre. Le plus jeune, au contraire, se tenait derrière lui et cherchait évidemment à se cacher, soit par timidité, soit par honte, soit pour toute autre cause.

Ryna les examina longtemps avant de répondre.

— Vous demandez l'hospitalité pour cette nuit? dit-elle enfin.

— Oui, la bonne mère.

— Vous me croyez folle, je pense, d'accueillir deux aventuriers qui en veulent à mon argent, à ma vie peut-être, dans cette maison isolée et loin de tout secours.

— Nous ne sommes pas des aventuriers, et votre supposition nous offense. Ma bonne amie, nous sommes d'honnêtes gens, qui cherchons de l'ouvrage pour vivre et qui ne dérobons rien à personne.

— Allez à Vivonne!

— A Vivonne, il faudra payer, et nous ne possédons rien.

Ryna réfléchit encore.

— Eh bien, soit, restez! que m'importe? je ne serai pas seule longtemps.

Les deux hommes se regardèrent, Ryna surprit ce regard.

— Écoutez, leur dit-elle, en marchant vers une armoire, d'où elle tira deux pistolets, longs comme de petits fusils. Si vous avez de mauvais desseins, vous n'aurez pas bon marché de moi, je vous en avertis. Si vous me croyez riche, vous vous trompez encore, vous pouvez chercher dans tout le logis, vous y trouverez à peine de quoi fournir à ma nourriture journalière la plus simple, la plus frugale, ce n'est donc pas la peine de vous exposer pour si peu.

— Nous n'avons contre vous aucun mauvais dessein, je vous jure; pourtant... ne nous en veuillez pas si nous ne sommes point tout à fait ce que nous paraissons.

— Ah! je m'en doutais! s'écria-t-elle.

— Non, nous sommes d'honnêtes gens, soyez-en sûre, mais des gens curieux.

— Dites-le donc tout de suite, je suis accoutumée à ces sortes de visites, et voilà la pierre de touche que j'emploie.

Elle montrait ses pistolets

— Oui, nous sommes des curieux, honteux peut-être

mal à propos, nous n'avons pas osé venir tout simplement à vous, comme tout le monde. Le bruit de votre science se répand dans tout le pays, on ne parle à dix lieues à la ronde que de vos prophéties merveilleuses, nous avons voulu savoir par nous-mêmes si la renommée ne mentait point, nous sommes venus.

Pendant qu'ils parlaient, Ryna les regarda fixement. Elle étudiait leurs physionomies; celle du plus âgé attira davantage son attention; elle la scruta dans tous ses replis.

— Ah! dit-elle, à voix basse, vous voulez connaître votre destinée, c'est bien!

Elle s'approcha de la table et toucha ses cartes; aussitôt les trois chats sautèrent à leur poste, leurs yeux fauves n'avaient jamais brillé d'un éclat plus sauvage.

Ryna mêla ses tarots, en étala quelques-uns, puis elle les réunit ensemble en appuyant sa tête sur sa main, elle étendit l'autre vers celui qui l'interrogeait.

— Je n'ai même pas besoin d'un secours étranger pour vous révéler votre vie, je la vois en vous, je la connais en vous étudiant, elle est tout entière dans les lignes de votre visage, dans vos regards, dans votre sourire.

— Vraiment!

— Écoutez et démentez-moi, si je me trompe.

— Elle plongeait ses prunelles ardentes dans l'âme de cet homme, sur lequel la fascination commençait à opérer, il se sentait rougir, il se troublait malgré lui, et il répétait à demi-voix, sans s'en apercevoir peut-être :

— Je ne veux pas !

— Oh ! vous ne voulez pas, je le sais bien, mais moi je le veux, mais vous êtes venu ici me consulter et vous écouterez tout ce que j'ai à vous dire. Ah ! vous ne voulez pas, monsieur le gentilhomme déguisé, vous ne voulez pas entendre la voix qui va vous rappeler votre passé, pour vous faire croire à votre avenir.

— Parlez à ce jeune homme, parlez-lui, c'est lui surtout qui désire savoir...

— Après, il aura son tour, à vous d'abord. Je vous vois, je vous vois à l'âge de cet enfant, plus jeune encore, je vous vois dans un château magnifique, sur le bord d'une rivière, une rivière large et profonde, vous l'avez sondée, n'est-ce pas ?

L'étranger frissonna des pieds à la tête et devint plus attentif encore.

— Vous aviez, oui, vous aviez un cousin... un ami, c'était une bonne et loyale nature, celui-là, il vous aimait, et vous le haïssiez, vous ! oh ! vous le haïssiez bien, car vous l'avez haï même après sa mort, même dans sa postérité innocente. Est-ce vrai ?

— D'où savez-vous cela ? qui vous l'a dit ? répliqua-t-il vivement, l'œil en feu, les lèvres serrées.

— Vous-même et votre physionomie, monsieur, vos habitudes de corps, vos gestes, rien ne m'échappe, je lis dans l'être entier de celui qui me consulte comme

dans un livre. Vous haïssiez cet homme, parce qu'il
était plus beau que vous, plus riche, plus noble et surtout plus aimé. Sa fiancée, jeune et belle héritière, humiliait votre orgueil. Vous aimiez sa sœur, vous n'osiez
le lui déclarer, elle était hautaine, fière, et vous saviez
qu'elle ne voudrait pas de vous, orphelin, élevé par
charité dans la maison de sa mère.

— Ce ne sont point les lignes de mon visage qui vous
apprennent tout cela, s'écria-t-il, en se levant furieux et la menaçant presque du poing, vous me connaissez.

— Attendez, attendez encore. Je ne vous connais
point, mais je vous juge; il suffit pour cela de vous
voir. Un personnage de haut rang avait une habitation
de campagne dans les environs. Ce personnage, très-
éminent déjà, l'est devenu depuis bien davantage. Il
vit celle que vous aimiez et il en devint amoureux; en
même temps il faisait séduire une autre demoiselle noble, qui se croyait la seule adorée. Ceci ne vous regarde
pas, pourtant vous le saviez, oui, vous le saviez!

Ses yeux étaient fixés sur ceux de cet homme avec
une ténacité et une persistance telles qu'il baissa les
siens.

— Vous aviez deux buts : la vengeance et l'ambition.
Ne pouvant humilier votre famille, vous résolûtes de la
perdre. Votre cousine avait, comme vous, plus que
vous peut-être, des instincts mauvais, vous vous appli-
quâtes à les développer. Vous lui mîtes au cœur un

amour insensé pour cet être qui ne pouvait pas être son mari, et, afin de détourner les soupçons, vous amenâtes auprès d'elle un homme de basse naissance, qui fut son jouet et le vôtre, il se crut aimé, il accepta la responsabilité d'un enlèvement, et… et c'est alors que vous fûtes bien certains tous deux que la rivière était profonde.

L'étranger bondit avec une impétuosité terrible, il frappa son poing sur la table, en s'écriant :

— Assez ! assez ! je n'en veux pas apprendre davantage, vous êtes le diable ou son premier suppôt. Personne ne connaît ma vie, et vous me dévoilez ma pensée la plus secrète ; assez, vous dis-je, je ne veux pas rester une minute de plus, partons.

— L'orage est venu, pourtant, seigneur, en guenilles ; il est venu terrible, il est venu à votre appel, et vous l'avez oublié, et il éclate sur votre tête sans que vous l'entendiez. La justice de Dieu est ainsi, Philippe, elle se fait attendre quelquefois, mais elle vient.

— Vous savez mon nom, vous le savez aussi ; mais qui donc êtes-vous ?

Il la prit par la main et la traîna à la fenêtre, où le jour douteux de l'orage éclairait encore. Elle le suivit sans résistance, il plongea ses regards dans les siens et rencontra ses prunelles de feu, qui brûlaient et pénétraient comme des étincelles. Il laissa tomber sa main, atterré sous la voix de la conscience et sous la frayeur qui le dominait.

— Je ne te connais pas, murmura-t-il, tu n'es pas un être de ce monde.

Ryna arracha une des torchères dont le mur était orné, courut vers un petit brasero brûlant dans le coin de la chambre, malgré la chaleur, alluma sa torche, et revenant vers l'inconnu, resté à la même place, elle en éclaira son propre visage.

— Regarde bien, dit-elle, car tu ne m'as pas vue, regarde-moi pour être sûr que tu ne me connais pas ; regarde-moi, car plus d'une fois dans ta vie, tu me reverras ; tu me reverras comme le spectre vengeur de ton passé, comme le remords vivant de tes crimes. Va, tu peux partir, la foudre ne t'écrasera pas, Dieu a sur toi d'autres desseins, il te reste encore une tâche de sang à accomplir, une expiation à ordonner ; après, la Providence est immuable et elle est là pour tous, pour les coupables et pour les malheureux. Va, tu peux partir, Philippe !

En parlant, elle marchait sur lui, brandissant sa torche, et le forçait à reculer, il baissait la tête et courbait sa haute taille ; cette femme portait en elle je ne sais quel prestige auquel il était impossible de résister. Elle eût fait croire à une vision surnaturelle ; les éclairs l'entouraient, le tonnerre accompagnait sa voix sans la couvrir, et le bruit des éléments déchaînés retentissait autour de cette chaumière et l'ébranlait jusque dans ses fondements. Philippe, troublé au point de ne plus savoir ce qu'il faisait, s'élança par la porte

ouverte et disparut au milieu des torrents de grêle et
de pluie. Ryna, tenant toujours sa torche haute, essaya
d'éclairer sa route, mais la lumière vive rendait l'obscurité plus frappante autour d'elle. Elle rentra donc dans
sa maison; sans penser qu'il s'y trouvait encore un
hôte, le jeune homme amené par Philippe. Au lieu
d'être tremblant et effrayé dans le coin obscur de la
chambre, il restait debout au milieu, impassible, ce
qui, chez un enfant de cet âge, annonçait une force de
caractère peu commune.

— Madame, dit-il avec le plus grand sang-froid, lorsqu'il vit Ryna un peu remise de son émotion, et se
rapprochant d'elle, absolument comme s'il ne s'était
rien passé, madame, je suis venu ici pour connaître
ma destinée, je vous paierai bien, je suis riche. Je ne
m'en irai pas sans que vous me l'ayez révélée. Je ne
crains point que vous dévoiliez mon passé, je n'en ai
pas, mais je veux savoir mon avenir, et je ne serais pas
fâché de le méditer d'avance, je serai plus sûr de mon
fait.

—Ah! oui, répliqua la devineresse, vous en êtes déjà
là à votre âge, mon jeune seigneur. Voilà qui prouve
une résolution un peu ferme et peu de tendance à vous
laisser prendre par les événements. Donnez-moi votre
main, nous en saurons bien vite davantage.

Il lui donna la main sans trembler, elle l'examina
longtemps.

— Que demandez-vous?

I.   9

— Serai-je riche ?

— Pas toujours, souvent, néanmoins.

— Serai-je puissant ?

— Pour faire mal, oui.

— Serai-je heureux ?

— Comme le bourreau qui sacrifie ses victimes.

— Et ma fin, que sera-t-elle ?

— Oh ! votre fin ! elle se mit à rire amèrement, votre fin, elle sera digne de votre vie ; vous finirez dans un manteau de pourpre, avec un sceptre à la main et une couronne sur la tête.

— Femme, ce que tu me dis là est sûr ?

— Aussi sûr que vous me serez funeste, non pas dans moi-même, mais dans ce qui m'est cher. Quel lien y a-t-il entre nous ? Je l'ignore ; pourtant, il y en a un, pourtant un grand, un affreux malheur me menace à cause de vous ; le plus grand, le plus affreux qui puisse m'arriver. Si cela est, si je ne me trompe pas, car je me trompe quelquefois, surtout après une vision aussi claire que celle que je viens d'avoir, si je ne me trompe pas, prends garde à toi, jeune homme, c'est moi qui me charge de ton horoscope.

— Riche, puissant, heureux, la couronne, le sceptre ! Ah ! je te remercie, répondit-il ; il n'avait pas même entendu le reste, puisque cela ne le regardait pas.

Il oubliait son compagnon, perdu peut-être dans quelque fondrière, ou écrasé par la chute des arbres que le vent déracinait. Il regarda quelques instants à la porte, toujours avec le même calme, et tirant de sa poche une bourse bien garnie, il la déposa sur la table où Ryna s'appuyait encore.

— Voilà ton salaire et le loyer de ta bicoque pour cette nuit, je ne m'en irai point par un temps semblable.

— A ton aise! seulement, tout à l'heure il va me venir compagnie; si elle ne te convient pas, tu n'auras à t'en prendre qu'à ton caprice.

Comme si elle eût évoqué un fantôme, une grande figure noire parut sur le seuil.

XI

PRESSENTIMENTS

La personne qui entrait était un homme âgé, de haute taille, à barbe blanche, mais d'une vigueur peu commune. Il secoua son chapeau couvert de pluie; jeta son manteau sur un escabeau, et dit à Ryna d'un air de bonne humeur.

— Vous auriez bien dû me prêter votre manche à balai du sabbat pour me rendre jusqu'ici. Quand on donne de tendres rendez-vous à nos âges et après plus de trente ans de connaissance, il faudrait mieux choisir son temps, ce me semble.

— Soyez le bienvenu, répondit-elle, par tous les

temps; croyez-vous que nos autres amis se laissent effrayer, et que la réunion ne puisse avoir lieu cette nuit.

— Ah ! nous ne sommes pas seuls, je ne m'en étais pas aperçu. Quel est ce jeune cadet ?

— Un néophyte de la science ; il est venu me trouver pour connaître son avenir.

— Il ne pouvait pas mieux s'adresser, vous êtes la correspondante du destin. Et lui avez-vous prédit beaucoup de bonheur ?

— Demandez-le lui.

— Êtes-vous content de votre horoscope ?

— Que vous importe ? Adieu, madame.

Il passa fièrement près du vieillard, qu'il toisa des pieds à la tête, toucha à peine le bord de son chapeau, croisa son manteau sur sa poitrine et sortit aussi tranquillement que s'il eût fait le plus beau temps du monde. On entendit le bruit de ses pas sur la terre et dans les flaques d'eau, puis tout à coup on ne les entendit plus.

— Vrai gibier de potence ! dit le vieillard en le regardant partir.

— Je n'aime point cet enfant, mon ami, je ne sais qui il est, mais il y a en lui quelque chose qui me repousse. Depuis qu'il est rentré chez moi, j'éprouve un malaise indéfinissable, qui me fait prévoir un malheur.

— Et quel malheur pouvez-vous craindre, vous, Ryna ?

— Pour moi, oh! rien. J'ai tout éprouvé, mais pour lui !

— Il est heureux, il est tranquille, il est aimé de tous, il a la plus haute protection du royaume, rien à craindre, vous dis-je. Vous vivez de chimères.

— Et moi je vous dis qu'il y a dans la destinée de celui qui s'en va une étoile dominatrice de la mienne et de celle qui pour moi est le seul astre du firmament. Je l'ai vue.

— Folie !

— Depuis quand traitez-vous ma science de folie, Georgio ? Avez-vous donc perdu la mémoire ?

— Non, non, ne me rappelez rien, ne parlons pas du passé. Au présent, s'il vous plaît. Avez-vous des nouvelles !

— Tout à l'heure.

— Lesquelles ?

— Le marché a été conclu, accepté, payé, le tout avec une audace inouïe, en présence de celui que vous savez, plus audacieux même que tous les audacieux possibles.

— Nous devons nous attendre à tout alors.

— Et nous sommes prêts. Ah ! cet homme est un puissant génie, il sait tout, il devine tout, mais il ne sait pas encore assez jusqu'où peut aller la vengeance d'une femme, nous le lui apprendrons.

— Il se connaît pourtant en vengeances.

— En vengeance brutale, oui, la vengeance du fort

contre le faible, la vengeance qui a des bourreaux et
des soldats, mais la vengeance de la créature misérable
contre la dominatrice, mais la patience qui mine sourde-
ment, chaque jour, sans se révéler; mais la volonté
qui devient si immense qu'aucun pouvoir ne peut la
dompter, celle-là il l'ignore, et c'est moi qui la lui
apprendrai.

— L'Italien a-t-il envoyé?

— Non.

— Ne nous trahit-il pas?

— Non, il me craint. Et d'ailleurs, que pourrait il
trahir? Il ignore tout.

— Le temps empêchera sans doute nos deux rêveurs
de se montrer. Les expériences sont impossibles cette
nuit, vous ne pourriez pas dresser le thème de nativité
d'une puce.

— Ils viendront demain alors. Qu'importent ces instruments? L'essentiel est de les avoir tous prêts au jour
désigné; d'ici là ils se croient astrologues; qu'est-ce
que cela nous fait, si cela les amuse?

Un coup de tonnerre d'une violence épouvantable
retentit en même temps que l'éclair; la foudre tomba
sur un des grands arbres dont la maison était entourée
et le mit en cendres. Les nerfs d'acier du vieillard ne
bougèrent point, à peine fronça-t-il le sourcil, mais
Ryna jeta un cri horrible et tomba, anéantie, sur un
siége. En même temps tous les hiboux se mirent à chanter en battant des ailes, et les chats effarouchés sau-

taient après les murs, en poussant des miaulements
désespérés; quant à Asmodée, assis sur ses pattes de
derrière, il hurlait d'une manière déplorable. On eût
dit le vrai sabbat, dont Georgio avait parlé en entrant.
Après quelques secondes, ces agitations se calmèrent,
mais la grande lueur de l'arbre qui brûlait, malgré
les torrents de pluie, illuminait tout ce paysage : c'é-
tait beau d'horreur et de poésie sauvage.

— Ceci n'est point bon, reprit, toujours avec le même
calme, ce vieillard singulier. Cet arbre n'est pas loin
de votre logis, les flammèches peuvent arriver jusqu'ici
et nous procurer un bûcher dont nous ne nous sou-
cions guère.

— Ma maison a été bâtie en huit jours, avec une faible somme, si elle brûle on la reconstruira ailleurs. Et
puis le vent ne souffle pas de notre côté, il va comme
une trombe vers cette grande prairie, l'herbe mouillée
ne s'enflammera pas, l'arbre est isolé, rien n'est à craindre. Cette torche allumée par le feu du ciel nous éclaire
admirablement, nous pourrions donner une fête à cette
lueur, que vous en semble?

— Ma chère amie, vous avez là de vilains animaux,
parfaitement mal élevés et insupportables. Ils hurlent
pour un coup de tonnerre, comme si nous étions au
moment du dernier jugement. Qu'avez-vous besoin de
toute cette arche de Noé?

— Georgio, vous êtes bien toujours le même, toujours
l'ironique, le moqueur, l'insulteur en toutes choses.

— Et pourquoi changerais-je? Je ne vois pas ce que j'y gagnerais.

Ryna ne répondit point, elle se promenait dans la chambre, les bras croisés et les yeux au ciel. Une agitation fiévreuse la dominait, elle prononçait des mots sans suite, elle souffrait évidemment, et beaucoup.

— Georgio, dit-elle enfin en s'arrêtant devant lui, vous pouvez vous moquer de moi, si bon vous semble, mais je ne sais quel pressentiment me pousse, il faut que je parte, il faut que j'aille à Paris, que je *le* voie.

— Vous êtes plus folle que je ne le croyais.

— Oui, j'ai un cœur que vous n'avez pas, que vous n'avez jamais compris, que vous êtes incapable de comprendre. Je n'aime plus qu'un être au monde, mais je l'aime! ah! je l'aime de toute la force de mes autres affections réunies en lui seul. Mon épouvantable histoire m'a servi de leçon, j'ai fermé mon âme à tous les sentiments, hors à celui-là. Je suis inaccessible même à la pitié. J'ai tant souffert! eh bien, cet être, mon idole, mon bonheur, cet être est menacé d'un danger quelconque, je le sais, j'en suis sûr, et je veux aller près de lui, je veux le défendre, le préserver, le... oh! non, non, je ne pense pas même que cela soit possible, pour le venger il faudrait que j'arrivasse trop tard, et cela ne sera pas, cela ne se peut pas.

Georgio la regardait avec une sorte de dédain.

— Une pareille intelligence réduite à cet état, murmura-t-il.

— Je veux partir! je veux partir à l'instant.

— Je ne vous accompagnerai pas, il faut que je reste en ce pays, vous le savez.

— Qu'ai-je besoin de vous? qu'ai-je besoin de personne? ne suis-je pas plus forte que tous?

Elle s'approcha d'une plaque d'airain attachée à la muraille et frappa un coup sonore, dont le bruit retentit comme une grosse cloche. Un homme, jeune encore, à la mine intelligente, parut comme par enchantement à une petite porte, si artistement cachée que rien ne pouvait même la faire soupçonner.

— Ma litière, je veux partir.

La porte se referma sans bruit et sans peine.

— Attendez au moins la fin de l'orage!...

— Pas une heure, pas une minute. A Poitiers je trouverai une chaise de louage sans doute, je la prendrai pour arriver plus vite, dût-elle se briser en chemin.

— Quand reviendrez-vous?

— Que sais-je? quand je serai tranquille. Adieu!

Deux mulets portant une litière se présentèrent à la porte, guidés par le valet.

Ryna jeta un adieu à son compagnon, plaça auprès d'elle ses pistolets, dans sa poche une bourse bien garnie, et s'élança dans sa litière dont les rideaux se refermaient au moment où elle disait:

— A Poitiers! par le plus court et au plus vite.

9.

XII

LE LENDEMAIN DES NOCES

Le château de Saulieu, plongé dans le deuil, offrait un coup d'œil étrange à qui aurait eu le loisir de l'observer.

Les domestiques affairés couraient du haut en bas de l'édifice, les uns pour les préparatifs de la cérémonie funèbre, les autres pour les arrangements du départ de leurs jeunes maîtresses, car aussitôt après l'enterrement de la marquise, les deux couples devaient se mettre en route pour Paris.

Radegonde, sentinelle vigilante, quittait le moins qu'il lui était possible sa chambre ou les environs, afin de dérober les prisonniers à toutes les recherches.

Madame Legrand, dont la tâche était terminée, avait, d'après le testament de la marquise, un asile assuré pour toute sa vie à Saulieu, et une pension digne de la magnificence de cette maison.

Madame d'Oston n'avait pas paru depuis la veille. Elle était heureuse, car son cœur et son devoir se trouvaient d'accord, elle aimait son mari, avec la tendresse et l'ingénuité de son âme. Le pacte qu'elle venait de faire était signé par sa volonté et les larmes que lui coûtait la mort de son aïeule lui semblaient moins amères, essuyées par une main chérie.

Isabelle, au contraire, enfermée dans son appartement, ne trouvait aucun adoucissement à ses vives douleurs. En quittant Jacques elle remonta près de sa
grand'mère et resta agenouillée plus d'une heure à
prier à côté du corps. Nul n'osa la déranger dans ce
coin pieux.

M. de Fouquerolles se fatigua pourtant d'une si longue attente et il envoya madame Legrand prier son
élève de lui permettre de la voir.

— Il m'avait promis vingt-quatre heures de solitude,
répondit la jeune marquise.

— Mon enfant, que votre douleur ne vous fasse point
oublier vos nouveaux devoirs. Il ne faut pas refuser à
M. le marquis la permission qu'il demande, il ne le faut
pas.

— Quoi ! pas même libre de pleurer celle qui m'a élevée, celle qui fut si bonne et que je ne reverrai plus !

— Vous la pleurerez ensemble, cette nouvelle affection adoucira vos chagrins et vous rattachera à l'avenir. Ma fille, je vous en supplie, remontez chez vous,
M. de Fouquerolles vous y rejoindra, ne le repoussez
point.

— Allons ! puisqu'il le faut ! Aussi bien une explication est nécessaire, il vaut mieux qu'elle arrive plus
promptement, vous pouvez avertir M. le marquis.

M. de Fouquerolles accueillit cette nouvelle avec une
vive joie. Il vola plutôt qu'il ne courut à cette chambre, dont enfin l'entrée lui était ouverte, à lui qui l'a-

vait tant rêvée, et son cœur battait à briser sa poitrine
lorsqu'il en toucha la porte.

M. de Fouquerolles aimait sa cousine depuis l'enfance, il n'avait jamais désiré, dans ses jours d'ambition et de désirs, d'autre bonheur que celui d'être aimé
d'elle et de devenir son mari. D'un caractère passionné,
violent, jaloux jusqu'à la frénésie, il avait pourtant de
nobles sentiments. Son âme était généreuse et dévouée,
sa parole d'une fermeté inébranlable et sa loyauté
d'une certitude à défier même la calomnie, à cette époque cette qualité n'était point encore aussi indispensable qu'elle l'est devenue de nos jours. On jouait un peu
avec les vertus solides, et le courage effaçait tout. On
ne louait personne d'être courageux, la nature des
choses exigeait qu'on le fût, et nul n'y faisait défaut.
Un gentilhomme devait être brave comme il portait le
nom de ses pères et nul n'eût songé à l'en louer, pas
plus que d'être venu au monde.

En entrant pour la première fois dans ce sanctuaire
virginal, ses yeux se fixèrent avec respect sur tout ce
qui l'entourait, sur l'image de la Vierge suspendue au
chevet, sur les livres, le rouet, les fleurs flétries de
la veille, les oiseaux abandonnés depuis le malheur et
tristement perchés dans leurs cages oubliées. Il s'assit
à côté de la fenêtre et attendit.

Isabelle parut bientôt, conduite par madame Legrand;
ses yeux, gros de larmes, avaient de la peine à s'ouvrir,
son visage abattu indiquait une de ces désolations qui

brisent la vie et dont souvent ou peut mourir. Son mari alla au-devant d'elle.

— Vous voilà donc, ma cousine! dit-il, ivre de joie.

Il n'osait pas encore l'appeler sienne et le nom de madame lui semblait bien dur à prononcer, il la nomma sa cousine, comme autrefois, à l'époque où elle n'était encore pour lui qu'une espérance.

— Oui, monsieur, répondit-elle désespérée, ne m'avez-vous pas fait appeler?

Ces mots percèrent le cœur du pauvre jeune homme et firent refouler sa joie bien loin dans son cœur. Elle ne venait que pour lui obéir, elle n'était point amenée par son désir à elle, mais par celui qu'il avait témoigné.

— Ah! murmura-t-il d'une voie déchirante, vous ne m'aimez pas!

Madame Legrand s'était retirée aussitôt après qu'elle eut introduit la jeune femme, ils étaient donc seuls.

Elle sentit qu'il fallait parler; la résolution qu'elle avait prise de ne tromper en rien son mari, de ne pas feindre un amour qu'elle n'éprouvait pas, lui semblait bien difficile à exécuter, cependant elle prit sur elle et s'y décida.

— Monsieur, commença-t-elle, vous me pardonnerez, je l'espère, le moment où je me trouve est horrible. La mort de ma mère suffit pour justifier mes larmes, mais ce n'est pas encore le plus grand sujet de mes douleurs. Veuillez vous asseoir, et écoutez-moi.

La volonté bien arrêtée donne un courage à toute

épreuve, maintenant elle ne pleurait plus, elle ne craignait plus, la pensée d'un devoir accompli la rendait forte, elle continua.

— Notre union, arrêtée depuis que nous sommes au monde, devait être pour moi le comble du bonheur. Vous méritez si bien d'être aimé. Vous vous êtes toujours montré pour moi si plein de bonté et d'attention !

— C'est que je vous aime, Isabelle.

— Je sais que vous m'aimez ; je sais que vous êtes le plus noble des hommes, je sais que je devrais être mille fois glorieuse et ravie du lien qui m'unit à vous, mais...

— Mais ?... Achevez, grand Dieu !

— Mais, si j'en suis fière, je n'en suis peut-être pas assez joyeuse... J'ai... j'ai d'autres idées... Si j'eusse été libre...

— Vous m'eussiez refusé, madame ! Ah ! que ne l'avez-vous dit hier ! Vous me torturez à présent, vous me forcez à accepter votre malheur, le mien. Quand d'un mot vous pouviez nous laisser la liberté de rompre, pourquoi avez-vous gardé le silence ?

— Parce que ma grand'mère me l'a ordonné, parce que la malédiction de mon père et de ma mère était sur moi, si je désobéissais.

— Vous vous êtes sacrifiée...

— C'était une dette d'honneur, monsieur, c'était un serment prêté, c'était notre famille sauvée par la vôtre qui s'acquittait en ma personne. J'ai dû obéir, mais aussi je dois vous parler franchement : je dois faire un appel à vos sentiments généreux, je dois vous prier de m'entendre, et vous supplier à genoux de me pardonner.

Elle s'inclina, en effet, devant son mari; il la releva d'un geste respectueux.

— Monsieur, je ne vous tromperai jamais, je n'ajouterai pas le remords à mes autres souffrances, car alors je n'aurais plus la force de les supporter. Ma conscience et l'appui de Dieu me soutiendront, au contraire, tant que je n'aurai pas de reproches à m'adresser. Vous allez lire dans mon cœur comme moi-même, après vous m'accorderez toute votre confiance, car je vais vous avouer ce que nul être vivant ne saurait vous dire, puisque tous l'ignorent. J'en aimais... j'en aime un autre...

— Ah! n'achevez pas, madame, n'achevez pas. Si vous êtes coupable, si, guidée par un faux dévouement, vous avez pris mon nom pour ne m'apporter qu'un cœur flétri et une jeunesse effeuillée, je ne veux pas le savoir, je veux l'ignorer toujours. Je respecte trop celle qui doit être ma femme pour la traîner sur la claie de l'opinion. Vis-à-vis des autres nous serons ce que nous devrions être; mais devant Dieu et devant nous, il n'existe point de liens, point d'union, nous sommes des étrangers, des amis peut-être, rien de plus assurément. C'est aussi votre opinion, sans doute, madame.

— Je serai tout ce que vous exigerez que je sois, monsieur, je n'ai qu'à me soumettre. Cependant je ne puis me laisser accuser sans répondre, je ne puis accepter un jugement que je ne mérite pas. En vous avouant mon amour, j'ai le droit de vous demander de me croire. Je suis innocente, monsieur, je le suis, et je vous le jurerai sur le cadavre de ma mère. J'ai donné mon cœur malgré moi, je l'ai laissé surprendre par je ne sais quelle fatalité, que je n'ai pas encore la force de maudire, c'est là ma seule faute, et s'il en était autrement, j'aurais préféré la mort à l'infamie.

M. de Fouquerolle respira.

— Ah! dit-il, que le ciel soit loué! Je puis donc vous estimer encore, vous aimer toujours.

— Je ne vous ai pas tout dit.

— Que me reste-t-il à apprendre? Achevez, achevez! je ne supporterais pas longtemps ce supplice.

— L'homme que j'aime a conspiré contre le cardinal, il est proscrit, il est en danger de mort, si on le retrouve; eh bien, moi, hier, au mépris des défenses et des craintes, je l'ai reçu ici, je lui ai donné asile, il est encore au château à l'heure où je vous parle.

— Il est à Saulieu! vous l'avez vu!

— Je l'ai vu ce matin, c'est vrai, répliqua-t-elle, en joignant les mains et en baissant la tête, je l'ai vu, je ne puis le cacher.

— Vous osez me l'avouer ainsi!

— Oui, j'ose vous l'avouer, parce que je puis vous

regarder en face, parce que je l'ai vu pour lui dire que je ne le reverrais jamais; parce que j'ai renoncé à lui, parce que je suis maintenant toute à mes devoirs, toute à la soumission qui m'est imposée envers vous; enfin, parce que je n'en suis pas moins digne de vous par mes souffrances que si j'arrivais joyeuse et folle enfant à l'autel, comme ma sœur. Le nom que vous m'avez donné, je le porterai dignement et sans tache, jusqu'au moment où on l'inscrira sur ma tombe, et où Dieu m'en demandera compte au jour du jugement.

Le marquis ne répondit rien. Il resta quelques minutes la tête cachée dans ses mains, puis il se leva, fit plusieurs tours de chambre, en tordant ses moustaches, et, s'arrêtant devant Isabelle qui sanglotait, il lui dit :

— Quel a été votre but en m'avouant la présence de... de cette personne, madame? Avez-vous craint que je ne la découvrisse?

— Je vous l'ai dit, parce que je devais vous le dire, monsieur, et que désormais le devoir sera le mobile de toutes mes actions.

— Et que comptez-vous que je fasse ?

— Que vous le protégiez, monsieur; j'ai assez grande foi en votre noblesse d'âme, en votre générosité, pour être très-sûre que vous ne me refuserez pas.

M. de Fouquerolles recommença à se promener.

— Vous exigez beaucoup, madame, dit-il.

— Je n'exige rien, monsieur; je prie, je sollicite.

— Vous me croyez plus grand que je ne suis...

— Non, je vous crois ce que vous êtes, je vous crois capable des plus dignes actions, je vous crois un vrai chevalier sans peur et sans reproches.

— Écoutez-moi, Isabelle, continua-t-il avec une grande chaleur, écoutez-moi et répondez-moi comme vous répondriez à Dieu, s'il vous interrogeait. Le moment est grave et solennel, tout notre avenir en va dépendre. Êtes-vous bien résolue à ne plus revoir celui que vous avez aimé?

— Aussi résolue que je le suis à vivre votre fidèle et irréprochable épouse.

— Vous m'avez dit toute la vérité sur cet homme?

— Je vous l'ai dite.

— Vous me jurez sur le corps de votre aïeule, encore privée de sépulture, que vous n'avez aucune faiblesse à vous reprocher.

— Je vous le jure.

— Eh bien, moi, je vous jure à mon tour que notre hôte me sera sacré; je vous jure que je le défendrai, fût-ce au péril de ma vie.

— Oh! merci! vous êtes grand et noble!

— Je vous jure d'oublier ce que je viens d'apprendre, ou du moins pour vous ce sera une chose oubliée, car rien de ma part ne vous le rappellera jamais.

Isabelle se leva et se courba de nouveau devant son mari; il la releva et, l'attirant à lui, il déposa sur son front un baiser.

— Voici le baiser de fiançailles, poursuivit-il avec un air presque joyeux, notre mariage se fera plus tard, Isabelle, quand vous y consentirez.

— Ah! monsieur! comment reconnaître jamais tant de bontés!

— *Ma cousine*, c'est en vous laissant être heureuse, en me permettant de vous aimer, en m'aimant plus tard, un peu aussi. Je ne demande que cela au ciel et à vous.

Un moyen sûr d'enchaîner un cœur bien placé, de lui faire détester la trahison, c'est de s'abandonner complétement à lui, c'est de l'écraser sous un bienfait, sous la confiance. Il ne pourra plus tromper, il ne pourra plus supporter ou mériter un reproche. Madame de Fouquerolles suffoquait; l'attendrissement, les regrets, la honte de se sentir si inférieure à lui brisaient son âme. Elle eût voulu s'humilier mille fois davantage, car aucune expiation ne lui paraissait assez grande. Elle devait aimer cet homme, devenu un héros de dévouement et d'abnégation, et son cœur ne pouvait ainsi briser sa chaîne, pour en accepter une autre qu'il n'avait point choisie. Ce tourment de son insuffisance, de l'ingratitude, est le plus grand de tous les tourments.

Le marquis, en homme de parfait savoir vivre, d'une délicatesse scrupuleuse, comprit qu'il devait maintenant la laisser à elle-même et à ses réflexions. Il lui fit encore quelques questions sur Jacques, s'informa de tout ce qu'il désirait savoir, et ajouta :

— Maintenant sa sûreté me regarde, je vous réponds de lui, à vous, Isabelle, et, comme notre hôte, j'en réponds à notre honneur. Adieu, reposez-vous, ne vous faites ni chimères, ni remords au sujet de mes pensées. Je serai heureux si vous l'êtes. J'oublierai, si vous ne vous souvenez plus. Notre sort est entre vos mains, vous pouvez le faire tranquille et prospère. Vous le ferez, n'est-ce pas?

Pour toute réponse, Isabelle prit sa main qu'elle appuya sur son cœur.

— D'aujourd'hui vous y avez la meilleure place.

Il ouvrit la porte et dit encore quelques mots à la marquise; ils allaient se séparer, lorsque des cris perçants arrivèrent jusqu'à eux de l'étage inférieur.

On discutait, des pertuisanes et des fusils retentissaient en frappant les dalles. On entendait une voix dominant les autres et qui répétait sans cesse:

— C'est moi que vous cherchez, c'est moi qui suis le comte de Maulevirer, si vous ne me croyez pas, demandez-le, tout le monde me connaît ici.

— Mon Dieu! le malheureux, il se livre! s'écria la marquise, il est perdu.

— Je ne vous avais pas demandé son nom, Isabelle, c'est lui qui me l'apprend. Il se livre, dites-vous. Ah! que peut-il chercher de mieux que la mort, après vous avoir perdue!

— Allez! allez! je vous en prie au nom de tout ce qui vous est cher, sauvez-le, vous me l'avez promis.

— Et je vous le promets encore, dussé-je jeter les archers dans les fossés et porter ensuite ma tête sur l'échafaud. Mais, vous, Isabelle, ne vous montrez point dans tout ceci, restez chez vous, je vous en conjure. Attendez-moi, je reviendrai.

M. de Fouquerolles descendit vivement l'escalier et se trouva en face de Jacques, que Gournay cherchait à retenir, pendant que les gens du cardinal se consultaient pour savoir ce qu'ils devaient faire.

— Qu'est-ce que cela, messieurs? demanda-t-il, et de quel droit vous permettez-vous de rester ainsi armés dans ce château qui m'appartient? Le roi est mon seigneur et mon maître, mais il ne peut ordonner mon déshonneur. Ce gentilhomme est mon hôte, et pour arriver jusqu'à lui, il faudrait d'abord me tuer à cette place. Qu'un de vous l'essaie, s'il l'ose!

XIII

L'AMAZONE

Le cardinal, pour la première fois depuis bien des mois, venait de s'endormir. Le voyage de Rueil, la satisfaction d'avoir humilié Monsieur devant lui, d'avoir reçu le roi et la reine, et d'avoir vu toute la cour à ses pieds, lui procurèrent un calme, une quiétude qui appelèrent enfin le sommeil. Il était étendu sous ses courtines, son lit chargé de papiers, une lumière sur sa table, et sa main tenant encore la plume : son visage exprimait une vive souffrance, cét homme si envié souffrait toujours !

La force de sa volonté et de son caractère lui imposaient, devant *ses sujets*, une dissimulation puissante ; là, seul devant Dieu, il redevenait un homme et la nature reprenait ses droits.

En ce moment, il était cinq heures du matin à peu près, une porte cachée sous des draperies et inconnue à tous, hors aux familiers intimes de Son Éminence, tourna sur ses gonds sans faire le moindre bruit. Une femme vêtue de noir, avec un masque sur le visage, entra, ou plutôt glissa comme une ombre, et s'arrêta un instant sur le seuil, jetant dans la chambre un coup d'œil investigateur, voyant qu'il ne s'y trouvait personne, elle avança.

Le masque, à cette époque, n'était point une chose inusitée comme à la nôtre. Le règne successif des deux Médicis amena en France beaucoup d'habitudes italiennes, et celle-là était du nombre. Les femmes surtout, en faisaient un fréquent usage dans leurs intrigues et dans leurs amours. Nul ne se fût permis d'en violer le secret; on ne semblait pas y faire attention, et, si la personne était reconnue, au moins ne s'en appercevait-elle jamais.

La dame qui venait d'entrer ainsi hardiment chez ce maître de la France était grande et, bien qu'elle eût

passé l'âge de la jeunesse, d'une beauté remarquable.
Dès qu'elle se vit introduite ainsi, et sûre de ne pas
être dérangée, elle s'approcha d'une glace, secoua ses
longs cheveux, un peu défrisés par le brouillard de la
nuit, ôta son masque, étudia sa physionomie et tâcha de
lui rendre une expression moins triste, elle était sombre comme le tombeau.

— Je suis bien pâle, dit-elle, qu'importe! puisqu'il
va tout savoir! Il comprendra...

Elle marcha vers le lit; quelque léger que fût le
sommeil du cardinal, elle faisait si peu de bruit qu'il
ne l'avait pas entendue.

— Il dort! pensa-t-elle en le contemplant quelques
secondes, il peut donc dormir à présent! Il m'en coûte
de le réveiller, cependant il le faut, c'est pour le triomphe! Armand! Armand!

Elle le secoua doucement. Dès qu'il se sentit touché,
il ouvrit les yeux; toujours sur ses gardes, il dominait
même le premier mouvement de son réveil, car il ne
parut point surpris.

— Vous êtes de retour, comtesse? dit-il aussi tranquillement que s'il l'eût attendue.

— Je suis de retour en effet, et c'est là toute la bienvenue que je dois attendre de Votre Éminence?

— Vous savez que je dors bien peu, Berthe, et vous
ne serez pas étonnée si mon sommeil interrompu me
laisse quelques regrets, il y a si longtemps que je le
cherche!

— J'apporte des nouvelles qui feront cesser vos regrets éphémères, monseigneur.

— Ah! ah! qu'y a-t-il donc en Poitou de si magnifique? Nous n'y craignons pas grand'chose. Ceux des conspirateurs qui s'y réfugient ne peuvent manquer d'être arrêtés un jour ou l'autre, le service du roi s'y fait bien, et les protestants n'y sont pas mauvais.

La dame le regardait avec un sourire d'ironie et une sorte de tendresse haineuse, si on peut s'exprimer ainsi.

— Vous ne songez qu'à vos intérêts, Armand!

— Je songe à ceux du roi, à ceux du royaume, non aux miens, je vous le jure; je n'ai pas beaucoup de temps à rester sur la terre, et ils m'occupent à peine.

— Et moi, vous ne pensez pas à moi?

— A vous, Josseline? Sans doute. Pourtant, il me semble que vous y pensez assez sans que je m'en tourmente.

— Ingrat! toujours ingrat! un dévouement tel que le mien méconnu! Une tendresse si constante, si vive, dédaignée! Ah! j'ai vu de terribles choses ces derniers jours, j'ai évoqué des souvenirs bien cruels, mais vous êtes plus cruel que tout.

Le cardinal fit un geste d'impatience.

— Après, après! puisque je ne dors plus, mon temps n'est plus à moi, hâtez-vous, madame, il faut que je reprenne mon travail, mes secrétaires attendent.

—Ils attendront! répliqua-t-elle impérieusement;

vous m'écouterez, c'est du roi, c'est du royaume que je veux vous parler, puisque vous songez à cela seulement.

— Eh bien? En Poitou, comment vous a-t-on reçue? Maulevrier, le prendra-t-on? La marquise de Saulieu...

— On prendra Maulevrier, c'est indubitable, quant à la marquise de Saulieu... je l'ai vue mourir... Armand!

Ses traits se contractèrent en prononçant ces mots, le cardinal fit un geste de pitié :

— A-t-elle pardonné?

— Oui, mais des lèvres et non du cœur. Savez-vous qui assistait à cette mort? qui j'ai rencontré au pied du lit de cette noble et vieille femme, la regardant avec indifférence et ne daignant pas jeter les yeux sur moi?

— Non... c'est Ravière, sans doute?

— Ravière était là... mais avec lui... un jeune homme... le vicomte de Cabines, Armand!

Richelieu fit un mouvement de contrariété si vite réprimé qu'il échappa même à la comtesse.

— Et que faisait-il dans ce nid de rébellion?

— Je ne sais, j'ai dû me taire. — Vous ne vous informez pas comment j'ai trouvé le vicomte, monsieur?

— Vous l'avez trouvé ce qu'il est, je suppose, et, d'ailleurs, ne le connaissiez-vous pas? Achevez, achevez donc, au nom du ciel!

— Que désirez-vous le plus au monde, monseigneur? demanda-t-elle brusquement.

I.   10

— Ah! ce serait bien long à vous dire.

— Pas si long que vous le voulez faire croire. Vous désirez la perte de la reine, que vous aimiez et qui s'est jouée de vous, vous désirez la mort de Gaston, qui vous a humilié, qui ose vous susciter des entraves, et faire obstacle à votre pouvoir. Ai-je deviné?

— Peut-être!

Une partie de vos vœux est exaucée, du moins...

— Comment? que dites-vous?...

— Gaston est mort, il y a deux heures, à Reuil, monseigneur!

— Monsieur est mort! mort chez moi! et comment? comment?

— Il est mort... eh bien, il faut le dire, il est mort d'un coup de poignard dans le cœur, et voilà la main qui l'a frappé!

— Misérable!

Le cardinal devint pâle comme un linge. Il se mordit les lèvres jusqu'au sang.

— Cela n'est pas possible! non, cela n'est pas possible! c'est un horrible mensonge.

— Je vous dis que je l'ai tué, s'écria impétueusement la comtesse, tué pour vous, parce que aucun de vos serviteurs n'avait le courage de le faire et qu'il fallait qu'on vous en débarrassât. Ne me connaissez-vous plus?

Pour la première fois et peut-être la seule fois de sa vie, le cardinal resta atterré.

— Tué! assassiné! Monsieur! chez moi, à Reuil! lorsqu'il y était sur ma parole, lorsqu'il y était mon hôte, vous ne m'avez point deshonoré ainsi, ou, par le ciel, je vous dénonce, et je vous fais mourir en place de Grève, en déniant de toutes mes forces, ce crime abominable.

La comtesse le regardait, l'écoutait, avec un étonnement extrême, ses yeux s'ouvraient démesurément, les battements de son cœur soulevaient sa robe, elle ne se croyait pas sûre de ce qu'elle entendait.

— Comment, monseigneur! cette nouvelle ne vous comble pas de joie! ce n'est pas ce que vous désiriez! je n'ai pas agi selon mes intentions! vous me désavouez, maintenant, vous qui, à cette même place, me disiez la veille de mon départ : ah! Josseline! qui me débarrassera de cet homme, il embrouille tout le royaume! — J'ai trouvé l'occasion belle et je l'ai fait.

Richelieu était un vaste, un immense génie, auquel un obstacle ne pesait guère, quel qu'il fut, dans l'exécution de ses desseins, mais un crime semblable, commis de cette manière, chez lui, par une femme qu'il admettait à ses familiarités intérieures! ce cœur de fer s'effraya, s'en indigna et le repoussa de toutes ses forces.

— Vous avez donc prémédité ce meurtre infâme! s'écriait-il, et c'est ma maison que vous choisissez pour l'exécuter! le frère du roi! mon ennemi, un prince! le fils chéri de Marie de Médicis.

Le spectre de la feue reine, de sa bienfaitrice, qu'il avait trahie et fait mourir dans l'exil, de misère et de douleur, lui apparut. Il semblait lui reprocher cette dernière ingratitude, plus grande que toutes les autres, le cardinal se cacha le visage, en murmurant :

— Horreur! horreur!

— Non, je n'ai rien prémédité, reprenait la malheureuse, non j'allais à Reuil pour vous y chercher, je vous y croyais, vous n'y étiez plus! je suis montée, par hasard, à la galerie des tableaux, je l'ai trouvé sur le lit de camp, seul, enveloppé de son manteau, si reconnaissable, je n'ai pas même vu son visage. La pensée m'est venue de frapper, j'ai frappé, et je suis accourue vous le dire.

— Personne ne vous a rencontrée?

— Personne.

— Qu'avez-vous fait du poignard?...

— Je l'y ai laissé, mes armes étaient sur le pommeau, mais elles furent effacées d'une manière indéchiffrable, on ne les reconnaîtra pas.

Le grand politique ne savait à quoi se résoudre. Il ne pouvait pas sembler instruit, il importait de détourner les soupçons. Il devait attendre la nouvelle et l'effet qu'elle produirait, quel supplice! on l'accuserait, sans doute, on détruirait en quelques heures cet édifice élevé si péniblement. Le roi l'abandonnerait au parlement, à la cabale du prince, c'en était fait de lui.

— Ah! vous m'avez perdu! vous avez perdu le royaume! répéta-t-il.

— Moi! dit cette étrange et inexplicable créature, moi je vous ai perdu par ce que j'ai fait! Ah! vous voudriez profiter du crime, mais non pas en assumer sur vous le dommage. Soit! je vais tout droit me livrer, m'accuser, je vais tout prendre sur moi seule; aussi bien je vous épargnerai une infamie, car, dans la disposition où je vous vois, vous me dénonceriez.

— Josseline!...

— Oui, vous me dénonceriez, il vaut mieux que je le fasse moi-même. Avant, vous m'écouterez encore, c'est pour la dernière fois...

— Vous êtes folle! vous l'avez toujours été...

— Oui, car je vous ai aimé jusqu'à l'extravagance, car vous êtes le seul être de ce monde que j'aie jamais aimé. Ni père, ni mère, ni famille, ni amis, je n'ai rien de tout cela, ou plutôt j'ai rejeté tout cela pour vous, pour vous adorer comme un Dieu, pour vous consacrer ma vie, mon avenir, ma conscience, mon honneur, tout!

Elle s'arrêta un instant, l'émotion la suffoquait. Richelieu, enseveli dans ses pensées, l'écoutait à peine.

— Armand, reprit-elle, j'étais belle, j'étais jeune quand j'ai quitté la maison paternelle pour vous rejoindre, n'est-ce pas? Depuis vingt-cinq ans, je ne vous ai pas quitté un jour, à moins que ce ne fût par votre ordre, je n'ai pas eu une pensée en dehors de vous,

I. 10.

vous le savez, et maintenant... maintenant, je vais mourir pour vous avoir servi autrement et ailleurs que vous ne comptiez l'être, c'est bien, c'est justice !

— Non, vous ne m'avez pas servi ; non, je n'ai pas demandé, pas conçu même ce meurtre parricide. Assez ! cachez-vous ! que je ne vous voie plus, je ne vous chercherai pas ; c'est tout ce que je puis faire, je suis innocent, je ne veux pas du déshonneur attaché à mon nom. Un criminel, un assassin ! Jamais. Un justicier, oui, c'est mon devoir, c'est ma mission. Allez.

Et il la repoussa de la main.

— Me cacher, moi ! Vous oubliez à qui vous parlez, monseigneur. Je me livrerai moi-même, et j'avouerai tout. Est-ce que je me cache, lorsque j'ai cru vous servir ? Soyez tranquille, ajouta-t-elle amèrement, vous ne serez pas compromis.

Dans toute sa carrière, Richelieu ne s'était pas trouvé en un moment semblable. Il voyait, il pesait tout de sang-froid. Ainsi que l'avait parfaitement observé Josseline, il eût bien voulu profiter du sang versé sans qu'on l'accusât d'en être l'auteur. Certes, Gaston de moins dans sa route, c'était beaucoup ! pourtant les circonstances, le lieu, tout tournait contre lui. Il allait avoir à se défendre devant le roi, devant toute l'Europe, et nul ne croirait à son innocence. La femme qui le mettait dans cette alternative inextricable lui avait été bien ennemie, et ce n'était point à elle qu'il pensait. Elle le voyait, elle le sentait avec cette seconde vue

d'un sentiment exclusif, et dès-lors que lui importait
la vie.

Ces deux êtres fatalement placés en face l'un de
l'autre, s'étaient beaucoup aimés autrefois. Leur jeunesse se passa dans des erreurs que l'âge mûr et l'ambition avaient presque effacées de la mémoire du ministre, mais dont le souvenir et les suites formaient
encore toute la vie de Josseline. Elle renonça à tout
pour rester près de lui, elle ne reculait devant rien,
elle s'arma plus d'une fois du poignard homicide lorsque l'intérêt de son amour lui faisait tout oublier. Ja-
louse jusqu'à la frénésie, l'être de ce monde qu'elle détestait le plus était Anne d'Autriche, que le cardinal
lui avait préférée et qui s'était si hardiment jouée de
lui. En ce moment, où elle se voyait clairement sacrifiée, elle ne songeait qu'à une chose : c'est qu'elle
allait le perdre et que d'autres influences l'entoureraient
après elle. Et son cœur s'en torturait.

— Si je le tuais! pensa-t-elle, il ne serait plus à
personne.

Le ministre, si vieux par ses amours, par sa santé
que les fatigues épuisaient, était jeune encore pourtant.
Il n'avait guère alors que quarante-cinq ans. Elle le
savait abandonné à madame de Combalet et à madame
d'Aiguillon, qui se partageaient ses faveurs, assurait-
on, et qui employaient tous leurs charmes pour la faire
chasser. Jusque-là il avait tenu bon : une ancienne habitude, des secrets communs, le danger d'exciter une

nature capable de tout et qu'il souhaitait ne point punir néanmoins, le rendaient inflexible. Josseline n'i-
gnorait rien de cela, et frémissait en se le rappelant.

Dieu seul pourrait dire quelle eût été la fin de cette
scène, si un bruit de pas et de voix, parmi lesquelles
on distinguait surtout le nom de Monsieur, prononcé à
chaque instant, ne fût venu l'interrompre. Le cardinal
pâlit encore, le moment fatal arrivait, il allait être accusé devant tous, et il se préparait à se défendre, il
rappelait ses esprits et son sang-froid habituel, lorsque
ses yeux se tournèrent vers la comtesse, debout, au
milieu de la chambre, l'œil en feu, les joues ardentes,
prête à se dévouer pour lui, comme pour lui elle était
devenue criminelle. Il en eût pitié.

— Josseline, dit-il, jetez-vous derrière ces rideaux,
où nul n'osera vous chercher, faites-le pour l'amour
de moi, si ce n'est pour l'amour de vous-même.

Elle obéit sans répondre, mais lorsqu'elle fut près de
lui, dissimulée par les draperies, au fond de sa ruelle,
dans ce sanctuaire mystérieux, trop connu d'elle autrefois, elle ne put retenir ses larmes, cette femme qui
n'avait pas pleuré sa mère! Elle tomba à genoux, et
s'avoua vaincue devant Dieu.

Cependant le bruit redoublait, les gardes résistaient,
une voix qui fit tressaillir le cardinal dans tous ses
membres dominait les autres et criait :

— Ouvrez la porte! je vous dis que je veux entrer.

Le capitaine des mousquetaires répliqua de manière

à n'être pas entendu ; le visiteur matinal insista encore, enfin l'ordre fut formellement donné.

— Votre Altesse Royale prend tout sur elle ?

— Tout, ouvrez cette porte !

— J'obéis.

Le capitaine s'écarta, l'huissier poussa les deux battants et annonça :

— Son Altesse Royale Monsieur, duc d'Orléans !

XIV

UN PRINCE DU SANG

A l'aspect de Gaston, qui se précipitait dans sa chambre, suivi de tous ses gentilshommes, le cardinal crut qu'il avait le vertige ; il se forma dans sa tête et dans ses impressions un tel chaos qu'il fut incapable de s'en rendre compte et que son trouble n'échappa à personne. Le duc de Beaufort suivait Monsieur, plus animé, plus furieux que lui, si c'était possible. Il ne laissa pas à son oncle le temps de s'expliquer, et s'abandonnant à la fougue indomptable de son caractère :

— Monsieur, s'écria-t-il, nous venons ici, Son Altesse Royale et moi, vous demander justice, et nous l'aurons !

Les yeux du ministre ne quittaient pas Gaston, il l'examinait des pieds à la tête, cherchant les traces de cette blessure, reçue si peu d'instants auparavant et qui devait l'avoir tué croyait-il. Il serait difficile de dire s'il se trouvait fâché ou content de cette résurrection, déjà son esprit s'était préparé une issue, il ne désespérait pas de la rencontrer, et la vue de Monsieur, parfaitement sain, parfaitement dégagé de toutes craintes personnelles et lui demandant justice, lui sembla un danger plus grand que le premier encore.

— Elle l'aura manqué! se dit-il.

C'était avoir toute la honte du crime sans les bénéfices.

Il se remit cependant, et, d'un ton presque assuré, demanda froidement au frère de Louis XIII ce qui lui attirait une visite si matinale et si bruyante à lui, pauvre malade, pour qui le repos était le premier des biens.

— Je vois avec plaisir que Monsieur a usé de ma maison comme de la sienne, ajouta-t-il.

— Et vous avez usé de votre maison d'une manière un peu bien singulière, monsieur de Richelieu, répliqua Monsieur en enfonçant son chapeau sur sa tête d'un air de menace.

— Quelqu'un aurait-il manqué chez moi de respect à Son Altesse Royale? demanda le ministre d'un air empressé.

— Le respect est peu de chose en comparaison de la vie, monsieur, répondit le prince, et c'est ma vie qui a été attaquée.

— Votre vie, Monsieur!

— Certes, et il n'a pas tenu à vos fidèles serviteurs que je ne fusse à cette heure couché à côté de mon glorieux père.

— Comment, Monsieur, on aurait osé!...

— On a osé me donner un coup de poignard bel et bien appliqué, dans votre galerie.

— Mais, Votre Altesse Royale néanmoins se porte à merveille.

— Je le crois, pardieu bien! je n'étais pas là!

— Comment, on a donné un coup de poignard à Monsieur, Monsieur l'a reçu et Monsieur n'y était pas!

— C'était bien à moi qu'on destinait le coup, mais ce n'est pas moi qui l'ai reçu, sans cela vous ne me verriez pas près de votre lit, monsieur le cardinal.

— Qui fait penser à Votre Altesse Royale que ce coup s'adressait à elle?

— Mon manteau et mon escarboucle couvraient le dormeur, créature si inoffensive, que certes, personne n'eût songé à s'en défaire.

— Et qui donc s'est trouvé là si heureusement, vêtu du manteau de Monsieur pour recevoir le coup adressé à Son Altesse Royale?

— Un pauvre enfant, un modèle de dévouement, un ange, dit d'une voix sourde le duc de Beaufort qui n'avait pas encore parlé, nous avons apporté son corps, afin que vous ne doutiez ni de l'outrage ni du crime.

Il fit un geste, les gens de Monsieur entrèrent avec la civière sur laquelle gisait le corps du pauvre Olivier,

dont la belle tête tombait sur son épaule, comme un
lis flétri dans sa fleur. Le duc de Beaufort écarta le
manteau qui le couvrait et ses longs cheveux qui lui
servaient de voile.

— Regardez, monsieur le cardinal, il est bien mort,
n'est-ce pas ? dit M. le duc d'Enghien, c'est le page de
Monsieur, son page favori et voici l'agrafe qui a servi
d'amorce.

Le cardinal leva les yeux, ses joues devinrent livides,
il garda un instant le silence, puis ses lèvres murmu-
raient comme à son insu :

— Olivier !...

— Oui, Olivier, mon pauvre Olivier, que j'aimais,
que vous aimiez, monsieur, et ce qui est plus rare, qui
vous aimait de toute son âme.

— Il m'aimait ! continua Richelieu de la même manière.

Une larme roula dans son œil, il l'essuya du revers
de sa main, cet homme de marbre ne devait pas pleurer !

— Et maintenant, monsieur, je vais au roi, au roi
qui est mon frère, après tout, et qui fera rendre justice
à son frère. J'ai cru devoir vous prévenir d'abord, afin
que vous prépariez votre défense, vous voyez que je
suis généreux.

Sans ajouter une parole, sans que le cardinal, dont
les paupières étaient baissées, essayât un mouvement
pour le retenir, Monsieur fit signe aux porteurs, fit
passer en avant le cadavre, et sortit de la chambre

suivi des deux princes, il ne toucha pas même le bord de son chapeau et le ministre ne s'en aperçut point, il resta absorbé dans une contemplation muette et dans une douleur telle qu'il n'en avait jamais soupçonné de sa vie.

La porte se referma, il demeura seul, les yeux fixés sur la place que le pauvre enfant avait occupée, un de ses nœuds d'épaule s'était détaché et gisait sur le parquet, inondé de son sang. Il l'aperçut.

— Oh! dit-il, j'aurai au moins cela!

Et Richelieu, ce vaste, ce profond politique, cet homme devant qui les intérêts de cœur étaient de si faibles bagatelles, sortit de son lit, faible et malade, ramassa le ruban fleurdelisé et l'emporta sous son chevet, où il le cacha, avec plus de soin qu'un trésor. Il oubliait complétement la présence de Josseline, tout à ses regrets, tout à ce sentiment indéfinissable, dont jusque-là il n'avait pas compris la force, *il se sentit souffrir*, il savoura cette affliction inconnue.

— Olivier! Olivier! répétait-il.

Et l'image de ce jeune homme, si beau, si plein d'avenir et d'espérances, à qui il comptait faire une vie si belle, était debout devant lui.

— Hier encore, se disait-il, je l'ai vu là, à cette même place, où tout à l'heure on me l'a rapporté mort! Et c'est cette...

Il pensa alors à Josseline.

— Oh! cette femme! cette femme! elle mourra.

Cependant la comtesse, n'entendant plus de bruit, était sortie de sa retraite; quoique encore à demi cachée par les rideaux, elle le contemplait, étonnée et interdite.

— Il aimait donc quelque chose! Il avait donc un cœur !

Le cardinal ne la voyait pas.

— Et quel était donc cet Olivier, monseigneur, dont le souvenir efface de votre mémoire toutes choses? demanda-t-elle.

Richelieu leva la tête et son regard la foudroya.

— Vous avez commis un crime infâme et qui ne restera pas impuni, répondit-il.

— Oui, j'ai tué un page pour le premier prince de la famille royale, c'est une maladresse, elle doit se payer. Cet Olivier, cet enfant, qui est-il donc? répondez.

Elle prenait avec le ministre un ton d'autorité bien étrange dans une autre bouche.

Il répondit néanmoins.

— C'était un orphelin, un orphelin bien cher, confié à mes soins dès son bas âge. Pauvre Olivier !

Sa voix était si douce qu'elle ressemblait à une caresse. Josseline en ressentit une jalousie effrénée, il ne lui avait jamais parlé ainsi.

— Quels étaient ses parents! quelque... ami... quelque... maîtresse à vous ?

Par un effet assez bizarre, cette douleur du ministre était tout à fait contraire à son caractère et à ses habitudes. Elle n'avait rien d'emprunté, rien de violent, on

eût dit une jeune mère, pleurant son dernier né. Il
répondait instinctivement à cette femme, cause de ce
désespoir atroce, et sans colère, comme si c'eût été une
autre, seulement, pour parler de celui qui n'était plus,
mais, le réveil du lion devait être terrible et cette question amena le réveil.

— Quels étaient ses parents, les parents d'Olivier, de
cette charmante créature, mon espoir, mon avenir, ses
parents? Moi, moi, j'étais son père! entendez-vous?
c'était l'enfant du seul amour de ma vie, d'un amour
coupé dès sa racine, et vous me l'avez tué!

Il cacha sa tête dans ses mains et sanglota; il ne
pouvait plus feindre.

La comtesse ressentit alors la plus horrible douleur
dont son âme perverse fût susceptible : le cardinal lui
eût infligé mille tortures qu'il ne l'eût pas broyée
plus sûrement. Il aimait Olivier, parce qu'Olivier était
le fils de la seule femme qu'il eût aimée. Et elle
donc! Et elle qui avait tout sacrifié, tout perdu pour
lui, il ne l'aimait point! Jusqu'à ce jour elle l'avait cru
insensible à tout, hors à cette passion insensée pour la
reine, dans laquelle son orgueil eût une part plus
grande que son cœur. Et elle apprenait ainsi qu'une
rivale, une rivale ignorée, avait obtenu ce sentiment,
l'objet de ses rêves et de ses désirs, ce sentiment poursuivi depuis tant d'années et dont elle le supposait incapable! C'en était trop pour cette âme altière. Elle
éclata.

— Et sa mère! sa mère! qui était sa mère?

— Oh! reprit le cardinal avec mélancolie, sa mère! elle est avec Dieu sans doute.

Josseline eût donné sa vie pour le regard dont ces paroles étaient accompagnées.

Et pendant ce temps il tenait à la main, sous sa couverture, le petit nœud de ruban, qu'il pressait contre sa poitrine. Quiconque eût vu cet homme, ce père, dans sa douleur, n'eut pas reconnu le superbe cardinal, le maître de la France, celui devant lequel toutes les têtes s'abaissaient, toutes les consciences tremblaient.

Il était alors triste et doux comme la brebis à laquelle on enlève son agneau; cette souffrance, si nouvelle pour lui, l'étonnait et le dominait; il s'y laisssait aller, sans avoir la force de le vaincre, sans le désirer, peut-être. Il jouissait de cette trêve avec la puissance, il savait qu'elle ne serait pas de longue durée et qu'il allait retomber sous ses griffes d'airain.

La comtesse ne pouvait en croire ses yeux. Elle ne reconnaissait plus Armand Duplessis, elle qui le connaissait si bien pourtant. La rage impuissante la dévorait, elle ne songeait pas à ce qui allait suivre, à l'explication nécessaire, à la punition inévitable, à la vengeance de ce père désespéré. La vengeance était accomplie, jamais il ne lui ferait plus de mal, les tortures du corps ne pourraient approcher de celles de l'âme, de cette jalousie poignante qui la dévorait.

— Ah! dit-elle, le cœur et la bouche pleins de fiel, ah! quand je vous ai parlé de *lui* tout à l'heure, vous ne m'avez pas même écoutée, tandis que celui-là, vous le pleurez!

— C'est que celui-là, c'était un ange, c'était le bonheur de ma vie, c'était le coin du ciel où mes yeux se reposaient au milieu des tempêtes où m'entraîne le vaisseau de la France. C'était tout ce que j'aimais, tout ce qui m'attachait à ce monde. Tandis que l'autre! il m'effraie... il vous ressemble.

Il y avait dans ce dernier mot bien des années de haine contenue.

Josseline, debout près de ce lit, à moitié cachée sous les rideaux violets, pâle comme le cadavre qu'elle avait fait, était effrayante en effet. Les passions les plus vives et les plus mauvaises se peignaient sur son visage. La question qu'elle agitait en elle-même lorsqu'ils avaient été interrompus, se présenta de nouveau à sa pensée. Elle eut envie de le tuer aussi!... Un coup d'œil sur cet homme si grand par le génie, sur cet homme qui tenait en ses mains le destin de l'Europe la désarma, elle n'osa pas. Mais en même temps, par un effet naturel, la réaction se fit dans ses sentiments, elle se mit à se plaindre, elle eut pitié de ce désespoir qu'elle causait, elle lui prit la main.

— Vous souffrez, Armand! dit-elle.

— Ne me touchez pas, dit-il, ne me touchez pas, assassin. Vous qui me l'avez pris, vous qui me l'avez ar-

raché, vous que je déteste et que je méprise, vous, la
femme sans cœur!

— Ingrat! murmura-t-elle, le dédain sur les lèvres.

— Vous ne sortirez plus d'ici, entendez-vous, car je
vous livre, car je laisse la justice du roi et celle de
Monsieur venger ma douleur. Je dirai tout. Qu'ai-je à
craindre? Vous ai-je rien ordonné, rien demandé?
Avez-vous à moi un secret que vous puissiez trahir?

— Oui, répondit-elle avec arrogance, oui, je puis
vous faire chasser, vous faire périr, peut-être. Ah!
vous me connaissez bien mal, Armand! Tout à l'heure,
sans ma fatale erreur, si mon coup eût porté où je le
destinais, je serais morte sans me plaindre, sans parler.
Ma vie était donnée pour votre œuvre; mais à présent,
lorsque vous pleurez devant moi ce fruit d'un amour
que j'ignorais, ce rival de mon...

Elle s'arrêta comme suffoquée.

— J'aurai ma vengeance aussi, continua-t-elle, le roi
saura tout ce que vous êtes, tout ce que vous avez été,
tout ce que vous aviez conçu. Œil pour œil, dent pour
dent.

Richelieu songeait, il rappelait sa mémoire. Il ne se
souvenait pas de lui avoir confié quoi que ce soit dont
la découverte pût le perdre. Elle avait *entendu dire*,
comme tout le monde, un peu plus que tout le monde
sans doute, mais le roi aussi avait tout entendu dire et
Richelieu avait tout détruit. Il la regarda donc fixement d'un air de défi :

— Est-ce que je puis vous craindre !

— Ah! vous ne me craignez pas! vous croyez l'abeille sans dard, le scorpion sans arme, vous ne me craignez pas! et la reine, et cette Anne d'Autriche que vous avez aimée au point d'en perdre la raison, malgré votre passion unique de tout à l'heure. Et cette lettre que, dans un moment de folie, vous lui avez écrite pour vous mettre entre ses mains, disiez-vous, par un de ces élans de générosité imbécile, que donne souvent un sentiment contrarié. Cette lettre dans laquelle vous lui proposez la régence, où vous lui parlez de la mort prompte et certaine de Louis XIII, comme d'un événement positif et inévitable, cette lettre qu'elle a brûlée devant vous pour obtenir je ne sais quelle grâce secrète, cette lettre, je l'ai, entendez-vous? je l'ai, et avant de mourir pour avoir tué votre... protégé, je saurai bien la faire remettre au roi.

Richelieu changea bien des fois de couleur, pendant qu'elle parlait ainsi. Il se rappelait ce moment de folie, ainsi qu'elle l'appelait, où il s'était livré à la reine, qui le jouait, où il avait mis sa vie entre les mains d'une femme. Cette lettre, il l'avait vu brûler devant lui, par la reine elle-même, au moment où le roi découvrit ses intelligences avec l'Espagne, et où il menaçait de l'enfermer dans un couvent. Le cardinal la sauva pour cette restitution et maintenant on venait le menacer de ce fatal papier, l'impossibilité était flagrante. Cependant comment Josseline connaissait-elle un secret dont il était seul dépositaire ? Il sentit le danger et il maîtrisa sa colère.

— Ceci est une invention abominable, jamais je n'ai rien écrit de semblable, et le roi ne vous croira pas, la reine est là pour vous démentir.

— La reine ne me démentira pas, car elle vous hait, et d'ailleurs, c'est la vérité.

— La vérité !

— Votre sourire ironique ne me persuade point, monsieur, si vous souhaitez entendre quelques fragments de cette belle pièce, il est facile de vous satisfaire, vous verrez après si je me trompe et si je cherche à vous tromper. Je la sais par cœur.

— Vraiment ?

— Oui, voyez plutôt :

« Oui, madame, Votre Majesté n'a qu'un mot à dire, et son triomphe est assuré. Le jour où le roi de France s'appellera Louis XIV, la reine, la maîtresse, la souveraine dispensatrice des trésors et des grâces, s'appellera Anne d'Autriche. Un mot, un geste, un regard, jeté sur votre serviteur, sur celui pour lequel vous êtes tout en ce monde, et cette grande œuvre est opérée. Je ne demande rien en retour que la permission de vous adorer à genoux, soutenu par votre main royale. »

— Croyez-vous que le roi de France, qui s'appelle Louis XIII, serait très-reconnaissant de vos bonnes dispositions à son égard ?

Le cardinal resta atterré, tout était vrai. La phrase

était textuelle. Il se garda bien d'en rien montrer néanmoins.

— Voici une très-belle invention, Josseline, une invention digne de vous. Cela m'étonne peu, vous avez fait vos preuves. Vous parliez tout à l'heure du temps où nous nous connûmes autrefois, dès cette époque, et vous étiez bien jeune, vous annonciez de magnifiques dispositions. Vous étouffiez votre conscience avec une facilité toute gracieuse. Si j'ai bonne mémoire, il est un certain Ravière qui pourrait en raconter long sur vos premiers exploits.

Ce fut au tour de la comtesse de pâlir. Elle avait toujours cru le cardinal ignorant de sa conduite. Elle ne se doutait pas qu'il la connût dans tous ses détails, et souvent, elle s'était targuée vis-à-vis de lui de ses sacrifices sans en préciser la nature. Mais les replis de cette âme étaient profonds. Tout instruit qu'il fût, il ne le laissait point paraître. Ses desseins l'exigeaient ainsi. Elle plongea son regard de basilic sur son regard d'aigle, Armand ne changea pas de physionomie, il soutint le choc avec plus d'assurance qu'elle, car elle se troubla légèrement.

— Eh bien, si je vous ai aimé jusque-là, murmura-t-elle, est-ce à vous de m'en punir?

Le cardinal respira, il la tenait encore. Son amour était une arme dont il pouvait à volonté se servir contre elle, ou pour la soutenir. Elle demandait à vivre, non pas pour sa vie, elle avait de ces courages qui ne faiblissent pas devant la mort, mais pour le voir, mais pour être auprès de lui, car toutes les fibres de son âme étaient attachées à lui. Elle avait commis ce meurtre pour lui, elle le menaçait maintenant, et cette menace était encore de l'amour, la jalousie seule la poussait et l'excitait ainsi. Elle voulait qu'il l'aimât, qu'il l'aimât seule, et elle se révoltait contre toute rivalité possible ou lointaine.

— Josseline! dit le cardinal.

Un coup discrètement frappé à la porte des appartements intérieurs l'interrompit.

— Qui peut venir maintenant? murmura-t-il, rentrez, madame, et attendez-moi.

Il donna le signal d'entrée, c'était Campanelli.

— Monseigneur, et il s'inclina jusqu'à terre, la personne dont je vous ai parlé, que vous avez désiré voir, vient d'arriver à l'instant même.

— Qu'elle soit la bienvenue, répondit-il avec effusion.

XV

LE DÉPART

Nous avons laissé le château de Saulieu livré à une agitation bien concevable au milieu des grands événements qui s'y passaient. Jacques de Maulevrier découvert dans sa retraite, arrêté par les soldats du cardinal et délivré par la généreuse intervention du marquis de

Fouquerolles était encore sur l'escalier, entre les deux partis, persistant dans la résolution de se livrer à ses ennemis, plutôt que d'exposer son hôte et son rival. Il lui semblait cruel et humiliant de se laisser vaincre en noblesse sous les yeux d'Isabelle, il sentait son infériorité et en redoutait les suites. La jeune femme ne pouvait refuser sa reconnaissance et sa tendresse à celui qui se sacrifiait ainsi pour elle; tout son cœur en frémissait.

— Monsieur, dit-il, je ne souffrirai pas que vous vous exposiez...

— Je suis le seul juge de mon honneur, monsieur; depuis quelques heures ce château appartient à la marquise de Fouquerolles, vous êtes chez elle et par conséquent chez moi, le premier acte de ma possession ne peut être une lâcheté, et fussiez-vous mon plus grand ennemi, fussiez-vous criminel de lèse-majesté, nul ne toucherait un cheveu de votre tête, je le répète, c'est de la rébellion, je ne le nie pas. Si l'on veut faire des châteaux des prisons, si l'on veut que les gentilshommes deviennent des geôliers et des sbires, qu'on s'adresse à d'autres.

— Monsieur le marquis, répliqua l'officier, mes ordres sont formels. M. est le comte Jacques de Maulevrier, il l'avoue lui-même, il m'est enjoint d'arrêter le comte Jacques de Maulevrier, coupable de haute trahison, partout où je le rencontrerai, et je l'arrêterai de gré ou de force.

— Ce sera donc de force alors! reprit impétueusement le marquis en tirant son épée, le premier de vous
qui approche sera cloué à mes pieds, je le jure.

L'officier regarda son camarade, tous les deux hési-
tèrent l'espace d'une seconde, c'en fut assez, Jacques en
profita pour échapper à Gournay et à Radégonde, qui le
tenaient chacun de leur côté, et pour se jeter au milieu
des soldats, en criant :

— Je me rends! je me rends, messieurs, me voilà!

— Fermez les portes, s'écria à son tour le marquis,
que personne ne sorte! puisqu'il en est ainsi, de par le
ciel! prisonniers et gardes, j'enferme tout dans la
grosse tour, je suis le maître chez moi, après tout.

Le comte d'Oston, attiré par le bruit, se tenait derrière son frère et tirait déjà l'épée pour le seconder.
D'une autre part, les soldats se rangeaient en armes,
sous le commandement de l'officier, leur prisonnier au
milieu d'eux, et songeaient à forcer le passage, Gournay
s'arrachait les cheveux, demandant qu'on lui fît partager le sort de son maître, Isabelle pleurait à chaudes
larmes, appuyée sur le sein de Béatrix, madame Legrand
les soutenait toutes deux, des laquais portant des torches éclairaient cette scène, que les éclats de la foudre
et le scintillement terrible des éclairs interrompaient à
chaque instant. Tout à coup, la porte qui donnait sur les
fossés, cette même porte par laquelle Jacques avait été
introduit, s'ouvrit doucement, et un homme couvert
d'un manteau fort délabré, un chapeau rabattu sur les

yeux, se montra d'abord et recula vivement à l'aspect de tous ces personnages. Mais il avait été aperçu.

— Qu'est-ceci, s'écria le comte d'Oston, placé immédiatement sur le degré au-dessus de lui, des brigands nous arrivent, sus, sus, messieurs, et qu'on amène cet homme mort ou vif.

Quelques domestiques se précipitèrent à sa suite dans l'escalier, on tira vivement la porte, à peine fermée, l'homme était en train de démarrer la barque, qu'il avait attachée, pour s'enfuir probablement, on lui mit la main sur l'épaule, il ne songea pas à se défendre.

— Laissez-moi donc, laissez-moi, que diable! l'habit ne fait pas le moine, ne reconnaissez-vous donc pas M. de Ravière?

— M. de Ravière! s'écria le comte.

— M. de Ravière! répétèrent toutes les voix jusqu'en haut des montées.

— Cela n'est pas possible, reprit le marquis gardant toujours la porte.

— Moi-même, continua M. de Ravière en se montrant. Ne peut-on sortir déguisé et rentrer discrètement sans trouver vingt-cinq factionnaires à l'entrée. Chacun a ses affaires, messieurs.

Il dit ces paroles d'un ton enjoué et de bonne humeur, qui contrastait singulièrement avec le deuil répandu dans cette demeure, séjour de la mort et de l'inquiétude. Les deux sœurs se regardèrent, elles n'aimaient point M. de Ravière, et ce manque d'égards pour la mémoire de leur grand'mère, de son amie, les frappa vivement.

— Monsieur, dit Isabelle avec grande dignité, le moment est mal choisi pour une plaisanterie.

— Qu'y a-t-il, ma belle marquise? d'où vient cette colère? que fait-on ici? que veulent ces soldats? Ah? vous voilà, Jacques?

— Monsieur de Ravière, au nom du ciel! vous qui depuis l'enfance aimez et protégez ces nobles jeunes dames, sauvez le marquis de Fouquerolles, il se perd, il se compromet pour moi, faites qu'il me livre à mon sort et emmenez-le, emmenez...

— Quoi! vous sauver?... se compromettre?...

Six personnes expliquèrent à la fois à M. de Ravière ce qui se passait en ce moment. Son œil perçant se porta alternativement sur Jacques et sur M. de Fouquerolles, puis sur l'officier; il réfléchit un instant, et, se retournant vers le marquis :

— Vous avez parfaitement raison, mon cher marquis, dit-il du même air de bonne humeur qu'aucune observation n'avait pu vaincre, vous avez raison, ce serait une honte que de livrer Jacques, un ancien ami, aux soldats de Son Éminence. Ce qu'il y a de mieux à faire, c'est de capituler.

— Je ne capitule pas, interrompit l'officier. Mon prisonnier est à moi, je ne le rendrai plus, je le ferai plutôt fusiller sur place et je tiendrai compte à qui de droit de la résistance que j'ai trouvée.

Ces paroles pénétrèrent jusqu'au cœur d'Isabelle; elle se jeta sans réfléchir au milieu du groupe, et, se tournant vers l'officier les mains jointes, les larmes dans les yeux et dans la voix :

— Monsieur, lui dit-elle, monsieur, au nom de votre mère, au nom de tout ce que vous aimez, au nom de votre honneur, n'ensanglantez pas ce château, où ma vénérable aïeule repose encore, lorsque ses restes, à peine refroidis, ne sont pas même rendus à la tombe. Rendez-nous celui que vous retenez ainsi sur d'injustes rapports, notre ami, notre frère... Et surtout n'accusez point le plus noble des hommes, c'est moi... c'est moi seule...

— Tout le monde est innocent, interrompit M. de Ravière, ce qu'il y a de mieux, ce me semble, c'est que chacun rentre chez soi. Jacques peut rester ici, sous bonne garde, jusqu'à de nouveaux ordres, faciles à demander... Eh! morbleu! voici M. le vicomte de Gabines, qui, mieux que personne, nous tirera d'embarras, c'est un féal de Son Éminence, malgré sa jeunesse, il est fort initié dans ses bonnes grâces, il va dénouer ce nœud gordien.

La porte des fossés s'ouvrait pour la seconde fois, et le jeune homme que nous avons vu paraître au lit de mort de la marquise se montra à son tour. Son air railleur, son sourire ironique et hautain ne s'abaissèrent pas devant la surprise. Comme M. de Ravière il ne portait point ses vêtements habituels, mais il ne revenait

pas par la même route, il avait traversé un pont improvisé, jeté le matin même comme une passerelle sur
un angle des fortifications pour les préparatifs de la
cérémonie funèbre, et que l'on n'avait point encore
ôté, les ouvriers devant y passer toute la nuit.

Le vicomte toucha légèrement le bord de son chapeau
et demanda :

— Qu'y a-t-il?

D'un ton où l'arrogance le disputait à la moquerie.

M. de Fouquerolles lui rendit son regard et son om-
nipotence.

— Monsieur, demanda-t-il au lieu de répondre, pour-
rai-je savoir ce qui me procure l'honneur de vous recevoir chez moi?

— Le château ne vous appartenait point quand j'y
suis venu, je ne compte pas y rester maintenant qu'il
vous appartient. Je n'ai donc aucuns comptes à vous
rendre.

Le vicomte était un grand jeune homme, mince et
distingué au possible, mais portant un de ces visages
sur lesquels Dieu a placé une marque ineffaçable de
répulsion. Ses cheveux rouges, son teint blafard, son
nez épaté, ses lèvres minces et pâles, ses gros yeux
d'une expression plus que dissimulée, ses joues bour-
geonnées, en faisaient un des êtres les plus désagréables
qui se puissent rencontrer, et cependant l'intelligence,
et je ne sais quelle domination incontestable brillaient
sur toute cette physionomie et lui donnaient un carac-

tère impossible à oublier lorsqu'une fois il avait frappé l'imagination.

— Sortez donc sur-le-champ, monsieur, mais en ma compagnie, si vous êtes gentilhomme et si vous voulez bien me faire cet honneur.

— Un duel, miséricorde! s'écria madame Legrand. Il ne manquait plus que cela. Madame la marquise, au nom du ciel, retenez-les.

— J'aurais grand plaisir à accepter votre proposition, monsieur, mais je ne me bats point aux flambeaux. Demain matin, si cela vous convient encore, je m'empresserai de vous satisfaire. Ce soir d'autres soins m'occupent et je vois bien que sans moi ce château, où l'hospitalité m'est offerte si gracieuse, ressemblerait tout à l'heure à la cour du roi Petaud, M. de Flessigue!

L'officier s'approcha, il le tira à l'écart, lui dit quelques paroles à l'oreille, et celui-ci abaissa son épée en signe de consentement, et, se tournant vers Jacques :

— Monsieur de Maulevrier, me donnez-vous votre parole d'honneur de ne point chercher à vous échapper?

— Je vous la donne, monsieur.

— Soyez donc libre en ce château, jusqu'à ce que j'aie reçu de nouveaux ordres, je compte sur vous.

Puis il salua le marquis, les dames, commanda à sa troupe de le suivre et disparut.

Isabelle ne pouvait en croire ni ses yeux, ni ses oreilles, Jacques, qu'elle avait craint de voir massacrer sous

ses yeux, était là encore et ne courait qu'un péril
éloigné ; son mari s'était montré grand et noble, il lui
semblait qu'elle l'aimait, et son inexpérience ne lui
laissait pas comprendre le danger qu'il pouvait courir.
Elle leva les yeux vers lui, ce regard le récompensa
déjà.

M. de Ravière et le vicomte s'en allaient ensemble,
les jeunes gens restèrent donc seuls.

— Me voici contraint, monsieur le marquis, de par
Son Éminence, à accepter votre hospitalité, dit Jacques.

— Choisissez au château la chambre qu'il vous con-
viendra de prendre, monsieur, elle est à vous. Demain
madame de Fouquerolles et moi nous le quitterons,
ainsi que mon frère et ma sœur, mais je donnerai de
tels ordres, que je serai sûr de vous y savoir protégé
comme en ma présence.

Ils se saluèrent, puis M. de Fouquerolles prit la main
de sa femme et tous les deux remontèrent à leur appartement.

Le jeune homme les regarda partir, et lorsqu'ils eurent disparu au tournant du degré, suivis de monsieur
et de madame d'Oston :

— Ah! Radegonde, dit-il douloureusement, c'en est
fait de mon bonheur. Je ne dois plus revoir Isabelle.
M. de Fouquerolles m'a noblement sauvé aujourd'hui.
Que Dieu me soit en aide! pourquoi ces gens ne m'ont-
ils pas tué, ainsi qu'ils m'en menaçaient. Je ne défen-

drai pas ma vie du moins et le cardinal la prendra s'il
veut la prendre.

XVI

LE CATAFALQUE

Le lendemain, de bonne heure, toutes les cloches du
château et celles du village étaient en branle et son-
naient lentement; elles annonçaient la cérémonie tou-
chante qui devait encore une fois réunir les enfants
près de leur aïeule, et après laquelle elles quittaient
pour la première fois le nid paternel. Isabelle passa la
nuit en prières, avec madame Legrand et Radegonde;
le marquis continua sa générosité de la veille, il laissait
à sa jeune épouse la liberté de la douleur et il ne voulut point se targuer auprès d'elle de sa noble conduite,
il attendit qu'elle s'en souvînt elle-même pour la ré-
compenser.

À l'heure convenue, les vassaux se réunirent dans la
chapelle, les officiers de la feue marquise avaient tout
préparé suivant les devoirs de leurs charges, le château était tendu de noir, depuis le haut jusqu'en bas,
et le grand étendard de deuil flottait sur la tour la plus
élevée. Les serviteurs en larmes se pressaient autour
du cercueil, Isabelle et Béatrix, suivies de leurs maris
et de leurs filles de chambre, recevaient dans la grande
salle les parents et les amis que le respect et l'affection

attiraient. Leur attitude était digne, bien que profondément affligée. Elles sentaient la grandeur de leur perte. Seulement, Béatrix laissait voir dans ses yeux un rayon d'espérance, tandis que chez Isabelle le découragement dominait encore la douleur.

M. de Ravière aidait ses jeunes amies dans leur hospitalité, et ce qui étonna davantage encore, ce fut le vicomte de Gabines, vêtu de noir avec une scrupuleuse rigueur, et présentant dans toute sa contenance une dignité, une convenance qu'on n'avait pas soupçonnées chez lui jusque-là. Il se tenait à l'écart, forçant néanmoins les assistants à compter avec lui. De temps en temps, M. de Ravière lui glissait quelques mots en passant, auxquels il ne répondait point et dont il ne paraissait pas se soucier. Il saluait avec hauteur et ne se rapprochait pas des maîtres du château, dont il suivait néanmoins tous les mouvements.

A l'heure annoncée le cortége commença à défiler. Les deux jeunes femmes avaient voulu assister à la cérémonie par respect pour leur aïeule, et elles se rendirent dans leur tribune, dont les rideaux restèrent entièrement clos.

Tout se passa dans l'ordre et selon la décence la plus honorable. Les deux petits-fils menèrent le deuil, escortés d'un grand nombre de parents. L'éloge de la défunte fut prononcé par un abbé du voisinage et répété par tous les cœurs. Les sanglots éclatèrent dans la chapelle lorsqu'il parla des vertus éminentes de la mar-

quise, des regrets universels qu'elle laissait. Chacun
porta de l'eau bénite sur ce cercueil, renfermant un
des cœurs les plus exquis que Dieu ait créés. On remarqua que le vicomte de Cabines s'arrêtait plus longtemps que les autres et qu'il cherchait à les devancer,
il semblait avoir une espèce de droit, qu'il ne lui con-
venait pas de décliner.

Lorsque le caveau fut fermé, lorsque la pierre fut
scellée, MM. de Fouquerolles saluèrent l'assistance et
se disposaient à sortir, le vicomte sortit de sa place, s'a-
vança vers eux et leur demanda, dans les formes les
plus exquises, un entretien d'affaires en présence des
principaux membres de la famille qui se trouvaient
présents. Le savoir-vivre de l'époque exigeait qu'on ne
montrât ni surprise, ni mécontentement, l'entretien
fut accordé, et remis à une demi-heure, chacun ayant
besoin de quelques instants de repos.

Les jeunes époux profitèrent de ce moment de solitude pour rejoindre les deux sœurs, réunies chez Isabelle, et abîmées dans leur douleur. A l'aspect de son
mari, Béatrix se jeta dans ses bras et y chercha un refuge pour ses larmes; madame de Fouquerolles se leva,
et, prenant la main du marquis :

— Merci, monsieur, lui dit-elle, merci !

Ces mots furent tout ce qu'il lui fut possible de trouver en ce moment, où mille sentiments partageaient
son cœur. Ils firent soupirer le pauvre amoureux, qui,
les yeux fixés sur son frère, enviait un bonheur qu'il

n'avait jamais connu. Cependant il retrouva son courage, il se sentait désormais de grands devoirs à remplir. La communication du vicomte l'inquiétait aussi, il ne doutait pas qu'il ne s'agît d'une affaire d'honneur et qu'il n'eût bientôt à exposer sa vie. Ce sentiment mélancolique, la crainte de perdre celle qu'il aimait par-dessus toutes choses, donnèrent à ses paroles, à sa voix quelque chose de si touchant qu'il en eût arraché des larmes, si les pauvres enfants n'en eussent pas déjà tant répandu.

— Ma bien-aimée, Isabelle, ma sœur, mon frère, nous voilà seuls enfin, nous sommes libres de nous ouvrir nos cœurs, de nous parler sans témoins, et ce n'est pas une des moindres consolations dans une affliction profonde. Nous voilà seuls chargés de votre bonheur, chères orphelines, et rien ne nous coûtera pour que vous soyez heureuses. Tout ce que l'amour a de plus passionné, tout ce que l'amitié a de plus tendre, tout ce que l'estime a de plus respectueux vous appartient désormais. Je réponds pour mon frère et pour moi, nous nous y sommes engagés devant celle que nous avons perdue, c'est un serment solennel auquel nous ne manquerons jamais.

Béatrix était toujours appuyée sur son mari, Isabelle pleurait, la main sur le fauteuil où sa sœur s'était assise; M. de Fouquerolles s'approcha d'elle.

— Eh bien, ma cousine, dit-il d'un ton déchiré, ne me croyez-vous plus, ou ne m'entendez-vous pas?

La jeune femme ne résista pas à ce touchant appel, elle se laissa entraîner vers le marquis et il la pressa sur son cœur, sans qu'elle répondît encore à cette caresse.

Le souvenir de l'entrevue demandée força les deux frères à descendre dans le salon, où déjà sans doute ils étaient attendus. Ils y entrèrent tout émus de leur conversation conjugale, mais il ne leur fallut qu'un instant pour se remettre, à l'aspect du vicomte, de M. de Ravière et de tous les autres parents réunis. Ils saluèrent avec le cérémonial de l'époque et après avoir invité la compagnie à s'asseoir, M. de Fouquerolles dit au jeune homme :

— Nous attendons votre bon plaisir, monsieur.

Il se leva et vint au milieu du cercle; on remarqua alors pour la première fois qu'il était suivi d'un petit homme vêtu de noir, étranger à tout le monde, obséquieux, et qui se tenait en arrière, toujours prêt à baisser la tête ou à s'incliner. Ce n'était ni plus ni moins qu'un huissier de Vivonne, un huissier à verge, chargé d'une liasse de papiers aussi barbouillés que le demandait la circonstance, et armé d'une plume de trois quarts de long.

— Messieurs, dit M. de Cabines avec son aisance ordinaire, ma présence ici a dû surprendre le noble propriétaire de ce manoir; d'après son *invitation courtoise* d'hier, j'aurais dû en sortir sur-le-champ, mais il me restait encore un devoir à accomplir, je n'étais pas demeuré pour mon compte, mais pour rendre un léger service à une noble dame, dont je suis ici le représentant. Selon ses ordres, j'ai attendu la fin de la cérémonie afin de ne pas troubler la douleur trop légitime de tous, mais à présent je vous prie de vouloir bien m'entendre.

Ces paroles furent prononcées avec une exquise bonne grâce, elles gagnèrent tous les assistants et le murmure le plus flatteur circula dans l'assemblée.

— Nous écoutons, monsieur, répliqua le marquis, les messages des dames doivent toujours être acceptés avec respect par des gentilshommes.

— Vous avez entendu hier et ce matin les proclamations faites au nom de madame Isabelle de Saulieu, marquise de Fouquerolles, propriétaire de ce domaine, en qualité d'héritière de monsieur son père, fils aîné du feu marquis de Saulieu, l'un et l'autre décédés. Des arrangements pris par la feue marquise douairière, ont donné une autre dot à madame Béatrix de Saulieu de Gimelles, épouse de M. de Fouquerolles, comte d'Oston. Mais il reste une autre héritière, qui n'a point été consultée, une héritière plus proche encore, mademoiselle Josseline de Saulieu, fille du marquis et de la marquise, tante des deux dames de Fouquerolles. C'est en son nom que je viens protester, avec l'assistance du sieur Merle, huissier à Vivonne, du ressort du parlement de Poitiers. Elle n'accepte point l'exhérédation prononcée contre elle jadis par ses parents, et se ré-

serve de faire valoir les droits de sa naissance. Maintenant, monsieur Merle, c'est à vous de faire connaître à
ces messieurs la teneur de vos pièces.

Le vicomte resta debout au milieu du cercle, pendant
que le petit homme lisait son grimoire. Il promenait
un regard assuré sur l'assemblée, dont il était le point
de mire, et particulièrement sur M. de Fouquerolles,
qui mordait sa moustache dans un paroxisme d'impatience.

Bien qu'à cette époque on fût loin d'être scrupuleux
sur la probité, bien que ce règne ait vu les tire-laines
et les coupeurs de bourses, bien que Monsieur, frère
du roi, que nous avons déjà rencontré dans ce récit, se
fût fait prendre sur le pont Neuf en flagrant délit de
vol, par les gardes de la prévôté, une sorte de délicatesse entachait les duels provoqués par suite d'affaires
d'argent. Maintenant le vicomte devenait presque impossible comme adversaire pour le marquis, il était son
antagoniste, son rival dans la succession de son aïeule,
il représentait une femme, dont le nom seul était prononcé comme un outrage dans la famille, mais il était
là pour défendre ses intérêts pécuniaires et le monde
ne verrait pas d'autre cause à leur combat.

Il n'entendit pas un mot des *attendu que* du brave
Merle, et chercha dans sa tête tous les moyens de tourner
la difficulté, ce qui n'était pas facile. Il répondit cependant par une phrase polie et mesurée à la protestation
de mademoiselle de Saulieu, laquelle s'était fait donner

I. 12

par la protection du cardinal le titre de comtesse, et
après quelques minutes on se sépara. Avant de quitter
la chambre, M. de Cabines vint droit à lui.

— Vous voyez, monsieur le marquis, qu'avec la meilleure volonté du monde il m'était interdit d'accepter hier
votre proposition, je ne m'appartenais pas, mais à présent, vous n'avez qu'un mot à dire, tout mon temps est
à vous, nous sortirons du château pour ne pas effrayer
ces dames, et je suis entièrement disposé à vous donner
toutes les satisfactions qui peuvent vous convenir.

— A mon tour, monsieur le vicomte, je vous répondrai : je ne m'appartiens plus. Lorsque le procès que
vous venez d'entamer sera jugé, lorsque nous ne repré-
senterons plus, vous mademoiselle Josseline de Saulieu,
moi madame de Fouquerolles, lorsqu'il ne sera plus
question d'intérêt entre nous, alors, monsieur, nous
redeviendrons libres, d'ici là on dirait que nous nous
battons pour des pistoles, et c'est ce que, ni vous ni
moi, ne pouvons souffrir.

— Vous avez toujours raison, monsieur le marquis,
remettons encore la rencontre. Quant à moi je la hâ-
terai de tous mes vœux et je vous prie de me croire,
d'ici-là, votre passionné serviteur.

Le comte d'Oston, qui s'était approché de son frère,
ajouta :

— Et je vous prie, monsieur le vicomte, de ne pas
oublier vos seconds, je suis en tout avec mon frère,
vous me désobligeriez beaucoup en m'écartant.

— Il sera fait selon votre désir, monsieur.

Ils se prodiguèrent ensuite les révérences et les cérémonies, et lorsqu'ils se quittèrent à la dernière porte, ce fut après s'être dit :

— Au revoir !

M. de Ravière les avait scrupuleusement suivis sans les interrompre. Quand ils furent seuls, il les félicita de leur sang-froid.

— Vous en êtes à votre première affaire et vous vous êtes conduits avec la prudence et l'expérience consommées d'anciens raffinés. Il est vrai que vous aviez un adversaire digne de vous.

— Vous connaissez ce jeune homme?

— Nullement. Je l'ai rencontré avant-hier, en revenant ici, au moment où le courrier envoyé après moi me rattrapa à Poitiers et m'apprit l'état de ma respectable amie. Il était seul par les chemins et égaré. Je lui offris un gîte à Saulieu, il me répondit qu'il s'y rendait, qu'il devait y rencontrer une dame de sa connaissance et qu'il était honoré des bontés du cardinal. Sur quoi je le regardai d'abord de travers, comme vous le pensez, mais il me parla de façon à me rassurer complétement, et je trouvai en lui un gai et hardi compagnon. Je n'en sais pas davantage.

M. de Ravière mentait. Le marquis s'en fût facilement aperçu en toute autre circonstance, il était maintenant trop préoccupé.

— Mademoiselle Josseline est mal conseillée, dit-il,

ses parents étaient bien maîtres de la déshériter. D'ailleurs ses nièces sont héritières de leur père et par cela même avantagées, puisqu'il était fils unique. Saulieu ne sera point ôté à la marquise, j'en suis vivement heureux, je sais combien elle aime ce château où elle a passé son enfance. Je ne lui parlerai même de tout ceci que quand il n'y aura plus moyen de faire autrement. Vous entendez, monsieur de Ravière, et vous aussi, mon cher comte.

Un sourire imperceptible rida les lèvres de M. de Ravière et s'effaça sur-le-champ. Les deux jeunes gens le quittèrent alors pour retourner où les appelait leur amour. Ils devaient se revoir avant de partir. M. de Ravière resterait à Saulieu, il l'habitait depuis sa naissance et il y avait été élevé près de la feue marquise, qui lui tint lieu de mère. Sans famille, sans fortune, devant tout à son noble cousin, il prenait ostensiblement les intérêts de cette maison, mais nul ne savait dans quelles ténébreuses intrigues il était engagé. Il laissa sortir M. de Fouquerolles, et, lorsqu'il se trouva seul, il marcha à grands pas vers l'appartement de la marquise, où les scellés n'étaient point encore posés.

XVII

LE LEVER DU ROI

En sortant du Palais-Cardinal, Monsieur et son sinistre cortége se dirigèrent vers le Louvre, où, par hasard, le roi se trouvait en ce moment. Il habitait ordinairement Saint-Germain, mais il voulait le lendemain aller à Versailles de très-bonne heure et il avait couché à Paris, où il désirait causer un peu de son parlement, déjà fort disposé à la révolte, si le génie supérieur du cardinal ne l'avait pas contenu Les princes arrivèrent néanmoins avant son réveil. Ils attendirent dans le salon des gentilshommes et laissèrent en bas, dans une salle écartée, le corps du pauvre Olivier, qu'ils avaient fait transporter jusque-là.

— J'en aurai raison, disait Gaston exaspéré.

— Je remuerai tout Paris pour trouver l'assassin, ajoutait le duc de Beaufort hors de lui-même.

— C'est quelque affidé de ce mauvais cardinal, reprit le duc d'Enghien, tout mon oncle qu'il soit...

— On sait bien qu'il ne l'a été que de force, monsieur mon cousin, ajouta Gaston, on ne vous accuse pas de ce mariage-là.

M. le duc d'Enghien avait épousé, par ordre formel de M. le prince, son père, mademoiselle de Brézé, nièce du cardinal. Il était fort amoureux de mademoiselle du Vigeau et résista tant qu'il put à cette union.

— Le roi se lève bien tard ! continua M. de Beaufort, on dirait qu'il le fait exprès.

— Il a peut-être été prévenu.

— Ah ! le pendard en est bien capable !

— Monsieur, si j'étais à votre place je demanderais la reine.

I.   13.

— Elle ne se mêlera point de cela. N'a-t-elle pas trop de ses propres affaires.

Les portes de l'appartement de Louis XIII s'ouvrirent.

— Enfin ! répétèrent-ils tous à la fois.

Monsieur entra le premier, les deux autres après lui, puis toute leur suite et tous les courtisans, du moins ceux qui avaient les grandes entrées. Le roi était encore au lit. Bien que l'étiquette ne fût pas encore réglée comme elle le fût sous Louis XIV, il y avait déjà des distinctions et les faveurs de ce genre commençaient à poindre. Le duc de Saint-Simon, père de l'auteur des Mémoires, l'*ami* du jour, était seul en dedans de la balustrade, présentant au roi, bien que ce ne fût pas sa charge, une potion qui lui était ordonnée, mais il ne voulait la prendre que de sa main.

Monsieur salua son frère, qui l'appela. Sa Majesté avait bien dormi et se trouvait, contre l'ordinaire, d'une humeur sereine.

— Viendrez-vous à la chasse, Monsieur ? lui demanda-t-il.

— S'il plaisait à Votre Majesté de m'en dispenser, j'en aurais une vive reconnaissance, je ne suis pas en train de chasser ce matin.

— Ah ! j'entends ! quelque lansquenet cette nuit à Rueil, vous aurez perdu vos pistoles. Vous devez être fatigué, en effet, car vous n'avez pas même changé de costume et la poussière de la route est encore sur vos bottes.

Le front du roi se rembrunit, il tenait fort au *decorum*, de la part de son frère surtout, il craignait toujours un manquement volontaire d'égards ou de respect.

— Je ne songe ni à mon costume ni à mes plaisirs en ce moment, sire, et c'est un motif plus grave qui m'amène auprès de vous.

— Et qu'y a-t-il donc? demanda le roi toujours inquiet.

— Je viens réclamer votre justice, non pas seulement comme votre frère, comme prince de votre royale famille, mais encore comme le dernier de vos sujets.

— Qui vous a donc porté dommage?

— Sire, on a voulu m'assassiner.

— Vous, mon frère! où, et comment?

— Cette nuit, à Rueil, sur un lit de camp où je dormais, où du moins j'avais dormi. Mon pauvre page, celui-là même que le roi remarquait hier encore, mon cher petit Olivier, s'y était jeté après moi, il a reçu le coup de poignard dans le cœur.

Le roi resta un instant interdit.

— Chez le cardinal? murmura-t-il.

— Oui, sire, chez le cardinal.

— Mais, Monsieur, vous vous trompez, il est impossible que vous ne vous trompiez pas. Cet enfant avait quelque ennemi, quelque amourette, c'est à lui qu'on en voulait et non à vous.

— Cet enfant portait mon manteau, l'agrafe sur

l'épaule, cette escarboucle si connue, présent de la feue
reine notre mère, on l'a pris pour moi, on l'a frappé, à
son âge, avec son caractère si pur, si angélique. Il
n'avait, j'en suis sûr, ni rivaux ni maîtresse.

— Et vous ne soupçonnez personne ?

— Que Votre Majesté considère le lieu où nous étions,
la haine que me porte M. le cardinal, haine trop connue,
trop souvent prouvée, elle appréciera ensuite.

— Vous allez trop loin, mon frère.

— Voici l'arme trouvée dans la blessure. C'est certainement une ruse. Un poignard de femme, de fille,
des armoiries entièrement effacées, qui donc chez Son
Éminence porterait de semblables insignes ?

Le roi examina la lame, le manche, sans prononcer
une parole.

— *Je l'aurai!* lut-il à voix basse.

— Oui, c'est la devise.

— Mon frère, vous ne connaissiez point votre page,
il était moins sage que vous ne le supposiez. C'est bien
lui, ce n'est pas vous qu'on cherchait. Tout ceci est une
affaire de jalousie. Votre amour connu pour Madame
ne permet pas de vous accuser, il faut donc que ce soit
le pauvre Olivier lui-même, auquel quelque belle fu-
rieuse aura percé le cœur, pour le punir de le lui avoir
enlevé.

— Sire !... reprit le duc de Beaufort.

— Qu'y a-t-il, monsieur ? demanda le roi en tournant vers lui son regard clair.

— Sire !...

Il en resta là. L'éloquence n'était pas, on le sait, la partie forte de son éducation.

— Sire... recommença-t-il une troisième fois.

Le roi leva les épaules.

Quant au prince, les yeux lui sortaient de la tête, la fureur l'étranglait, il n'osait pas parler, dans la crainte de laisser éclater cette rage, mais plus le roi se moquait de lui, plus la colère lui enlevait le moyen de s'expliquer. C'était ordinairement ainsi que se passaient leurs entretiens.

— Sire, reprit-il enfin, armé d'une résolution surhumaine, la noblesse tout entière, les princes à sa tête vous crieront justice !

— Qui était cet enfant? son nom?

— Olivier de Ressac.

— Sa famille?

— Orphelin, bâtard, je crois. Mais très-protégé de M. le cardinal; c'est de sa main que je l'ai reçu, présenté par la duchesse de Nemours.

— Vous voyez donc bien qu'il ne l'a pas fait assassiner !

— Non, pas lui, sire, mais *moi !* reprit vivement Gaston.

Louis-le-Juste était à la fois l'homme le plus irrésolu et le plus entêté de son royaume. Il haïssait *son maître*, mais il haïssait presque autant son frère, surtout il craignait tout embarras, tout ennui, il désirait vivre

tranquille, entre ses amours platoniques, ses rêveries
noires et ses favoris. Une lutte entre son frère et Richelieu, dont il tiendrait les balances, dont il serait le
juge, l'effrayait d'avance; il eût voulu les condamner
tous les deux, il fallait, au contraire, tous les deux les
absoudre. Il se retourna de l'autre côté, repoussa doucement le duc de Saint-Simon, posa sa tête sur son
oreiller et réfléchit.

Monsieur et les princes se regardèrent.

— Je gage qu'il va nous congédier, dit le duc d'Enghien.

— Monsieur, reprit le roi, après un instant de silence, nous ne pouvons être du même avis. Tout ceci
est une affaire de galanterie, faites enterrer votre page
et qu'il n'en soit plus question.

— Quoi ! sire, le cardinal...

— Le cardinal est aussi innocent que moi. Peut-il
être mêlé aux intrigues de ses gens et des vôtres ?

— Sire !...

— Ne pensez plus à cela, vous dis-je, vous me ferez
plaisir, et pour vous prouver combien je tiens à vous
voir, je vous prierai de revenir le mois prochain, avec
Madame, ma bonne sœur, que je n'ai pas *embrassée*
depuis si longtemps.

Le roi avait dit : *embrassée !* tous les courtisans se
regardèrent; Monsieur avait trop d'esprit pour ne pas
voir la pillule, quelque bien dorée quelle fût, il avait
grand'peine à l'avaler. Le duc de Beaufort fit une pi-

rouette, en mordant sa moustache, il était rouge comme
une grenade.

— Votre Majesté a bien de la bonté, je suis très-reconnaissant, néanmoins...

— Non, non, mon frère, je le veux, vous viendrez
avec Madame. Nous ne songerons plus à ce funeste ac-
cident, je le demande... je le veux.

Il ne restait qu'à s'incliner et à se taire, c'est ce que
fit le prince, avec la rage dans le cœur. Le duc d'Enghien examinait tout, sa hardiesse et son impétuosité
n'excluaient pas chez lui une finesse exquise. Quant au
duc de Beaufort, il restait derrière les autres et se promenait par la chambre, hors de la vue du roi, en répétant, les dents serrées :

— Oh ! grand Henri, notre aïeul, si votre ombre voit
tout cela que pense-t-elle de ses fils dégénérés !

Louis XIII mit aussitôt la conversation sur un autre
chapitre, sur celui qu'il préférait, la chasse. Il en parla
en connaisseur, en maître, il s'anima, ses yeux brillè-
rent. Celui qui fut plus tard le grand Condé le regardait en souriant. Que de pensées se succédaient dans
cette tête, où les lauriers ne se couronnaient pas encore !

Après une demi-heure le roi les congédia.

— Je vous laisse libres aujourd'hui, messieurs, à la
condition que demain vous serez les premiers à mon
réveil, un peu plus gaiement qu'aujourd'hui, n'est-ce
pas ? et vous aussi, mon frère.

Il leur fit le plus aimable sourire, et demandant son service, il annonça qu'il allait se lever.

Les princes sortirent en silence, ils traversèrent sans se parler les deux pièces qui suivaient la chambre du roi, mais, arrivés au vestibule, le duc de Beaufort éclata :

— Monsieur, vous êtes déshonoré, pas un gentil-homme ne voudra vous servir, si vous laissez cette mort sans vengeance.

— Comment me venger ? de qui ?

— Et morbleu ! de ce prêtre damné !

— Puis-je l'appeler en champ-clos ?

— Non, mais vous pouvez rompre avec lui entière-ment, vous pouvez ne le revoir de votre vie, vous pou-vez crier sur tous les toits qu'il est un assassin et un lâche, vous pouvez enfin vous faire mettre à la Bas-tille, pour défendre vos serviteurs, puisque vous avez les mains liées, cela leur prouvera votre bonne volonté.

Ce conseil extravagant était bien digne de celui qui fut plus tard le roi des halles.

Je ne suis pas tout à fait de l'avis de M. de Beaufort, dit le duc d'Enghien en souriant, mais à la place de Votre Altesse Royale je sais bien ce que je ferais.

— Que feriez-vous, mon cousin ?

— D'abord je prendrais ce pauvre cadavre, qu'on a laissé en bas tout seul, je le ferais porter à travers tout Paris dans mon logis du Luxembourg, et je le suivrais respectueusement, la tête découverte, il est mort pour vous, monsieur !

— C'est vrai.

— Je lui ordonnerais des funérailles magnifiques, avec force malédictions à ses assassins, cela ne fait pas de mal.

— Ensuite?

— Ensuite, au lieu d'accepter l'invitation du roi mon frère, je retournerais à Blois, sans tapage, et lorsqu'on me demanderait la raison de ma retraite, je répondrais que ni moi, ni mes gens n'étant en sûreté, je ne veux plus rester dans le domaine de la cour, que chez moi au moins si on tue mes pages j'en aurai justice, et puis, j'attendrais.

— Vous avez raison, mon cousin, et c'est ainsi que je vais agir.

Monsieur, auquel le moment prêtait quelquefois une énergie factice, appela sur-le-champ son capitaine des gardes.

— Vous trouverez en bas, lui dit-il, à l'endroit où on l'a déposé, le corps de mon pauvre page. Vous allez le faire placer sur un brancard où vous aurez soin de mettre force manteaux à ma livrée, pour le couvrir et l'envelopper. Lorsque tout sera prêt, vous viendrez m'avertir.

Le capitaine sortit et s'empressa d'obéir : Olivier était chéri de tout le monde. Il mit une solennité remarquable dans ses préparatifs et revint ensuite chercher

I. 13

Son Altesse Royale. Tous sortirent du Louvre dans le même ordre, le corps le premier, Monsieur ensuite, et les deux princes, la torche à la main. Les seigneurs de leur cour marchaient derrière et formaient une si grande procession que tout le monde sortit aux portes pour les voir. On sut bientôt de quoi il s'agissait, d'autant plus que les gens avaient ordre de le répandre, et ce fut partout une rumeur étrange.

— Un pauvre page de Monsieur, un enfant assassiné chez le cardinal! disait-on. Messieurs les princes ne sont plus en sûreté et le roi ne les venge pas!

Ainsi se préparait la Fronde!

XVIII

EXPLICATIONS

Il est temps de retourner en arrière et de jeter quelque lumière sur les événements restés obscurs dans notre histoire, ou du moins sur ceux qu'il nous convient d'éclairer en ce moment. Nous avons parlé un peu à la hâte du marché conclu avec le cardinal, et si hardiment exécuté dans la forêt de Sénart, des personnages qui y figuraient et des événements qui en résultèrent.

Une semaine avant ce jour, trois hommes étaient réunis dans une chambre de la petite auberge, où les mules avaient été déposées par Bernin. Ces trois hommes aussi différents d'âge que de tournure, étaient assis autour d'une table occupée par des papiers et un portefeuille rempli de parchemins et de lettres décachetées.

— Ainsi, messieurs, nous écrirons cette lettre.

— Nous allons l'écrire tout à l'heure.

— Et qui la portera?

— Moi, parbleu! ce n'est pas difficile!

— Comment, Ravière, vous aurez cette audace?

— J'en ai eu bien d'autres! d'ailleurs ce n'est pas encore là le plus difficile de la chose.

— Qu'y a-t-il de mieux?

— Il y a que celui qui se rendra la nuit dans la forêt de Sénart, pour y chercher le magot, celui-là court le risque d'être jeté à la Bastille et d'y pourrir, si on ne lui fait pas l'honneur de l'envoyer dans l'autre monde compter les espèces.

— Ah! bah! quant à ceci je m'en charge, vous ne connaissez guère le cardinal, Ravière, mon ami!

— Je le connais pour le plus fin matois du monde, au lieu de donner son argent il s'emparera de l'espion et cela sera tout économisé.

— Le cardinal se soucie bien de l'argent! et il a besoin de... de ce qu'on appelle l'espion.

— Monsieur de Rivière, vous pourriez prendre une autre expression, ce me semble.

— Mon cher monsieur de Fontrailles, j'appelle les choses par leur nom.

— D'ailleurs, il est fort permis à M. de Ravière de se donner le titre qui lui convient, répliqua le vicomte de Cabines, qui n'avait pas encore parlé, avec le su-suprême dédain qui le caractérisait. Nul n'a le droit de l'en empêcher.

— Ne nous arrêtons pas à cela, messieurs, vous ne parviendrez pas à me piquer, vicomte, ni à me per-suader, Fontrailles; je suis un vieux routier et j'ai vu trop de choses pour m'arrêter à si peu. Écrivons la lettre.

— Qui tiendra la plume?

— Quelle folie! aucun de nous. J'ai un laquais se-crétaire, auquel par une manœuvre de ma façon, j'ai appris à écrire ce qu'il ne lit pas. Il copie exactement comme un dessinateur, et plus volontiers les lettres moulées, nous allons en donner un échantillon au cardinal. Je me charge du brouillon, dictez!

— Je n'oublierai pas celui-là, pensa le vicomte.

— Monseigneur.

— « Monseigneur! » c'est écrit, après!

— Ah! diable, comment tourner cela? Monseigneur, « nous savons... nous savons que Votre Éminence ne désire que le bien de l'État... »

— « Le bien de l'État!... » cela y est. A un autre on dirait les biens de l'État, lui, il ne vole point, il prend, ce qui est fort différent, n'est-ce pas? et ce que nous exécuterons, s'il plait à Dieu. Continuez, Fontrailles, votre phrase est superbe.

— « Nous savons qu'elle emploie tous les moyens possibles pour arriver à son but, en tant que ces moyens ne compromettent ni son honneur, ni sa conscience. »

— Ah! que c'est beau, que c'est bien trouvé! je comprends. Le reste coule de source : « A cause de ces honnêtes sentiments nous vous proposons de... » j'écrirai bien tout seul.

Le vicomte les regardait tous les deux, se balançant sur sa chaise, nettoyant ses dents avec un petit outil en or, fort à la mode et dont les gravures du temps nous ont conservé le dessin, un sourire ironique errait sur ses lèvres; malgré sa jeunesse, il se sentait, ou se croyait, du moins, bien supérieur à ses deux complices. Il les dominait de toute sa dissimulation, de sa finesse, auprès de laquelle les leurs n'étaient que des jeux d'enfants. La nature avait placé dans ce corps frêle une âme de Machiavel et d'Henri VIII réunis. Il lui manquait une seule qualité pour être sûr de triompher de tous, c'était un physique plus avenant. Un observateur pouvait lire *une partie* de son caractère sur son visage, ou du moins se défier de lui rien qu'à son aspect.

— Ah! pensait-il souvent, quel dommage que je ne ressemble point à M. de Beaufort!

Ce jour-là, il examinait avec plus de soin encore que d'habitude. La circonstance était grave, elle allait mettre entre ses mains deux des hommes les plus madrés de la cour, il en ferait ensuite à sa fantaisie, car ni l'un ni l'autre ne le craignaient, sa jeunesse leur inspirait toute confiance, ils le supposaient d'ailleurs tout à fait uni d'intérêts avec eux.

— A vous, vicomte : une phrase, dit Fontrailles.

— Très-volontiers, écrivez monsieur de Ravière.

« Nous venons donc mettre à la disposition de Votre Éminence les faibles moyens que nous possédons et la bonne volonté de notre dévouement. »

— Très-bien, après?

« Le plus grand ennemi de Votre Éminence, celui dont il importe le plus d'éclairer les démarches et la conduite est certainement, Monsieur, notre position nous met à même, non pas par nous, mais par nos habitudes, de vous le livrer pieds et poings liés, de vous instruire jour par jour, heure par heure, de ses actions, je dirai presque de ses pensées. »

— Décidément, Fontrailles, ce petit garçon en sait plus que nous. Laissons-le continuer.

« Mais, monseigneur, un politique aussi savant que vous n'ignore pas que toute peine mérite salaire, nous avons des agents à payer! »

— Bien trouvé les agents!

« Nous sommes plusieurs, ce n'est pas pour une bagatelle que nous exposerons notre renommée et notre vie. Si Votre Éminence veut acheter nos services, ils sont à elle. »

— Je trouve la phrase trop crue.

— Monsieur de Fontrailles, un homme tel que le cardinal nous croira et aura plus de confiance en vous si nous allons droit au fait. Il nous estime ce que nous valons, n'est-ce pas? Pensez-vous qu'une dissimulation de mots le touche? Non, soyez vrai et rendez-vous justice, c'est le moyen de l'attirer.

— L'enfant a raison, fort raison, il ira loin. J'écris.

« Il nous faut quarante mille écus. Un prince du sang vaut bien cela! Que cette somme nous soit comptée le 3 du mois prochain, dans la forêt de Sénart, à minuit, Carrefour-du-Roi, en bonnes espèces, vous recevrez pour arrhes du marché, lorsque vous l'aurez accepté, un joli plan de conspiration écrit en entier de la main du prince et qui vous donnera un avant-goût de notre savoir-faire. Une fois les espèces comptées, chaque matin un bulletin exact de la veille vous sera remis. Tout cela à la condition que vous ne chercherez point à nous connaître. Le marché est chanceux, je ne l'ignore pas, un moins habile que vous hésiterait à l'accepter, mais vous avez trop la science des hommes pour ne pas en comprendre l'importance et pour ne pas saisir au vol l'occasion qui se présente à vous. »

Suivaient les mots d'ordre et les indications que nous avons déjà vues.

— J'espère que voilà une pièce d'éloquence complète, dit Ravière. Le cardinal en sera ravi, il s'y connaît.

— Il faut maintenant appeler le secrétaire et le mettre à la besogne. Je le tiens sous clef pendant les expéditions, et pour le peu que cela vous plaise, nous y assisterons en corps, afin d'être plus près de lui. Quelques flacons de vin de Bourgogne ne nous déplairaient pas pendant cette séance de copie, n'est-il pas vrai, messieurs?

L'approbation fut donnée, le valet de chambre introduit, et on se mit à l'œuvre. Les verres circulaient avec une apparence d'abandon qui n'empêchait pas les confédérés de suivre la plume ignorante dont le calligraphe faisait merveilles. Il prenait à son gré toutes les écritures, mais il avait choisi la moulée cette fois, il écrivait avec une rapidité inouïe et la lettre fut promptement achevée.

— C'est bien! maintenant, retire-toi, Joseph, et qu'il ne t'échappe pas un mot sur ton savoir-faire. Souviens-toi!...

Joseph s'en alla en se frottant le dos. Il se souvenait en effet d'une bonne volée de coups administrés par son maître, un jour qu'il s'était vanté de sa science. On le payait bien exactement, et la simplicité de son esprit ne le poussait pas à en chercher davantage. Quelque étrange que paraisse ce fait d'ignorance il était vrai, Joseph copiait sans savoir lire, ce n'est pas d'ailleurs le seul exemple, il en existe encore de nos jours.

— Voici donc la chose parfaite, le sceau est mis et le fil de soie jaune, couleur des traîtres. Par ma foi! je m'en soucie! trahir cet imbécile, ce poltron, ce fou de Gaston pour un homme tel que Richelieu, c'est une

bonne œuvre, c'est une gloire, les siècles futurs nous
en féliciteront et celui-ci nous portera en triomphe
quand il le saura, le plus tard possible; je crains les
ovations, on monte trop haut.

Fontrailles reprenait son épée, rajustait ses chausses,
fort débraillées, suivant son habitude, et regardant une
grosse montre, pendue à son cou, il s'écria :

— Il faut vite que je rentre et que je me hâte encore,
je manquerai le jeu de paume.

— A demain donc! ou à ce soir chez le roi.

— Oui, à ce soir, Ravière, tu portes la lettre. Vicomte, vous êtes un phénix, ne tardez pas trop non
plus, Monsieur vous a demandé hier. Je crois qu'il
compte vous emmener à Blois.

— Vraiment?

Et ce même sourire, si fin qu'il ne paraissait pas, si
je puis m'exprimer ainsi, dessina ses lèvres minces. Il
salua d'un air de bonne humeur et se tint en arrière,
pendant que ses deux amis causaient sur l'escalier.
Profitant d'une minute où leur préoccupation était évidente, il écrivit sur le pli de la page, dessous le sceau,
d'une manière imperceptible, ce seul mot :

— Acceptez ! suivi d'un hiéroglyphe inexplicable.

Quand M. de Ravière rentra, il était fort sérieusement
occupé à nettoyer sa petite spatule et à la remettre
dans son étui parfumé.

— Ce bon Fontrailles, dit Ravière, il n'est pas difficile à prendre.

I.   3.

— C'est égal, nous aurons là un joli partage à faire
et je vais de ce pas retenir tous les gants d'Espagne,
de la jolie mercière du palais.

— Enfant!

— Que voulez-vous! c'est de mon âge. Je ne suis pas
beau, je le sais du reste, je ne plairai aux dames qu'à
force de recherches, et j'ai grande envie de plaire aux
dames.

— Ce sera votre perte, monsieur! dit sérieusement
Ravière.

— Le cardinal s'est-il perdu par la galanterie?

— Il ne s'en est guère fallu! Il avait levé les yeux
trop haut.

— Vous allez me confier cette lettre, je la jetterai en
passant sur le bureau des secrétaires, ils se donneront
au diable pour savoir qui l'a mise là.

— Il ne faudrait pas qu'on nous devinât!

— Son Éminence n'aime pas que ses gens lui pren-
nent deux pitances.

C'est une bonne plaisanterie que d'attraper ce grand
gabeur.

— Oui, pourvu qu'il ne la découvre pas.

— N'avons-nous pas auprès de lui la comtesse? à
propos, depuis quand l'avez-vous vue?

— Il y a une semaine.

— Elle ne vous a rien dit de son voyage?

— Non, elle doit être partie. Vous ne lui cachez rien,
à la comtesse?

Ravière se mit à rire aux éclats.

— Vous avez raison de vous garder, car elle se garde, je vous en réponds.

Son regard se plongea comme une pointe dans l'âme de son complice, en prononçant ces mots :

— Ah! vous croyez!

— Vous ne la trompez pas, mon cher, et vous pouvez en être certain.

— C'est bien, j'aviserai.

Le jeune homme avait apparemment un grand intérêt à exciter chez Ravière ce mécontentement, car il en suivit les progrès avec une joie visible.

— Pauvre Ravière ! pensa-t-il, on te prendra toujours avec tes premiers mouvements.

Et ils se séparèrent.

XIX

SUITE DES EXPLICATIONS

Monsieur, malgré ses tergiversations et ses méfiances, ne se doutait point des trahisons qui l'entouraient. Cet homme, bien qu'il eût sans cesse abandonné ses amis, comptait sur eux encore. A mesure que l'échafaud ou l'exil les décimaient autour de lui, parce qu'il n'avait pas le courage de les défendre, il se reprenait à ceux-là, ou à d'autres, comme un enfant. Cette naïveté, inconcevable dans un prince de ce mérite, le conduisit à bien des fautes et à bien des lâchetés. En ce moment, on le sait, il était en disgrâce, relégué à Blois; il n'en conspirait pas moins et n'en rêvait que de plus belle le pouvoir qui lui échappait.

Ses anciens serviteurs s'attachaient à de nouveaux maîtres, nous avons vu Puylaurens; mais ils n'en gardaient pas moins leurs idées de vengeance contre lui, et le désir de le prendre pour marche-pied, pour artisan de leur fortune. Puylaurens, élevé à cette école d'astuce, en avait conservé toutes les habitudes, toutes les défiances. Il suivait de l'œil les manœuvres des courtisans, et les conférences, les demi-mots de Ravière avec Fontrailles, lui donnèrent une idée dont il se mit à chercher la solution.

Le cardinal accepta, on le sait, on a vu la mission de Bernin, à la porte Saint-Honoré d'abord, au Carrefour-du-Roi ensuite. On a vu la hardiesse de Fontrailles qui exigea le compte exact des pistoles et qui eut le front de revenir les chercher le lendemain. Les confidents s'étaient partagé les rôles. Ravière remplissait celui du muletier, afin de mieux surveiller les manœuvres et l'ennemi, et le maître du cabaret leur était dévoué, croyaient-ils, corps et âme. Cependant, le matin même du jour où l'argent devait être remis, lorsque l'hôte quitta sa chambre, il fut surpris d'apercevoir dans sa cour, un homme couvert d'un manteau, qui se promenait de long en large.

— Ce sera quelque émissaire de ces seigneurs, pensa-t-il, voyons.

Il descendit plus vite que de coutume et marcha droit vers l'inconnu qui, en l'apercevant, lui demanda poliment s'il n'était pas le maître du *Chêne doré*.

— Oui, monsieur, pour vous servir.

— Pourrait-on obtenir un moment d'entretien?

— Quand il vous plaira.

— Entrons donc en quelque lieu où nous ne soyons pas dérangés, s'il vous plaît.

L'hôte le conduisit dans la salle basse, dont il ferma la porte, et l'assura qu'ils ne seraient ni épiés, ni interrompus.

— Monsieur, dit l'étranger, combien vous donne-t-on pour être à M. de Ravière et à M. de Fontrailles?

L'hôte, étonné de cette question *ex abrupto*, releva la tête et devint tout rouge.

— Monsieur... je ne sais... je ne sais ce que vous voulez dire.

— Vous le savez très-bien, vous ne le savez que trop et vous n'êtes pas le seul à le savoir, comme vous voyez, puisque je ne l'ignore pas plus que vous.

— En vérité...

— En vérité vous n'êtes pas habile, et si je n'en étais pas sûr toute votre contenance me l'apprendrait. Ne vous troublez point, cependant, n'ayez pas peur, il ne vous sera fait aucun mal : c'est tout bonnement une surenchère que je vous propose, et cela sans le moindre danger pour vous, car mon intérêt, tout comme le vôtre, est qu'on ignore que vous êtes à moi.

L'hôte ouvrit l'œil et les oreilles.

— J'ai pris mes renseignements, je vous connais. Vous êtes un brave homme, à la manche large, incapable de faire du mal à personne, mais qui mangez parfaitement à deux rateliers. C'est trop juste, on a sa famille à établir.

L'hôte s'inclina, il ne répondit pas encore.

— Je connais certaine affaire entre vos deux voisins, Pierrot et Nicolas, où vous avez juré de la main droite et de la main gauche, vous êtes donc celui qu'il me faut. Ne perdons pas de temps et écoutez-moi. Combien vous faut-il donner pour me servir?

— Ces messieurs m'ont offert trois écus par jour.

— Vous en aurez cinq, cela fera huit.

— Que dois-je faire?

— Simplement proposer un laquais à M. de Ravière qui va venir vous en demander un.

— Et ce laquais?

— Ce sera moi.

— Voilà tout?

— Pas davantage.

— Monsieur, vous êtes généreux et je souhaite que vos desseins réussissent.

— Ils réussiront. Seulement, insistez beaucoup sur mes qualités, sur ma discrétion; dites que je suis de votre pays et que vous me connaissez depuis longtemps.

— Je vous connaîtrai depuis le déluge pour cinq

écus. Mais, vous le disiez tout à l'heure, j'ai six enfants !

— En attendant, je change d'habits, je m'établis ici, personne ne m'a vu arriver, vos garçons sont paresseux, ils me trouveront à l'ouvrage avant de soupçonner ma présence. Voici les arrhes de notre marché, attention ! Vous travaillez au bonheur de la France !

— C'est justement ce que m'ont dit ces messieurs.

— Nous y travaillons tous, chacun dans son sens, voilà pourquoi elle est écartelée.

L'étranger se vêtit, ainsi qu'il l'annonçait, il se transforma si parfaitement, en un quart d'heure, que l'autre ne le reconnut pas.

— Je m'appelle Claude Lemer, lui souffla-t-il dans l'oreille, à mesure que les garçons descendaient.

Il fut présenté et admis en cette qualité, sans que nul eût un soupçon, et commença à balayer l'écurie avec une dextérité remarquable, puis il donna à manger aux chevaux et les pansa, l'hôte le regardait faire.

— Voilà un seigneur qui a été palefrenier, pensa-t-il.

Sur le midi Rivière arriva, il prit l'hôte à part, et le tint quelques minutes dans la salle des conférences. Le résultat fut l'introduction de Claude Lemer.

— Voilà le garçon dont je vous ai parlé, monsieur.

— Ah ! ah ! c'est un gaillard découplé et qui fera mon affaire, si la moitié de ce que vous dites est vrai. Mais par le diable ! il louche, mon cher, vous ne m'aviez pas parlé de cela.

— Il ne louche point, monsieur.

— Je vous dis qu'il louche, et outrageusement encore, je n'ai jamais pu supporter les *louchons*, cela porte malheur.

— Nous n'avons jamais eu de *louchons* dans la famille, c'est impossible. C'est vrai! je ne m'en étais pas aperçu.

— C'est que je ne louche jamais le matin, monsieur.

— Ceci est une circonstance particulière, qu'on peut prendre en considération. Tu t'appelles?

— Clau... Clau... Claude Le... mer, monsieur.

— Allons! il bégaye maintenant, mais c'est un abrégé de toutes les infirmités humaines que votre cousin.

L'hôte restait stupéfait.

— Nous n'avons pas plus de bègues que de louchons dans la famille; ce seigneur-là va nous déshonorer, pensa-t-il.

— Mo... mo... mo... sieur, permettez que je m'explique. Ne craignez pas ce... ce... défaut, il n'est pas naturel. Je m'en guérirai... si... si... si... monsieur... veut, avec un... un... un... peu de temps.

— Ah! voilà qui est bizarre!

— Sans doute, continua-t-il, en bégayant toujours, mon ancien maître m'avait appris à parler de la sorte, pour éviter les indiscrétions. Il disait qu'on ne cause point avec un valet bègue, que cela ôte l'envie de l'interroger et le rend discret par force.

— Voilà un fort bon raisonnement et j'estime ce maître-là. Comment s'appelait-il?

— Hélas! monsieur, répliqua l'autre toujours bégayant et pleurant, j'ai eu le malheur de le perdre, c'était M. le marquis de Pomenars.

— On dit qu'il laisse un fils qui promet. Réflexion faite, tu me conviens et tu resteras bègue, je désire même que tu sois plus bègue que jamais. Il faut que je me confie à toi, puisque je ne puis pas faire autrement et que le temps me presse. Mon scélérat de laquais m'a abandonné ce matin même, au moment où j'avais besoin de lui, au moment où tout est préparé, où il n'y a pas moyen de remettre. Monsieur l'hôte, voici ce que vous avez à faire :

— J'écoute, monsieur.

— J'ai besoin pour ce soir de deux mulets, avec leurs bâts et leurs paniers, bien forts et bien vigoureux, entendez-vous?

— Monsieur les aura.

— Je les veux sans conducteur, c'est moi qui les conduirai, et qui doit passer aux yeux de tous pour un muletier véritable. Vous m'entendez, l'hôte?

— Oui, monsieur.

— Ne bégayez pas tant quand je vous parle, Claude, cela me donne des vapeurs comme une jolie femme. Vous aurez, à me suivre où j'irai, de loin, comme si vous ne m'apparteniez pas et que ce fût pour vos propres affaires.

— Je ne demande pas mieux, monsieur.

— Et il faut sur toutes choses, vous taire tous les deux, vous garder de prononcer un mot, ou vous aurez affaire à moi, entendez-vous?

Tous les deux s'inclinèrent.

On sait comment les choses se passèrent, on sait que Fontrailles et Ravière revinrent le même soir à l'auberge, n'ayant pas entièrement réussi. Le vicomte les y attendait, il admira cette bravade de gascon et assura que le cardinal la prendrait à merveille.

— Il renverra demain, mais je n'y serai point, et je voudrais pourtant bien connaître le résultat.

— Je ne pourrai vous le dire, répliqua Fontrailles, il me faudra me faire voir au jeu de Monsieur, sans quoi on me devinerait peut-être, y viendrez-vous, monsieur le vicomte?

— Non, c'est impossible.

— Eh bien, dit Ravière, je vous enverrai mon laquais, j'en ai un excellent, il s'est conduit avec une intelligence remarquable. Je ne puis aller moi-même vous trouver, je dois paraître au jeu de Son Éminence, sans cela... comme vous, monsieur de Fontrailles.

Ils se mirent à rire tous les deux.

— Monsieur de Ravière, dit le vicomte, qui les examinait avec attention, comment voit-on, au château de Saulieu, vos liaisons avec le cardinal? Il me semble qu'on n'est pas trop de ce bord-là, à ce que j'ai entendu dire.

— Est-ce que la vieille marquise ne croit pas en moi comme en Dieu? Est-ce qu'elle se doute seulement de ce que je fais? Elle me croit attaché *à la bonne cause*, à celle de la noblesse. J'ai tant pleuré M. de Montmorency avec elle! Ah! l'on ne me prend pas sans vert; soyez tranquille! Je partirai pour Saulieu après-demain matin, c'est plus sage.

Les trois *amis* se séparèrent après cette conférence. Ravière ne quitta pas l'auberge, où lui et son laquais dormirent, les deux autres revinrent à Paris.

— Nous verrons comment Monsieur se tirera de là! pensaient-ils chacun à leur étage et chacun à leur point de vue.

Les intrigues de cour sont ainsi, elles se croisent et se multiplient, souvent pour le même objet, pour la même cause, et arrivent à un but différent en suivant la même route.

Le lendemain le voyage de la forêt recommença, le faux laquais suivit son maître, reçut ses ordres, se promettant, on le sait, d'obéir à sa fantaisie, vit tout, et en fit son profit, bien entendu. On se rappelle sa réponse lorsque M. de Ravière le voulut envoyer courir chez le vicomte. Au lieu de s'y rendre, il appela l'hôte et lui mettant dix louis dans la main :

— Mon rôle est fini, mon cher hôte, et si vous voulez m'en croire, nous disparaîtrons ensemble, autrement M. de Ravière nous ferait un mauvais parti.

— Vous ne m'aviez pas prévenu de cela, monsieur, autrement...

— Autrement, vous m'auriez refusé et c'est ce que je ne voulais pas, chacun pour soi. Je vous payerai le double de la récompense promise, si je suis content du résultat. Vous allez renvoyer vos gens, fermer l'auberge et passer quelques mois dans votre pays, en Bretagne, on ne vous cherchera pas si loin. Votre femme et vos *six* enfants y sont déjà, m'avez-vous dit, au retour vous trouverez bien un mensonge, à faire, pour vous excuser d'être allé les voir si précipitamment, on n'y pensera plus et tout sera fini.

— Ah! monsieur, monsieur!

— Vous aurez cent écus de cette complaisance, mais payables au retour, cela vous convient-il?

— Hélas! il faut bien accepter; ma mère avait une maxime dont j'aurais dû me souvenir.

— Laquelle?

— Mon fils, ne t'avise jamais de tremper ta cuillère dans la soupe des grands, elle est trop chaude pour nous, elle nous brûle les doigts.

Le faux laquais ne put s'empêcher de rire :

— Qu'importe! dit-il, si l'emplâtre est bien doré!

XX

DEUX MÈRES

Nous avons laissé le cardinal attendant avec impatience la personne que lui annonçait Campanelli, et dont il espérait quelque éclaircissement sur son avenir. Ce haut et puissant génie n'était point exempt des croyances et des superstitions de l'époque; comme toutes les imaginations vives il se frappait du merveilleux, il le recherchait, il s'en jouait, disait-il, et cependant il ne pouvait s'empêcher d'y ajouter foi.

Josseline, cachée dans sa retraite, voyait et entendait tout. Elle se disposa à tirer parti pour elle-même et pour sa jeune idole, elle appelait ainsi le vicomte, de ce qui devait se passer. Mais, ainsi qu'elle disait elle-même, l'idole était bien mal servie, et le prêtre vivait de l'autel. Le cardinal ne la jugeait pas tout à fait, selon sa mesure, il croyait à son dévouement, en le supposant plus aveugle qu'il ne l'était réellement. Ce dévouement n'était point de la tendresse, c'était de la passion et de la passion dans une mauvaise âme. Il n'y faut jamais compter, ces gens-là trahissent toujours en pensée, s'ils ne trahissent pas en action.

Après quelques minutes d'attente, Campanelli reparut, conduisant une femme d'une belle taille, vêtue de

noir, masquée jusqu'aux dents; parvenue sur le seuil
de la porte, elle fut forcée de s'arrêter comme si une
émotion violente la saisissait; le cardinal crut qu'elle
avait peur.

— Ne craignez rien, madame, ne craignez rien, avancez, je vous prie, vous êtes ici toute en sûreté.

La femme masquée fit encore quelques pas, puis elle
s'arrêta de nouveau en regardant autour d'elle. Il y avait
dans ce regard comme un souvenir, ou un regret. Elle
fit une profonde révérence au ministre, dont le geste
l'invitait à venir près de lui, et, prenant son parti brusquement, elle avança tout à fait à la place qu'il lui indiquait du doigt.

— Vous m'avez fait demander, monseigneur, dit-elle
d'une voix visiblement tremblante.

— Campanelli, ne savant qui, quelquefois, m'ouvre
les trésors de son érudition, m'a parlé de vous souvent,
madame; il prétend que vous êtes une personne fort
extraordinaire, que vous lisez dans les événements et
dans les pensées, c'est, en effet, tout à fait étrange. J'ai
désiré m'en convaincre par moi-même; sans avoir l'honneur d'être un savant, j'aime la science. Voilà pourquoi,
madame, j'ai le bonheur de vous recevoir aujourd'hui.
Campanelli, approchez un siége.

L'inconnue fit quelques façons avant de s'asseoir,
de ces façons indispensables à la cour, et qui prou-
vaient qu'elle n'y était pas étrangère, elle s'y décida
enfin.

— On dit que votre âge est fabuleux, madame.

— Il est vrai, monseigneur, que je suis bien vieille.

— Ne me sera-t-il pas permis d'en juger par mes yeux ?

— Plus tard, monseigneur, pas en ce moment.

— C'est singulier ! votre voix est jeune et douce, elle me rappelle un vague souvenir, comme une vision du passé, que je ne ne puis ni saisir, ni dépeindre. Elle me ramène dans de belles forêts, sur des gazons fleuris, au bord d'une rivière. Je ne sais quel fantôme aérien et chéri s'y promène avec moi, aux grandes ombres du crépuscule. Mon cœur bat comme un regret et cependant aujourd'hui, je croyais le sanctuaire de mes regrets fermé pour ma vie. Quel est ce prodige ? expliquez-le moi.

— Ah ! répondit la devineresse, et son accent ressemblait à une musique lointaine, tant il avait de douceur et de tristesse. C'est que j'ai le pouvoir de vous ouvrir le cœur, Armand de Richelieu, c'est que moi aussi je sais vos longues promenades sous les grands chênes et vos serments aux bords des eaux. C'est que je puis vous dépouiller quelques instants des années et des soucis qui vous écrasent, pour vous remettre jeune, amoureux, heureux surtout, à cette belle saison de la vie qui ne doit plus revenir.

— Vous pouvez cela ! Oh ! soyez mille fois bienvenue. Quelle oasis vous me montrez au milieu de cette cour, quel paradis vous me créez ! merci, et soyez bénie.

Demandez-moi pour ce bienfait tout ce que ma puissance peut donner et vous êtes sûre de l'obtenir.

— Peut-être vous demanderai-je en effet une grâce, avant de sortir d'ici, répliqua-t-elle en rêvant.

— Maintenant je vous écoute, je vous attends, rendez-moi ce bonheur enfui, ce bonheur que j'entrevois de loin, comme dans un songe. Parlez-moi d'elle, parlez-moi de Ryna !

— Ah ! vous vous en souvenez ! s'écria l'étrangère en se levant vivement, ce nom n'est pas encore effacé de votre cœur.

— Effacé de mon cœur, le nom et le souvenir de Ryna, lorsque tout à l'heure encore, à cette même place, mes larmes coulaient !... Mais ce n'est point à moi de parler, c'est à vous, enchanteresse toute puissante, à me rappeler le passé pour m'annoncer l'avenir. Je suis dans un des moments les plus dangereux de mon existence, je ne sais si ce soir je ne serai pas aussi un prisonnier, bien que je sois innocent. Je ne sais si à cette heure le roi ne m'entend pas accuser d'un meurtre abominable, d'un meurtre que je déplore et qui m'a enlevé la moitié de mon cœur. Pourrez-vous me rassurer, m'éclairer du moins ?

— Je le puis.

Elle alla vers une table qu'elle approcha du lit et déploya l'un après l'autre ses grands tarots, espèce de cartes italiennes fort peu connues en France et qui passaient pour un grimoire.

— Quoi! dit-il, ce sont des cartes.

— Oui, des cartes, toute ma science est là. Lorsque je les ouvre, lorsque je les examine, je ne sais quel vertige s'empare de moi, ce n'est plus moi qui parle, ce sont elles, ou plutôt c'est un génie inconnu qui me dicte ses arrêts. Je serais aussi incapable de vous expliquer cette impression que de vous tromper lorsque cet esprit me domine.

— C'est étrange! murmura le ministre.

Elle arrangeait ses tarots, elle les tournait en tous sens et ses mains tremblaient. Le premier qui se présenta à ses regards fut le neuf de pique, elle recula involontairement.

— Ah! dit-elle, toujours!

— Que signifie cela? Ne me ménagez point, dites tout.

Une curiosité fiévreuse se peignait dans les regards du cardinal, il s'appuyait sur son coude et toutes ses idées étaient suspendues devant cette attraction involontaire. Il ne vit pas le rideau s'agiter derrière lui et le visage pâle de Josseline se dissimuler sous les courtines.

La sorcière changeait ses tarots de place, les retournait, les examinait de plus près, en murmurant des paroles incompréhensibles. Tout à coup elle se leva, secoua en arrière le long voile qui l'enveloppait.

— Je ne sais encore ce que je vais lire, mais je prévois de grands événements, des douleurs vives pour

1.   14

vous, monseigneur; j'aurai besoin d'être crue et pour
cela je veux évoquer une ombre, un instant de bonheur, une heure d'amour, dont le secret est resté entre
vous et celle qui la partageait. Lorsque je vous aurai
reporté à cette scène, lorsque j'en aurai remis sous vos
yeux les détails les plus minutieux, j'aurai acquis votre
confiance, et je pourrai vous ouvrir votre destinée,
vous m'obéirez.

Le ministre n'était plus reconnaissable; sa physionomie si fermée et si sévère, rayonnait d'une mélancolique joie, il semblait chercher dans l'espace le spectre
aimé de ses jeunes ans, il souriait à ses pensées, il ca-
ressait ses chimères, et ses souvenirs formaient comme
une auréole autour de ce front, soucieux d'ordinaire.

— Vous avez quitté la cour, n'est-ce pas? où votre
faveur commençait à s'éclipser, continua-t-elle, en re-
muant ses tarots, dans lesquels elle lisait comme dans
un livre, l'exil vous forçait à vous reposer quelques
mois, l'ambition n'était pas encore la maîtresse de votre
être, comme aujourd'hui. Vous vîntes seul dans ces
beaux lieux où votre imagination se promène en ce
moment, vous vous sentîtes pénétré du charme de cette
nature admirable, et l'amour s'éveilla en vous pour la
première fois. Je dis l'amour vrai, l'amour noble, l'a-
mour qui mène aux belles actions et à la gloire. Vous
n'étiez plus libre, mais vous ne l'aviez jamais été pour
ainsi dire. Dès votre enfance vous étiez destiné à l'au-

tel, et votre jeunesse s'était souvent révoltée contre la volonté inflexible qui vous y attachait.

— Tout cela est vrai !

— Un jour, vous aviez quitté vos habits ordinaires, vous erriez seul dans ces jardins féériques, que vous deviez rendre plus féériques encore, vous approchâtes d'un bosquet de roses et vous y vîtes deux colombes blanches, portant au col et à la patte des rubans roses, fermés de petits glands d'argent. Les écrits de M. d'Urfé étaient alors à la mode et les têtes tournaient fort à la bergerie. Vous fûtes très-étonné de trouver là ces oiseaux, échappés de leur cage sans doute, leur tendresse vous fit rêver, comme vous rêvez aujourd'hui, n'est-ce pas ?

— Hélas ! que ce temps est loin.

— Deux heures après la servante d'une jeune demoiselle était au château, réclamant les tourterelles et vous les rendiez en demandant à voir sa belle maîtresse. Sans doute elle était belle cette Ryna que vous appeliez tout à l'heure ! Sans doute elle méritait l'amour d'un homme tel que vous, car elle était pure, car elle était tendre et dévouée. Jamais l'astuce n'approcha de son cœur ni de ses lèvres, jamais une pensée mauvaise ne ternit le miroir de son âme. Lorsque vous la vîtes pour la première fois, c'était un ange !

— Mon Dieu !

— Oui, invoquez Dieu, invoquez le ciel, sa justice et sa bonté seules pourraient vous répondre, mais la pau-

vre Ryna! qu'en avez-vous fait? Cette nuit fatale où
vous l'entraînâtes dans ce bois parfumé, cette nuit où
votre cœur battait près du sien, où son bras tremblait
sur le vôtre, où ses regards se mouillaient sous vos
regards brûlants, cette nuit, quels furent vos serments
et vos promesses? que devait-elle être pour vous, cette
malheureuse, à laquelle vous faisiez tout oublier?
Quelle part lui réserviez-vous dans votre vie dont les
pages immenses se légueront à l'histoire? N'était-ce pas
une mission qu'elle remplissait? Sa main défaillante ne
devait-elle pas vous soutenir dans votre œuvre, vous
aider dans votre route difficile? Ainsi ignorée de tous,
existant pour vous seul, n'avait-elle pas juré de vous
sacrifier jusqu'à la reconnaissance et n'a-t-elle pas tenu
son serment?

— Vous avez connu Ryna, interrompit Richelieu, il
faut que vous l'ayez connue, car elle et moi nous savons
seuls cette nuit de délices, et Dieu m'est témoin que jamais ce secret n'est sorti de mes lèvres.

— Vous entraînâtes cette jeune créature, reprit-elle
sans lui répondre, et comme si elle ne l'eût pas entendu. Vous prîtes le ciel à témoin de votre sincérité, et
vous étiez sincère alors! Ce furent des enchantements,
des joies; ce furent des épanchements et des projets,
ce furent des instants d'ivresse sans pareille, des mots
sans suite, des larmes sans cause, ce fut enfin l'amour
dans ce qu'il a de plus beau, de plus juvénil, de plus
exclusif, vous ne l'avez point oublié, car depuis lors

vous avez en vain poursuivi la chimère que vous avez
perdue, vous avez en vain cherché l'ombre de ces
moments, rien ne vous les a rendus, rien ne vous les
rendra.

Richelieu écoutait comme en extase, son regard errait dans le vague, il revoyait les illusions évoquées,
il revoyait cette bien-aimée de la jeunesse, pour laquelle il donnerait maintenant sa puissance, sa grandeur et sa gloire. La devineresse brouilla les cartes, le
spectre disparut : une pointe acérée le mordit au cœur,
il se rappela le terrible événement de la veille et il reprit lentement :

— Pauvre Ryna! elle est allée au ciel, Dieu a eu pitié
d'elle, et c'est le plus grand bonheur pour son âme.
Comment eût-elle supporté!... Achevez, achevez, je vous
en conjure.

Mais l'inconnue aussi se laissait entraîner à la rêverie, tristement appuyée sur une des colonnes du lit,
elle remuait avec distraction ce jeu où elle venait de
lire ; deux fois il fallut la rappeler à la réalité pour
qu'elle retrouvât ses esprits.

— Ah! oui, c'est vrai! j'étais bien loin, revenons
donc, puisqu'il le faut.

Elle remit ses cartes et les retourna encore.

— Monseigneur, maintenant je parle au ministre,
vous croyez à un danger qui n'existe pas. Vous cherchez les moyens de le détourner, vous n'aurez même

I.   14.

pas cette peine, il se détournera sans que votre main ait besoin de se placer entre vous et lui.

— Vraiment?

— Oui, vous êtes sauvé ; oui, vous mourrez ministre, vous mourrez... Vous mourrez jeune, ajouta-t-elle d'une voix émue. Vos jours ont été comptés : si vous eussiez choisi une existence obscure et inutile, ils se fussent prolongés bien au delà du terme ordinaire ; vous avez voulu occuper le monde, et chacun de vos triomphes a diminué le tissu de votre avenir. Vous serez illustre, mais vous ne resterez pas longtemps loin de Dieu.

— C'est la part que j'aurais choisie.

— Il vous est arrivé aujourd'hui même quelque chose, un de ces événements imprévus qui creusent dans le cœur un sillon de larmes, surtout lorsque ces larmes doivent rester cachées. Vous avez auprès de vous un mauvais génie, mais vous avez aussi un bon ange, un enfant dont le nom seul vous fait tressaillir, que vous avez éloigné de vous pour éteindre les mouvements désordonnés qui vous troublent à sa vue, fuyez le mauvais génie et cherchez le bon ange, Monseigneur.

— Hélas!

— Mais... mon Dieu!... que vois-je?... Cet enfant, cet enfant qui est le vôtre, qui est celui de Ryna... cet enfant!... Cela est-il possible? cela est-il vrai? Armand, s'écria-t-elle, en se levant et en lui pressant la main, Armand, Olivier vit toujours, n'est-ce pas?

Le regard morne et désespéré du ministre lui répondit.

— Non, non, c'est un mensonge, ces infâmes parchemins me trompent, ils mentent. Le démon veut me punir de ce que je l'ai vaincu, de ce que suis venue ici pour t'éclairer. Ma funeste science est fausse, je vais revoir Olivier, je vais revoir mon fils !

— Ryna !

Ce mot sorti du cœur de cet homme que tant d'intérêts, tant d'ambition, tant d'immenses idées remplissaient, retentit sous ces voûtes sonores comme un cri de détresse et d'agonie. La pauvre mère s'était laissée tomber sur ce lit, que tout à l'heure son enfant mort avait effleuré. Pendant ce temps, les yeux fauves de Josseline la dévoraient derrière les draperies.

— Ryna ! murmurait-elle, elle n'est donc pas morte ?

Ce nom devait trouver un écho dans les souvenirs de ces deux êtres, liés ensemble par l'habitude, par le crime peut-être. Richelieu se sentit pris de vertige, il ne savait plus où répandre sa vie ; ces révélations successives le brisaient, il courba la tête, il s'avoua vaincu.

— Parlez, parlez, au nom de tout ce que vous avez aimé sur la terre, dites-moi que ma vaine science vient de l'enfer et qu'elle est impuissante ; dites-moi que mon Olivier est ici, qu'il va venir, qu'il n'a pas été assassiné. Assassiné, mon Dieu !

— Il l'a été ! répliqua le ministre si bas, qu'il s'entendit à peine lui-même.

— Vous êtes tout-puissant et vous ne le vengez pas!
Il vit! il vit!

— Ryna!... je l'ai vu...

— Vous l'avez vu, et vous l'avez quitté!

— Ah! prenez pitié de moi, je me meurs!

Il ferma les yeux en effet, il se sentait défaillir. Ce
cœur muet et fermé depuis tant d'années, s'ouvrant à
la douleur, se ranimant à la flamme des souvenirs, se
trouvait trop serré dans cette poitrine, où ne battaient
plus que des idées, et dont les sentiments étaient ban-
nis. Il étouffait, ses impressions débordaient; Ryna,
semblable à la lionne privée de ses petits, ne vit plus,
ne comprit plus cet homme qu'elle avait tant aimé,
son fils était tout pour elle, c'était son fils que son
amour demandait, elle n'étendit même pas la main vers
celui qui l'avait laissé mourir.

Le premier mouvement de Josseline fut de courir
vers le malade, elle le réprima pour ne pas donner à
sa rivale l'avantage de la savoir présente. Elle eut
le courage de voir souffrir Richelieu et de ne point le
secourir, il y allait pour elle de ce qu'elle avait de plus
cher au monde, de son pouvoir sur cet amant illustre.
Elle se contint. Placé de la sorte entre ces deux femmes,
dont l'une ne voulait que sa puissance et dont l'autre
ne daignait même pas ramasser ses regrets, il se trouvait seul, lui, le maître du monde. Cette faiblesse fut
de courte durée, il revint à lui, il comprit amèrement ce qu'il devait attendre et il se tut, car il était

coupable, car il avait trahi et il méritait d'être oublié.

— Mon fils! mon fils! répétait la mère au désespoir,
dites-moi qui l'a tué, pour que je boive jusqu'à la dernière goutte de son sang, dites-moi où il est pour que
je l'emporte, et qu'au moins sa mort m'appartienne,
puisque vous avez laissé perdre sa vie que je vous
avais confiée.

— Hélas! ah! je l'aimais bien pourtant, je ne suis
pas coupable, ne m'accusez pas.

Il essaya de lui raconter le crime, sans lui nommer
le criminelle; son récit, vingt fois interrompu par les
questions, par les larmes, par les sanglots de Ryna, ne
jeta qu'une faible lumière sur cet événement.

— Où est-il, encore une fois? il faut que je le voie,
il faut qu'on me le rende. Il est à moi, enfin?

— N'allez pas trahir!...

— Je dirai qu'il est mon fils, voilà tout, car il ne me
semble pas qu'il soit le vôtre, vous n'avez pas été un
père pour lui.

— Monsieur s'en est emparé...

— J'irai le reprendre à Monsieur, j'y cours!

— Vous allez tout perdre, Ryna!

— Je n'ai plus rien à perdre au monde, où mon fils
n'est plus. Adieu!

— Ryna! Ryna!

Elle avait déjà disparu, laissant ses cartes où elle les
avait mises, mais sans que le masque qui couvrait ses

traits se fût détaché un instant. L'image qu'il conservait d'elle était toujours l'image adorée, la belle et
fraîche jeune fille qu'il avait séduite, l'image que Josseline croyait retrouver encore était celle d'une rivale
plus charmante, plus séduisante qu'elle ne le fut
jamais.

— Ah! dit-il, je dois donc être perdu par elle!

— Vous serez sauvé par moi, dit Josseline, en pa-
raissant tout à coup. Nous verrons ensuite laquelle de
nous deux vous devez oublier.

Le cœur et la tête du cardinal étaient dans un tel
chaos qu'il vit à peine la comtesse, qu'il l'entendit
encore moins, et qu'il resta seul, se souvenant à peine
qu'elle eût été là.

XXI

EN VOYAGE

Lorsque madame de Fouquerolles et madame d'Oston
quittèrent Saulieu, avec leurs maris et leur suite, Jacques, qui avait assisté au service dans un coin de la
chapelle, était caché derrière sa fenêtre et suivait d'un
regard désolé les rêves de son cœur, qui s'exilaient. Il
était séparé d'elle par une barrière insurmontable,
l'honneur et la reconnaissance. Il ne devait plus la revoir, il se l'était juré à lui-même, il l'avait juré sur la

tombe de la respectable mère qui combla son enfance de tant d'affection.

— Elle était là encore lorsque j'ai promis, et maintenant elle veillera sur sa petite-fille que je ne puis protéger, se disait-il. Isabelle aimera cet homme généreux, elle sera heureuse, et moi je serai isolée à jamais!

Un retour sur sa position, sur le sort qui l'attendait bientôt, rendit un peu de sérénité à son âme.

— Il vaut mieux qu'il en soit ainsi, elle n'aura pas à me pleurer. Je suis déjà arraché de sa vie, je n'y manquerai plus, mon souvenir planera autour d'elle, et peut-être m'oubliera-t-elle moins mort que vivant.

Lorsque le cortége eut disparu, lorsqu'il ne vit plus à l'horizon ni litière, ni chevaux, ni laquais, il lui sembla que la terre devenait déserte, et qu'il y habitait seul. Il quitta sa chambre, il descendit, le château entier lui était donné pour prison, il avait besoin de rencontrer une créature humaine, cet isolement lui pesait; mais les domestiques étaient à la chapelle pour tout remettre en ordre, les soldats sur la plate-forme, il errait en vain dans les appartements déserts et n'y trouvait que les souvenirs déchirants qu'il voulait fuir. En passant près de la chambre de la vieille marquise, il sentit tirer la dentelle de sa botte et un petit cri plaintif frappa son oreille. Il tressaillit involontairement : bien que d'une bravoure éprouvée, il était de son époque, et les idées superstitieuses y dominaient.

Il se retourna et aperçut le bon Cyrus, le chien de madame de Saulieu, confié aux soins de Radegonde, et qui s'était échappé pour chercher sa maîtresse, selon l'instinct de cette précieuse race, dont l'attachement résiste à tout.

— Pauvre bête! dit-il, tu es comme moi, perdu dans cette vaste demeure, où nous avons été si heureux!

Le chien grattait à la porte, il s'obstinait à entrer, Jacques eut pitié de lui, il ouvrit avec un respect involontaire.

— Tout me parlera d'elle, dans cet appartement qui vit les jeux de notre enfance, mon bon Cyrus, allons-y tous les deux, nous n'y trouverons tous les deux que des ombres.

Il entra, le chien courut devant, traversa comme un trait l'antichambre, le salon, et arriva au cabinet de la marquise où elle se tenait d'ordinaire. Il y rencontra sans doute un danger quelconque, car il se mit à aboyer furieusement et recula vers l'issue par laquelle il était entré, comme pour appeler Jacques à son secours.

Tout était en désordre encore dans ces lieux visités par la mort, la première idée du jeune homme fut qu'un des soldats étrangers, trouvant la facilité qu'il venait d'éprouver lui-même, avait profité de cette négligence pour s'emparer de quelque objet précieux. Il suivit donc promptement Cyrus dans le cabinet dont toutes les portes étaient ouvertes. Le secrétaire de la

marquise, couvert de papiers épars, était ouvert également, et l'arrivée de Cyrus avait certainement dérangé
le curieux, car il n'avait pas même pris le temps de
refermer un tiroir où brillaient des diamants et des
nobles à la rose.

M. de Maulevrier se précipita dans le jardin, il n'y
vit personne, bien qu'il le parcourût dans tous les
sens ; lassé de ses recherches, il retourna, toujours
suivi de Cyrus qui le dirigeait, à la chambre de Radegonde. Celle-ci s'occupait à rendre une apparence ran-
gée au département qu'elle gouvernait, elle écouta le
récit du jeune homme avec une incrédulité marquée.

— Vous avez rêvé, monsieur le comte, il n'y a personne au château que les domestiques, et pour des
trésors ils n'approcheraient pas de cette chambre.

— Mais les soldats?

— Ils sont tous enfermés ou de garde; ne faut-il pas
vous garder, hélas?

— Cependant j'ai vu, et si vous voulez venir vous
verrez comme moi. Où est Gournay! *

— Avec les soldats, il essaye de les gagner.

— Venez, venez, ma bonne Radegonde, prenez Cyrus
avec vous, et vous jugerez vous-même.

La femme de charge consentit à l'accompagner ; ils
retournèrent chez la marquise, parcoururent toutes les
pièces sans rencontrer personne, et lorsqu'ils entrèrent
enfin dans le cabinet, le bureau était refermé, la clef
enlevée et toutes choses remises à leur place. Cela te-

nait du prodige. Jacques sentit battre son cœur et sa vue se troubla.

— Avais-je raison, monsieur? demanda Radegonde, hélas! la douleur vous tourne la tête et je ne le conçois que trop!

Il fallut se rendre à l'évidence, il fallut convenir qu'il s'était trompé, bien qu'il fût parfaitement sûr du contraire. Son esprit se refusait à croire aux choses surnaturelles, dès-lors fallait-il supposer qu'il eût mal vu, mal jugé.

— J'envoie tout à l'heure à madame la marquise son valet de chambre, qui la rejoindra à Poitiers, ne le chargerez-vous de rien, monsieur le comte?

— De mes très-humbles hommages pour madame la marquise de Fouquerolles et de mes nouveaux remerciments pour M. son mari. Tant que je vivrai je me souviendrai de ce que je lui dois.

— Vous serez béni, monsieur, c'est d'un homme d'honneur. Votre commission sera faite ce soir même.

En effet, le soir, pendant que les deux couples étaient à table, le valet de chambre, laissé en arrière, arriva. Il répéta mot à mot ce qui lui avait été prescrit, sans s'apercevoir que les joues d'Isabelle pâlissaient encore.

— Pauvre jeune homme, dit M. d'Oston, qui seul de tous ignorait les événements passés, il est à craindre que nous ne le sauvions point.

— Je ne sais comment on fera pour le prendre, s'il ne se livre pas et si on ne le fusille pas dans sa chambre. Mes gens ont l'ordre de ne laisser pénétrer aucun des sbires dans l'intérieur du château, et M. de Maulevrier a donné sa parole de n'en pas sortir.

— Et s'ils en font le siége?

— Le cardinal y regardera à deux fois, nous ne sommes pas des rebelles.

— Le cardinal n'aime pas cette province. D'abord, c'est presque la sienne, on l'y a connu assez petit compagnon, c'est déjà une raison plausible, et puis Loudun n'est pas loin d'ici, et le souvenir d'Urbain Grandier ne lui plaît guère.

Isabelle et Béatrix gardaient le silence, fort mal à l'aise l'une et l'autre, elles s'empressèrent d'abréger le repas. M. de Fouquerolles, fidèle à sa promesse, conduisit sa femme à son appartement, lui baisa la main, et se retirait, lorsque la marquise, renvoya ses femmes et le pria de rester quelques instants avec elle.

Cette demande lui fit battre le cœur, il s'assit sans rien dire et attendit. Il avait une si grande crainte de la blesser et de retarder ensuite le moment de son bonheur.

— Monsieur, mon ami, lui dit-elle, c'est encore de M. de Maulevrier que je veux vous entretenir, et pour la dernière fois, ajouta-t-elle, voyant que ses sourcils se fronçaient.

— Je vous ai prouvé, madame, que de vous je pouvais tout entendre.

— Vous avez été sublime de bonté et d'héroïsme, je

ne l'oublierai jamais ; vous avez exposé votre vie pour
sauver la sienne, vous l'avez défendu comme votre
frère, plus que votre frère, peut-être...

— Je vous l'avais promis.

— Maintenant vous êtes engagé dans une voie où je
ne puis vous voir marcher sans frémir. Vous l'avez
installé chez vous, vous vous êtes fait son protecteur
contre la puissance terrible à qui rien ne résiste, et je
ne sais plus ce que je dois craindre, ce que je dois
espérer.

— Mon amie, permettez-moi de vous donner ce titre,
ce n'est pas moi qui ai tracé cette route, les événements
m'y ont conduit malgré moi. Je me suis vu placé dans
une position où il a fallu marcher en avant, puisque
je ne pouvais plus retourner en arrière. Si je succombe j'aurai fait mon devoir et vous me pleurerez ;
si je vis, vous m'aimerez peut-être, je suis tranquille.

— Vous ne me comprenez pas, je le crains, monsieur,
dit la jeune femme, vous supposez que votre sûreté,
que votre liberté m'occupent moins que celles...

— Hélas ! vous l'aimez et vous ne m'aimez pas !

— Je l'aime sans doute, je ne puis ni ne veux nier
ce que je vous ai avoué déjà ; mais si Dieu exauce ma
prière, je pourrai bientôt dire : je l'aimais !

— Je ne vivrai point pour voir ce jour.

— Vous vivrez, vous vivrez de longues années,
bien plus que moi, je l'espère.

— Ne voulez-vous donc pas aimer aussi longtemps

que je vous aimerai? reprit-il avec un sourire de l'âme.

Il y avait dans les paroles, dans les regards de M. de Fouquerolles une bonté si exquise que rien ne peut en donner l'idée.

— Ce n'est pas encore là ce que je voulais vous dire, continua Isabelle.

— Eh! quoi donc encore?

— J'ai une grâce à vous demander.

— Elle est accordée d'avance. Est-ce que je puis vous refuser.

— Que le nom de Jacques ne sorte plus de vos lèvres, que son souvenir s'efface de votre pensée, que vous fassiez vis-à-vis de Son Excellence les démarches nécessaires à votre sûreté, qu'aucun nuage ne s'élève plus entre vous et moi, que vous soyez heureux enfin.

— Ce que vous demandez là, madame, doit être demandé à vous-même et non pas à moi, tout dépend de vous, vous êtes la souveraine maîtresse de notre existence. Que vos pensées s'éloignent de vos premiers sentiments et les miennes ne vous y chercheront plus, que vous me permettiez d'être heureux et je le serai; quant au cardinal, j'ai écrit à mon père, c'est lui qui se chargera de ma défense. Avez-vous autre chose à m'ordonner?

Un combat terrible s'éleva dans le cœur de la jeune femme, elle sentit qu'en le laissant s'éloigner, elle replaçait entre eux la barrière que cet entretien commençait à rompre; mais elle n'avait pas la force de le retenir. L'image de Jacques, malheureux, voué à la mort avait encore trop de puissance sur son cœur. Elle résuma ses pensées par un seul mot :

— Pardonnez-moi, mon ami.

Il comprit tout, et avec sa délicatesse exquise, il prétexta des lettres à écrire, pour obtenir d'elle la permission de se retirer.

— Il lui est trop pénible de me renvoyer, pensa-t-il, c'est à moi de partir.

Lorsque madame de Fouquerolles fut seule avec Dieu, elle sonda son cœur, elle le trouva toujours aussi malade, et chercha son refuge dans la prière. La nuit tout entière se passa sans qu'elle dormît, elle réveilla ses femmes le lendemain matin, et ce fut avec une résolution nouvelle et un projet décisif qu'elle monta dans le carrosse qui devait la conduire à Paris.

XXII

SENTIMENTS DIVERS

En sortant du Palais-Cardinal, Ryna se dirigea vers la litière qui l'avait amenée et où se trouvait son fidèle serviteur, son Pacolet, celui qui obéissait à ses ordres au moindre regard, au moindre geste.

— Au Luxembourg ! s'écria-t-elle, et comme s'il s'agissait de ta vie.

L'ordre fut exécuté. Ryna ne se sentait pas vivre, toutes ses artères battaient à la fois, son agitation était au comble.

— Plus vite! plus vite! répétait-elle sans cesse. Il me semble que j'arriverais plus vite à pied!

Elle arriva pourtant, sauta à bas de sa litière, en s'adressant au premier garde qu'elle rencontra.

— Si vous avez une mère, dites-moi où l'on a déposé le corps du jeune page assassiné.

— Là, dans cette salle basse, répondit-il d'un air de pitié, et c'est un grand dommage, car c'était un fier garçon.

Ryna entra, ou plutôt se précipita dans la pièce indiquée, en faisant signe à ses gens de la suivre. Le spectacle qui frappa ses yeux était déchirant. Le pauvre Olivier encore étendu sur le brancard, encore enveloppé du manteau de son maître, que personne n'avait songé à lui enlever, où reposait sa belle tête tombante et ses longs cheveux ensanglantés. La mort n'avait point apporté de changement sur ses traits beaux et calmes : elle l'avait saisi vite, inopinément, au milieu d'un rire joyeux peut-être, un léger coloris couvrait encore ses joues : on eût dit qu'il dormait.

A côté de lui brûlaient deux cierges, et un prêtre était en prières.

— Mon fils! mon fils! murmura-t-elle en s'agenouillant.

Son œil était sec et brillant : sa peau fiévreuse, sa

douleur ne ressemblait point aux douleurs ordinaires.

— Êtes-vous sa mère, ma fille? demanda le bon prêtre.

— Je suis sa mère, et je viens le prendre, répondit-elle avec une inexprimable expression.

— Monsieur a résolu de lui faire de magnifiques funérailles.

— Oui, pour braver le cardinal, sans doute. Et que m'importent ces funérailles et tout ce bruit! Je veux mon fils, et je l'aurai; je me soucie peu des querelles politiques,

— Il faut au moins le demander à monseigneur.

— Allez-y donc, mon père; je le garderai bien, moi.

Il y avait dans le ton, dans les manières de Ryna quelque chose de dominateur, auquel il était impossible de résister; elle commandait en reine et se faisait obéir du regard. Le prêtre se leva et sortit. Elle donna à son domestique les ordres nécessaires pour la translation du corps dans la litière.

S'ils me le refusent, je l'emporterai malgré eux. Mon fils est à moi, c'est mon fils, mon bien, mon trésor, et voilà tout ce qu'il en reste.

Elle se jeta sur cet enfant, qu'elle n'avait point encore embrassé, et le couvrit de baisers, pourtant ses larmes ne coulaient pas. L'étrange femme n'avait de son sexe que la passion et le dévouement; oublieuse de toutes faiblesses, elle renfermait ses douleurs en elle-

même, elle en souffrait doublement, et la vengeance
seule guérissait ses plaies.

Le prêtre revint :

— Son Altesse Royale demande à vous voir, dit-il.

— Où est le prince?

— Il vient, il me suit.

En effet, Monsieur entra suivi de plusieurs seigneurs.
Ryna se leva en le saluant respectueusement, et étendant la main sur le cadavre :

— Je viens le chercher, dit-elle.

— Je ne puis vous le rendre. Je veux qu'il soit porté
à sa demeure dernière avec les honneurs dus à un enfant qui s'est sacrifié pour moi.

— Je ne vous le laisserai point, Monsieur. Le corps
d'Olivier appartient à sa mère, et sa mère le veut, le
réclame.

— Qui me prouve que vous êtes sa mère!

— Ah! l'on voit bien que vous n'avez jamais aimé la
vôtre !

Le prince rougit.

— Vous êtes hardie, madame, reprit-il; on passe
beaucoup à la douleur, sans doute; cependant, je ne
puis comprendre votre obstination; vous devriez être
heureuse des honneurs que votre fils recevra, de ce
que je compte faire pour lui.

— Pour vous, monseigneur, et non pour lui. Est-ce
que je ne connais pas les cours et les intrigues? Le
convoi d'Olivier sera un prétexte pour la révolte, on

I.   15.

se battra dans la rue, on se jettera sur lui peut-être, et on le profanera. Mais vous aurez humilié le cardinal; mais vous aurez bravé son pouvoir et celui du roi: vous serez satisfait.

— Madame, quel est votre nom?

— Je suis la mère d'Olivier, monseigneur, je n'ai pas besoin de vous en dire davantage.

— Et si je vous faisais arrêter?

— Vous en êtes le maître, pourtant vous ne le ferez pas.

— Pourquoi?

— Parce que vous prétendez aimer mon fils et que vous ne pouvez punir sa mère, qui ne vous demande que son cadavre.

— Que dois-je faire, messieurs, dit Gaston?

— Lui donner son fils, monsieur, répondit Fontrailles, elle vous rend peut-être service en le réclamant, ces funérailles vous auraient entraîné plus loin que de raison.

Cette réflexion judicieuse ramena Monsieur à une douceur inaccoutumée.

— Je sais ce qu'il faut accorder à la douleur, dit-il, et je ne veux point vous priver de la consolation qui vous touche. Emportez ce pauvre enfant, et, si vous avez plus tard besoin de moi, n'oubliez pas que je fus son ami.

Ryna s'inclina seulement avec hauteur, prit dans ses bras la tête de son fils, fit signe à son serviteur de soulever ses pieds, et tous deux se mirent en devoir de le transporter dans la litière. Monsieur et les seigneurs se découvrirent sur son passage, le prêtre l'accompagna en murmurant une prière. Aussitôt que le corps fut déposé, on se mit en marche et Ryna ferma les rideaux.

— Tout est extraordinaire dans ce pauvre enfant, dit le prince, voici maintenant une mère masquée qui le réclame avec des menaces. Je l'ai rendu, j'ai cru bien faire, à la garde de Dieu !

Cependant Ryna tenait sur ses genoux la tête chérie de son fils unique, elle le serrait contre sa poitrine, et, l'appelant des noms les plus tendres :

— Mon enfant ! mon cher Olivier ! mon bien-aimé Olivier ! se peut-il que je t'aie perdu, répétait-elle.

Alors, pour la première fois, une larme tomba de ses longs cils sur le front du jeune homme, une larme unique, la seule qui restât dans ce cœur, qui en avait tant répandu. Après une heure de marche, l'équipage s'arrêta à la porte d'une petite maison, dans le village de Saint-Cloud, où nous le laisserons.

A peine Ryna était-elle partie qu'un carrosse passa la grille du Luxembourg et entra à toutes brides dans la cour. Les mantelets s'ouvrirent et une femme, masquée comme Ryna, en descendit. Monsieur n'était point encore rentré chez lui, il se mit à la fenêtre, et, en voyant cette nouvelle visite :

— Qui nous arrive donc encore ? demanda-t-il ?

— Une belle dame et incognito, répondit Fontrailles, elle demande à voir Son Altesse Royale, et ne parle point de se faire connaître.

— Qui cela est-il?

— Je ne sais, je ne l'ai jamais vue. Elle ne ressemble à aucune des personnes de la cour.

— Recevons-la donc alors, pour nous éclairer.

La dame s'avança avec une grâce et une dignité peu communes.

— De la part de M. le cardinal, monsieur, dit-elle en s'inclinant.

— Il ne pouvait choisir un messager plus agréable, madame; j'écoute.

— Monsieur le cardinal m'a chargée de complimenter Son Altesse Royale, sur la mort du pauvre page si traîtreusement assassiné à Rueil. Il espère que vous n'en avez point gardé de rancune, et que vous voudrez bien conserver vos bonnes relations avec lui.

Monsieur s'inclina avec hauteur, sans répondre.

— La mère du pauvre enfant est venue tout à l'heure au Palais-Cardinal, elle est hors de raison, par la douleur; elle a menacé de se rendre au Luxembourg et M. le cardinal a craint que ses propos et ses extravagances ne puissent incommoder monseigneur. Son Éminence le supplie de ne faire aucune attention à ces folies, de la croire tout à fait étrangère à ce que cette femme pourra dire ou faire dans la maison de Son Altesse Royale. Ma visite n'a pas un autre but.

— M. le cardinal est heureux dans le choix de ses ambassadeurs.

— Ce choix est étrange sans doute, Monsieur, ce n'est point aux femmes à s'entremettre dans les affaires des grands personnages, mais je suis une très-ancienne amie de Son Éminence, je me trouvais chez elle quand cette folle a forcé les portes et s'est ensuite échappée malgré nos instances, je suis donc venue sur-le-champ après elle...

Monsieur regarda ses conseillers, il devina un piége.

— Veuillez dire à Son Éminence, madame, que nous avons déjà vu la pauvre mère, que nous avons fait droit à sa demande et qu'elle vient de partir, emportant dans ses bras le corps de son fils. Elle a défendu à personne d'y mettre la main, elle s'en est chargée elle-même, avec toute la majesté de la douleur Nous en avons été touchés jusqu'au fond de l'âme.

— Et la malheureuse femme ne s'est rien permis...

— Rien du tout, rien absolument, que Son Éminence se rassure. Nous sommes vraiment touchés de sa sollicitude, elle est tout à fait à sa place, après ce qui s'est passé hier. Car c'est chez elle, c'est dans sa maison... je n'y veux pas penser, c'est une douleur trop vive et trop cruelle.

En approchant de Gaston, Josseline avait ôté son masque, selon l'étiquette établie généralement. Chacun avait été frappé de son visage hautain, bien que régulier et magnifique. Elle sortait si rarement de sa retraite, excepté pour ses particuliers avec le ministre, qu'elle était complétement inconnue. Le prince, comme tous les gens de son caractère, était curieux et méticuleux dans les petites choses. Il devinait une intrigue quelconque sous cette visite, il lisait dans les yeux de cette femme une fausseté positive et cependant, au lieu de se préoccuper du danger grave, il ne songeait qu'à deviner qui elle pouvait être, quelles relations elle avait avec le tout puissant ministre, cette femme, qui sortait de terre tout à coup.

— Y aurait-il de l'indiscrétion, madame, dit-il, en affectant une galanterie fort éloignée de ses habitudes, à vous demander le nom de l'aimable ambassadrice. Tout ce qui vient de Son Éminence, ou de sa part, m'est précieux et cher, il faut bien nommer un souvenir agréable, vous n'aurez pas la cruauté de me le refuser.

— Je suis la comtesse Josseline de Saulieu, monseigneur, répondit-elle.

— Ah ! un beau nom d'anciens serviteurs du roi, en Poitou, je crois. J'ai connu le marquis de Saulieu dans mon enfance, il est mort à l'armée, ce me semble.

— Oui, monsieur, c'était mon frère.

La comtesse essaya quelques questions indirectes, elle eût voulu savoir si Ryna n'avait point parlé, mais on était sur ses gardes et des deux côtés on jouait serré, personne ne gagna.

Après quelques minutes le prince salua Josseline, pour lui faire comprendre que son audience était terminée, elle se retira assez peu satisfaite. Son but n'était point rempli, ainsi qu'il arrive plus souvent dans la vie que dans les romans ; elle n'avait point été utile, il lui était surtout impossible de le paraître, et à la cour c'est le comble de la disgrâce.

XXIII

BONHEUR ET SACRIFICE

Les deux jeunes couples se dirigeaient vers un château appartenant à leur oncle, où ils devaient passer les premiers moments de leur mariage. On avait pensé que le séjour de Saulieu où elles venaient de perdre leur aïeule, prolongerait la douleur d'Isabelle et de Béatrix. M. d'Oston, adoré de sa femme et qui l'aimait également, était au comble du bonheur. Quant à son frère, il se sentait plus triste de ce bonheur même. La vue de ce ménage si tendre, si uni, lui brisait le cœur. Isabelle, toujours triste et pensive, semblait l'être davantage encore depuis son dernier entretien. Elle demandait à chaque instant, si on arriverait bientôt à Malière, et, lorsqu'enfin elle aperçut les tourelles, elle soupira comme dégagée d'un grand poids.

— Nous sommes à Malière, n'est-ce pas, monsieur ?

— Oui, madame, mon père nous y attend.

— Ah ! mon oncle, mon bon oncle.

Les larmes coulèrent dans ses yeux.

— Il sera bien heureux de voir les enfants de sa sœur, les femmes de ses fils, et sans le deuil que nous portons sa réception nous l'eût prouvé, n'en doutez pas.

— La meilleure réception, c'est l'affection paternelle, et nous allons la retrouver tout entière, dit Béatrix ; n'est-ce pas, ma sœur, que vous êtes bien aise ?

— Oui, oui, Béatrix ; je jouis surtout de votre bonheur, répondit-elle, avec distraction, car je ne puis oublier l'abîme vers lequel nous marchons peut-être.

Le marquis serra la main de sa femme, ce noble cœur comprenait tout.

On entra dans la cour, le marquis à la tête de ses domestiques, vint recevoir ses enfants.

Plusieurs dames de leurs parentes, des seigneurs les attendaient aussi. M. de Fouquerolles ouvrit les bras et y reçut les orphelines baignées de larmes.

— Hélas ! mes enfants, c'est la destinée commune, dit-il. Elle veillera sur vous du haut des cieux et elle vous a bénies. Et, d'ailleurs je vous reste, nous vous restons ! et il montrait ses fils.

— Ma bonne mère eût été si heureuse de vous voir !

— Oui, je le sais, j'aurais voulu être auprès d'elle à ses derniers moments, si inattendus, si subits. Vous avez beaucoup à me dire à ce sujet, et plus tard, nous causerons.

— Oui, mon oncle, dit Isabelle, en s'appuyant sur son bras, nous causerons et dès ce soir, si vous le voulez bien, il faut absolument que je vous parle, la chose presse et elle est de haute importance, c'est à vous seul que je puis la dire.

— Quand vous voudrez, quand vous voudrez, ma nièce, ma fille !

Les tendresses, les Dieu gard', les regrets s'échangèrent ensuite avec les parents rassemblés. Il fallut raconter dix fois la fin tragique de la marquise, en supprimant les circonstances secrètes, bien entendu : il ne fut nullement question de la comtesse et de la terrible visite. On ne prononçait jamais son nom dans la famille, et beaucoup de personnes, à cause de la retraite où elle vivait, ignoraient même ce qu'elle était devenue.

Pendant tout le dîner, Isabelle conserva sa tristesse et répondit avec peine aux questions adressées de toutes parts. Son mari fixait sur elle un œil mélancolique.

— Hélas! pensait-il, elle souffre! elle ne se guérira pas.

Aussitôt après le souper, Isabelle s'approchant de son beau-père, le supplia de la conduire dans son cabinet et de lui accorder quelques instants de conversation.

— Je me meurs d'inquiétude, monsieur, lui dit-elle, et si vous ne venez à mon secours, nous sommes tous perdus.

— Qu'y a-t-il? au nom du ciel! ma chère enfant. Je vous écoute.

— Monsieur, j'ai un aveu cruel à vous faire, je vais perdre sans doute dans votre esprit, peut-être dans

votre cœur, pourtant je ne puis me taire, les circonstances où je me trouve sont trop impérieuses. Je vous
supplie d'abord de me donner votre parole de gentilhomme que nul être au monde n'apprendra rien de ce
que je vais vous révéler.

— Vous m'effrayez, ma fille, parlez vite.

— D'abord, quelle opinion avez-vous de M. le cardinal?

— Quelle question! il y en a mille à avoir, il faudrait
des volumes pour y répondre.

— Est-ce un homme d'honneur, est-ce un homme à
qui l'on puisse confier un secret sans crainte?

— M. le cardinal est un grand politique et un vaste
génie, peut-être est-il permis de blâmer les moyens
qu'il emploie pour parvenir à son but, peut-être l'ac-
cusera-t-on d'inflexibilité, de sévérité, quelques-uns
diront de barbarie, mais c'est un parfait gentilhomme,
incapable d'abuser de la confiance de personne.

— Le croyez-vous? le croyez-vous sur votre foi de
chrétien.

— Oui, sur ma foi de chrétien, je le crois.

— Vous connaissez Son Éminence?

— Je l'ai beaucoup connu lorsqu'il n'était encore
qu'évêque de Luçon, même lorsqu'il n'était que l'abbé
Duplessis de Vignerot, il venait souvent dans les environs de Saulieu où il avait un petit castel de famille
et nous avons passé une partie de notre jeunesse ensemble.

— Vous pouvez donc lui envoyer un message ?

— Cela m'est souvent arrivé.

— Avez-vous un homme sûr, qui puisse partir demain, chargé d'une lettre de moi ?

— Mon écuyer est un ambassadeur aussi éprouvé que fidèle. Mais, mon enfant, pourquoi toutes ces questions ? où voulez-vous en venir ?

— Mon père !

Isabelle se mit à trembler de tous ses membres.

— Eh bien, ayez confiance, ma fille, mon Isabelle, qu'y a-t-il ? vous avez un chagrin, un chagrin violent, un secret qui vous pèse, déposez-le dans mon cœur, vous savez ma tendresse pour vous, et cette tendresse redouble maintenant que vous avez besoin de moi. Parlez, parlez !

— J'ai, en effet, un secret, un secret déchirant, mon père, un secret qui brise ma vie, et celle de votre fils, je suis coupable, mais, hélas ! je ne le suis pas par ma faute.

— Coupable ! et de quoi ?

— Coupable de ce que je n'aime pas d'amour celui à qui j'ai donné ma main, coupable de ce que j'ai laissé surprendre mon cœur par un autre, avant de lui appartenir.

— Malheureuse enfant ! que m'apprenez-vous là !

— Mon père, mon oncle, c'est à genoux que je dois vous parler, n'est-ce pas ? J'aurais dû garder ma tendresse pour celui qu'on me destinait, j'aurais dû at-

tendre que mes parents eussent ordonné, pour laisser
parler mon inclination. Mais j'étais avec lui depuis
mon enfance, je le voyais chaque jour, il m'aimait, il
me le disait sans cesse, j'étais jeune, je l'ai cru, je l'ai
aimé et lorsque le jour de l'obéissance est venu, lorsque
ma mère m'a signifié : il faut épouser votre cousin?
J'ai tout avoué à ma mère, je me suis jetée à ses genoux, comme me voici aux vôtres. Ma mère m'a répondu : je vais mourir, j'ai engagé votre parole et la
mienne, votre père et votre mère, au lit de mort aussi,
vous serez maudite, si vous refusez. Que pouvais-je faire,
monsieur? courber ma tête et me soumettre, je me suis
soumise.

— Vous pouviez prendre encore un autre parti, vous
pouviez avouer à votre cousin, dont le caractère vous
était connu, le sentiment dont votre âme était pleine.
Je suis certain que mon fils vous eût laissée libre, quelque douleur qu'il en éprouvât. Il n'aurait point reçu
la main sans la volonté, et vous eussiez pu ensuite appartenir à l'homme de votre choix, si, comme je n'en
doute pas, il est digne de vous.

— Vous avez peut-être raison, mon oncle. Cependant
reportez-vous à ce moment terrible, où mon aïeule
mourante me suppliait d'exécuter ses ordres. Je n'aurais pas eu la force de résister, elle souffrait tant et
elle a eu l'air si calme lorsqu'elle a vu ma main dans
celle du marquis! Ah! pour cet instant de repos donné
à ma mère, j'aurais sacrifié mille fois ma vie!

— Chère enfant!

— Maintenant a liberté de mon mari, sa vie peut-être sont eu danger, pour l'asile donné par moi à un proscrit; il s'est conduit comme toujours, avec la noblesse et la générosité de son caractère, il s'est compromis pour défendre son hôte, et moi je veux le sauver, mon père. J'ai résolu de demander sa grâce au cardinal; si ce n'est point un cœur de marbre, s'il lui reste quelque étincelle d'honneur et de bonté, il m'entendra. J'ai tout dit au marquis, il sait la situation de mon âme et je n'ai point entendu un reproche. Il s'est acquis des droits éternels à ma reconnaissance, à mon amour plus tard, sans doute; du moins il ne dépendra pas de moi qu'il n'en soit ainsi.

Le marquis se promenait par la chambre et réfléchissait.

— Que voulez-vous écrire au cardinal?

— Permettez-moi de vous le taire, monsieur.

— Songez-y bien, ma fille, Son Eminence est toute puissante! Un mot peut vous perdre, peut perdre tous les vôtres.

— Soyez tranquille, si quelqu'un est perdu, ce ne sera que moi, et encore non, c'est impossible!

— Réfléchissez, réfléchissez sérieusement.

— Je suis décidée, j'ai tout vu, tout pesé et c'est le seul parti qui me reste à prendre.

— Écrivez donc alors! mon écuyer partira demain matin. Je vous ai toujours connue pleine de sens et de cœur, ce que vous venez de faire, votre loyal aveu en est une preuve de plus. Je vous remets entre les mains ce que j'ai de plus cher, la vie et l'honneur de mon fils.

— Vous me jurez qu'ils ignoreront ce message ?

— Je vous le jure sur tout ce qu'il y a de plus sacré.

— Ah! mon père, si je suis assez heureuse pour réussir, jamais un chagrin ne viendra par moi à mon mari, jamais je n'oublierai ce que je vous dois à tous les deux, et combien j'ai besoin de réparer mes fautes, ou plutôt mon malheur.

M. de Fouquerolles était comme son fils, un admirable caractère. Depuis la mort de sa femme, retiré du monde et de la cour, il avait exigé que son fils aîné prît son nom et son titre, contre l'usage du temps.

— Je ne compte plus, disait-il. Je vivrai désormais obscur et oublié, c'est à mon fils à soutenir mon nom et ma race. Je lui abandonne tout et de grand cœur. Il ne me faut plus maintenant que mon vieux château, où je retrouve mes souvenirs, les ombres chéries de ceux que j'ai perdus. Le monde est aux jeunes, l'avenir leur appartient; à nous les regrets!

Il comprit donc et apprécia les idées, les résolutions de sa belle-fille : les âmes élevées se devinent, se savent sans s'être communiquées. Il sortit tranquille, malgré l'aveu qu'il avait reçu, convaincu qu'il n'avait rien à craindre, que le bonheur de son fils était assuré, qu'Isabelle méritait et son estime et sa confiance entière.

Restée seule, madame de Fouquerolles écrivit la lettre suivante :

« Monseigneur,

» La démarche que je fais aujourd'hui près de Votre Eminence semblerait fort extraordinaire, si son caractère n'était bien apprécié et si je ne savais pas quelle confiance entière on peut avoir en sa discrétion. Le nom qui signe cette lettre est connu de vous, mes pères sont morts pour le roi et ceux de mon mari ont, comme eux, versé tout leur sang sur les champs de bataille. Je ne suis qu'une femme hélas! je ne puis suivre leur exemple et j'ai même été assez malheureuse pour commettre une de ces fautes dont les suites terribles entraînent les familles à leur perte.

» Je viens me mettre entre vos mains, je viens me jeter aux pieds de Votre Eminence, car j'ai désobéi à vos ordres, car j'ai donné asile à un de ceux que votre sévérité condamnait, je l'ai reçu dans le château dont je suis aujourd'hui la maîtresse, je l'y ai caché, parce que je l'aimais, parce que je l'aime encore. Cependant le même jour, j'ai accordé ma main à un autre, près du lit de mort de mon aïeule, ma seule protectrice, et j'ai juré que je ne le reverrais plus. J'ai accepté le nom du plus noble, du plus honorable des hommes ; comme la tromperie est aussi loin de mon cœur que de mon caractère, je lui ai avoué mon amour pour Jacques de Maulevrier, j'ai fait plus, je lui ai fait connaître le séjour de celui-ci au château, je me suis confiée à lui et je lui ai confié la vie de son rival. Il a accepté ce dépôt, il l'a défendu, il s'est perdu pour moi et pour celui que j'aime. J'en appelle à vous, monseigneur, un homme tel que lui pouvait-il faire autrement? pouvait-il livrer son hôte? pouvait-il le jeter dans un cachot pour se débarrasser de lui? l'eussiez-vous fait, monseigneur?

» La seule coupable dans tout ceci c'est moi, c'est moi que mon funeste amour a faite assez lâche pour compromettre celui que tant de causes me rendaient sacré. C'est donc moi seule que vous devez punir. Je le jure et je l'atteste, sur mon salut éternel, sur la mémoire de mon père, M. de Fouquerolles est innocent. Il n'y a eu dans sa conduite ni rébellion, ni révolte, il y a eu un point d'honneur irrécusable, et c'est moi qui l'ai placé dans cette alternative, ou de désobéir ou de se couvrir de honte.

» Je ne demande ni grâce ni indulgence pour M. de Maulevrier, il ne m'appartient pas de le faire. Des circonstances, des arrangements de famille, l'ordre de mes parents m'ont forcée de renoncer à lui, et je ne puis élever la voix pour le défendre. Mais mon mari, mais celui à qui j'appartiens désormais, je veux le sauver, je veux que ma faute ne retombe pas sur lui, je veux que ce noble cœur, qui souffre assez pour moi ne

soit ni méconnu, ni accusé. Si quelqu'un doit être puni,
c'est moi. Je me livre donc à vous, je suis à vos genoux, non pour implorer votre indulgence, mais pour
m'abandonner à votre justice. J'attends tout de cette
justice, qu'elle soit aussi inflexible, aussi inexorable
que vous l'ordonnerez, je me soumets à tout, je l'ai
mérité.

» L'aveu que j'ai fait à Votre Éminence, prouve ma
confiance en sa loyauté. Je me repose entièrement sur
elle et j'attends sa réponse comme le jugement de Dieu.
Mon mari ignore ma démarche, il l'eût empêchée.
Soyez mon juge et mon appui, montrez-vous le digne
ministre du roi que Dieu nous a donné, le père de son
peuple. Je vous bénirai jusqu'à mon dernier jour, si
vous me rendez le repos en me délivrant de l'horrible
crainte qui m'agite. Pardon, monseigneur, de dérober
aux affaires de l'État des instants si précieux. Ayez
pitié de mes souffrances et mettez-y un terme, les
prières des orphelins sont entendues et je les adresserai
chaque jour au ciel pour qu'il vous conserve et vous
soutienne; écoutez-moi, écoutez-moi, et encore, soyez
béni!

>> SAULIEU DE FOUQUEROLLES. »

Lorsque cette lettre fut finie, Isabelle la cacheta
sans la relire. Elle sentit qu'elle ne partirait pas si
elle en pesait les expressions et si elle s'abandonnait
aux réflexions sans nombre que cette démarche devait

I.   16

lui inspirer. Elle craignait ensuite que son mari s'inquiétât de son absence et vînt en demander la cause.

— J'ai fait mon devoir, se dit-elle, à présent, à la
garde de Dieu!

Lorsqu'elle reparut au salon, elle trouva tout le
cercle occupé, selon une grande mode du temps, à
faire des portraits. Le sien et celui de sa sœur furent
les premiers proposés et ce n'était pas une petite entreprise pour des gens qui ne les connaissaient pas,
chacune d'elles avait son genre de beauté différent,
chacune avait aussi un caractère opposé, mais toutes
deux étaient bonnes, nobles et dévouées.

Leur taille était absolument semblable, elles portaient toujours le même costume et, lorsqu'on les
voyait par derrière, il était impossible de les distinguer
l'une de l'autre. Leurs voix, leurs gestes avaient une
ressemblance incroyable, souvent leur vénérable aïeul
s'y trompait. Elles en avaient bien ri dans leur enfance, c'était un de leurs jeux favoris.

Isabelle avait plus de profondeur dans ses impressions, mais Béatrix avait plus de spontanéité, elles
s'aimaient avec une vive tendresse, elles n'auraient pu
vivre l'une sans l'autre, elles ne s'étaient jamais séparées un jour. Une des conditions de leur mariage avait
été que les deux ménages habiteraient ensemble, dans
la même maison, dans le même château à la campagne.
Elles n'avaient pas voulu que leur fortune fût séparée.
Isabelle possédait en nom le château de Saulien, partie

qu'elle était l'aînée, et que, d'après les habitudes féodales, il fallait que cela fût ainsi, mais Béatrix y était aussi maîtresse qu'elle, et en devait partager les revenus.

— Nous marierons nos enfants, disaient-elles, qu'avons-nous besoin de déranger ce qui existe?

Touchant accord, bonheur immense et bien rare! Les pauvres enfants ignoraient ce que cette intimité si précieuse devait leur faire verser de larmes et vers quel abîme elle devait les conduire.

Tant il est vrai que nos destinées sont irrévocables, que nos actions les plus innocentes sont des armes à deux tranchants qui nous frappent et nous blessent!

Ce soir-là, Isabelle, sûre d'avoir fait son devoir, presque tranquille sur le résultat de sa démarche, se montra moins triste, moins rêveuse que de coutume; son mari attribua cette disposition à son entretien avec son père, il l'en remerciait du fond de l'âme, il aimait tant sa femme! Il ne la quitta pas une minute, il jouit avec délices du faible sourire qui ridait ses lèvres, il vit poindre dans le lointain un rayon de bonheur et il le salua de toutes ses espérances. La sévérité du deuil interdisait tous les plaisirs bruyants, la famille se sépara de bonne heure, et la marquise en s'endormant, murmura dans une prière :

— Mon Dieu! je vous rendrai mille grâce, si j'ai pu me perdre pour le sauver :

XXIV

UNE BONNE TANTE

Les impressions du cœur sont rarement de longue durée chez les ambitieux, elles les détournent quelques instants de leur route, ou plutôt elles les arrêtent, mais c'est pour les laisser reprendre un essor plus aventureux. Ils oublient ce qui ne frappe point leurs projets de fortune ; c'est à peine une petite pierre, bientôt foulée et broyée tout aussi vite. Ils n'aiment point, ils ne peuvent aimer, la domination est la première et la plus puissante des passions humaines, elle ne souffre rien à côté d'elle et ne se souvient que de ce qui l'offense.

Après quelques jours écoulés, le cardinal de Richelieu ne songeait plus à Olivier que comme à un de ces sentiments éteints par le temps dans l'âme. Quelquefois, au milieu des rêves de son sommeil agité, il voyait Ryna, il entendait ses menaces et ses plaintes, mais au réveil, l'arrivée d'un courrier, un entretien avec le roi, une dépêche interceptée, chassaient loin ce fantôme importun.

Il continuait à recevoir chaque jour le bulletin de Monsieur. Son correspondant anonyme y mettait une exactitude digne d'éloges. Il est vrai que, de son côté,

Monsieur n'ignorait pas grand'chose du Palais-Cardinal, il avait les mêmes espions, ces hommes à qui leur infamie garantit l'impunité; ils ne se dénonçaient pas. Une nouvelle complication se présentait dans cette intrigue, le faux domestique du faux muletier en tenait les fils, bien qu'on ne l'y eût pas initié; il observait tout, comptant apporter son poids dans la balance pour la faire pencher du côté de la fortune.

Richelieu donc avait repris ses habitudes. Il revoyait Josseline sans haine comme sans amour. Il la revoyait par la raison seule qu'elle était entrée dans son existence, qu'elle lui épargnait bien des explications et qu'elle lui rendait une foule de services. Elle savait où trouver à la minute ce qui lui était nécessaire, elle savait lui donner le renseignement demandé sans feuilleter aucun livre, sans ouvrir aucun carton. C'était pour lui une chose, une machine nécessaire; depuis tant d'années elle vivait de sa vie !

Un matin, *à son heure*, c'est-à-dire à celle où personne n'entrait jamais dans ce sanctuaire, le cardinal tenait entre ses mains ses lettres confidentielles, celles qu'il lisait toujours lui-même et que souvent il ne communiquait à personne, malgré le désir que montrait la comtesse de s'initier à ces secrets. Il avait déjà parcouru et noté plusieurs papiers, lorsque la supplique d'Isabelle arriva à son tour.

— Ah! ah! dit-il, après avoir regardé la signature; voilà qui vous touche, madame.

I.   16

— Qu'est-ce donc, monseigneur ?

— Une lettre venant de Saulieu.

— Et de qui ?

— C'est ce que vous n'avez pas besoin de savoir, répliqua le cardinal, à mesure qu'il avançait dans sa lecture.

Josseline n'ignorait pas qu'il eût été nuisible d'en demander davantage en ce moment.

— Vous avez deux nièces, dit-il.

— Oui.

— Sont-elles aussi belles que vous ?

— Moins belles, je crois, mais plus charmantes.

— Elles viennent de se marier.

— J'y étais, je l'ai vu.

— A leurs cousins ?

— A leurs cousins. Pourquoi toutes ces questions ?

— J'en ai d'autres à vous faire, j'ai aussi à vous dire à ce sujet. Vous m'avez trompé, Josseline.

— Moi, monseigneur !

— Oui, vous m'avez fait un mensonge, ce n'est pas la première fois, mais au moins vous y mettiez plus de formes.

— Monseigneur, vous plaisantez !

— Est-ce que je plaisante ! Vous n'aviez point parlé, prétendiez-vous, au vicomte de Cabines à Saulieu, et il a pourtant présenté de votre part une opposition au testament de madame votre mère. L'a-t-il fait sans votre ordre ?

— Non.

— Eh bien, alors?...

— Eh bien, je n'avais pas besoin de vous dire cela, que vous importe? Je ne voulais pas être bannie de la maison de mes ancêtres, après la mort de ma mère, ainsi que je l'ai été de son vivant. J'ai réclamé les droits de ma naissance, je les ai réclamés hautement, et tant que je serai de ce monde, les filles de mon frère ne jouiront pas tranquillement de ma ruine. Je les poursuivrai comme on m'a poursuivie, je les chasserai comme on m'a chassée, et je me vengerai sur elles de tout ce que j'ai souffert pour vous.

— Si je vous le laisse faire, répliqua froidement le cardinal.

Il écrivait en marge de la lettre d'Isabelle et la plaçait soigneusement sous son oreiller.

— Vous me protégerez, car Saulieu est un nid de rebelles, car déjà il s'y est passé une scène qui met M. de Fouquerolles hors la loi.

— Vraiment?

Le cardinal avait ouvert une autre lettre. Josseline, quoiqu'elle eût une parfaite connaissance de son caractère, crut cette tranquillité feinte et s'y laissa prendre.

— Oui, Jacques de Maulevrier a été découvert et monsieur mon auguste neveu l'a défendu l'épée à la main contre vos gardes.

Le ministre darda un rayon de son œil sur la comtesse, à travers ses cils baissés; si elle eût intercepté ce regard, il ne l'eût pas trompée plus longtemps.

— Il y a des rébellions qui entraînent après elles de grandes conséquences, et je crains que celle-ci ne soit du nombre. Il faudrait mettre un terme à cela et le plus tôt possible.

— Le meilleur moyen serait de me rendre le château de Saulieu, il ne donnerait plus asile à des rebelles.

— J'y penserai. Prenez une plume et écrivez ce que je vais vous dire.

Josseline s'empressa d'obéir, c'était pour elle une grande faveur, les secrets de l'État n'appartenaient pas à tout le monde, elle seule, croyait-elle, obtenait cette distinction. Le cardinal relut encore la lettre de la jeune femme, un léger sourire passa sur ses lèvres et il dicta cette réponse :

« J'ai reçu votre lettre, madame, je suis touché de votre confiance et je me garderai bien d'en abuser. Je suis de ceux qui récompensent lorsqu'on les juge comme ils aiment à l'être, et vous ne pouviez mieux plaider votre cause que vous l'avez fait. Je veux tout pardonner, je veux vous prouver que si vous avez eu bonne opinion de moi, votre cœur vous a bien guidée, nul ne sera inquiété pour ce qui s'est passé, celui qui a causé ce tumulte ne sera pas même recherché, je ne le veux pas. Qu'il parte, qu'il s'exile, je fermerai les yeux sur sa fuite, et, s'il ne remet plus le pied sur les terres du royaume, il n'a rien à craindre ; je lui permets même les intrigues hors de France, je ne crains pas mes ennemis, je m'en venge, soit en les écrasant, soit en leur accordant un pardon qu'ils ne demandent pas. Vous pouvez donc être parfaitement tranquille, vous pouvez vous en reposer sur moi et commencer la grande réforme que vous m'annoncez.

» Je me sers d'un secrétaire et c'est encore une preuve d'intérêt que je vous donne, un jour vous en saurez la raison.

» Sur ce, madame, je vous prie de compter sur moi et de n'avoir plus de souci, j'aime beaucoup à jouer le rôle de la Providence et vous serez certainement une des personnes que je protégerai le plus volontiers. »

La comtesse écrivit tout, sans se permettre une question, à laquelle le ministre n'eût point répondu. Elle n'eut pas un seul instant l'idée qu'une pareille lettre pût s'adresser à Isabelle. Ignorant la tentative qu'elle avait faite, elle ne pressentait pas la réponse. Sa tranquille obéissance procura au ministre le même plaisir qu'éprouvaient ses chats favoris en tenant une souris sous leur griffe pateline. Il lut ce qu'elle avait écrit, il le relut encore, il signa, il fit sceller avec le plus grand soin la dépêche, puis il en mit le dessus lui-même, laissant Josseline ébahie de curiosité et d'inquiétude.

Il continua l'examen de ses papiers, une enveloppe d'une forme bizarre, couverte de sceaux et ressemblant à s'y méprendre à une dépêche le frappa tout à coup.

— Qu'est-cela? se dit-il.

Il ouvrit et n'y trouva qu'une chose, un neuf de pique, piqué d'épingles et au bas duquel était écrit:

« A votre tour ! »

Il le tourna et le retourna dans tous les sens et n'y vit rien autre chose. L'écriture lui était inconnue, il ne put cependant méconnaître Ryna; un pareil envoi ne pouvait venir que d'elle.

— Pauvre femme, murmura-t-il, elle croit à ses sortiléges! elle croit à tout ce qui satisfait son cœur, tandis que celle-ci ne croit qu'au mal, en ce monde. Qu'elle menace, qu'elle se venge, elle en a bien le droit, et le ciel la vengera mieux qu'elle encore.

Il plaça la carte, que la comtesse n'avait point vue, où il avait placé la lettre de madame de Fouquerolles. L'heure de son lever approchait, l'heure où les courtisans obséquieux allaient venir ramasser les miettes de sa faveur. Ils lui inspiraient souvent du dégoût, ce jour-là c'était invincible. Il appela Bernin, le père Joseph, et leur ordonna de l'en débarrasser.

— Il faudra que j'aille à Saint-Germain aujourd'hui, Monsieur y fait rage contre moi, il est temps qu'il retourne à Blois, où d'ailleurs il a à mettre une petite conspiration au jour. Purgez donc mes antichambres et ne laissez entrer personne, fussent les princes, fût-ce surtout M. de Beaufort.

Tous les deux sortirent, il rappela Bernin.

— Ah! j'oubliais, dit-il, il y a quelque part un envoyé du marquis de Fouquerolles, remets lui ce paquet pour sa maîtresse.

XXV

NOUVEAUX PERSONNAGES

Le temps avait passé, il amenait avec lui les changements et les modifications qui le suivent en dépit de tout. Nos sentiments et nos idées varient comme nos visages, nous vieillissons de cœur comme nous vieillissons de corps. Chez les uns cette caducité se révèle par un besoin d'émotions nouvelles et toujours plus violentes, comme les palais usés auxquels il faut du piment : chez les autres c'est une insensibilité complète et que rien ne peut émouvoir ; quelques-uns deviennent sceptiques et rient de ce qu'ils n'éprouvent plus ; il est des égoïstes de profession, des mélancoliques, des découragés, des désespérés, mais tous, après un certain âge, nous fermons notre cœur soit par impuissance, soit par notre volonté. Je ne parle pas de ceux, et c'est heureusement l'exception, qui restent jeunes en dépit de tout, qui s'obstinent à aimer, à être aimés, lorsqu'ils ne sont plus aimables, qui achètent des tromperies et se persuadent qu'ils embrassent la vérité. Tant il y a que le créateur l'a voulu ainsi, que les feuilles de notre âme tombent flétries comme les feuilles des roses, sans cela nous aurions trop de peine à quitter ce monde, il est certaines vieillesses privilégiées auxquelles le parfum reste lorsque la fleur a disparu. Malheureusement notre siècle en compte peu et le nombre en sera moins grand encore dans l'avenir. On ne sème plus aujourd'hui pour cette belle récolte et le passé n'a plus de racine parmi nous.

Les deux jeunes couples continuaient à vivre au château de Malière, près de M. de Fouquerolles, très-heureux de l'union d'estime qui régnait entre eux. Peu à peu la mélancolie d'Isabelle, sans se dissiper tout à fait, devenait plus douce, elle s'attachait à son mari, dont le caractère admirable ne se démentait pas un seul instant. Sans avoir pour lui cet amour qui l'attirait vers Jacques, il lui était plus cher que tout en ce monde, après ses souvenirs peut-être. Le marquis se montrait satisfait de ce qu'il obtenait, espérant sans doute que l'avenir apporterait davantage. Si son cœur saignait en secret, il ne le montrait point. L'égalité de son humeur ne se démentit pas une minute.

Béatrix, gaie, folle, rieuse, prenait gaiement la vie, elle aussi elle aimait son mari et elle en était aimée. Les deux frères avaient tous les deux, au même degré, un défaut terrible, ils étaient jaloux, jaloux selon la nuance de leurs natures : l'aîné, en concentrant sa colère, le cadet, en la laissant éclater sur-le-champ ; mais l'une ne se calmait pas aussi vite que l'autre. Isabelle réservée, triste, ne donnait au marquis d'autres sujets d'inquiétude que celles du passé, trop caressé dans sa pensée, Béatrix, un peu coquette recher-

çbait les hommages et ne manquait pas d'en obtenir,
car rien n'était plus charmant que toute sa personne.
On eût dit une grâce, une sylphide, elle chantait, elle
jouait du luth à la perfection, elle dansait des chacon-
nes à rendre envieuse Therpsichore elle-même, elle faisait des vers et les débitait admirablement, c'était une
de ces créatures chez lesquelles tout est séduction, tout
est entraînement. Son goût pour le plaisir lui faisait
vivement désirer la fin de son deuil, elle espérait décider le comte à la conduire à la cour, où certainement
de nouveaux succès l'attendaient.

Le procès avec la comtesse Josseline avait été ample-
ment gagné. Saulieu restait aux jeunes femmes, mais
Isabelle fuyait ce séjour où des regrets pénibles venaient
l'assaillir. Depuis longtemps Jacques s'était enfui; selon
la promesse du cardinal, on ferma les yeux sur sa fuite.
Il vivait en Angleterre, mais la pauvre Isabelle n'avait
pas reçu une seule fois de ses nouvelles et n'avait osé
en demander à personne. Elle condamnait ses pensées
lorsqu'elles se tournaient vers lui, et regardait ses souvenirs comme des crimes envers celui qu'elle voulait
aimer seul désormais.

Les intrigues continuaient à Paris et à Versailles autour du cardinal, dont la santé, ainsi que celle du roi,
devenait de jour en jour plus mauvaise. Le terme de sa
vie approchait, il le sentait venir et n'en poursuivait pas
moins son œuvre, avec la force et la tenacité de son
génie. Il était à remarquer néanmoins que depuis le

I.   17

jour où il avait reçu le fatal neuf de pique, ses souffrances étaient devenues plus vives et plus insupportables, il dépérissait à vue d'œil, il échouait dans presque toutes ses entreprises et sa faveur fut même plusieurs fois au moment de lui échapper.

Josseline continuait auprès de lui son rôle de mauvais ange, un peu plus de mépris et de dégoût de la part du cardinal, un peu plus de ténacité et de fausseté de la sienne, à cela près tout était dans le même état. Ryna s'était complétement éclipsée, nul ne l'avait revue depuis la mort du pauvre Olivier.

Monsieur, entre ses deux espionnages, vendus à l'un, achetant l'autre, surveillé par un troisième pouvoir occulte, continuait à perdre l'estime de ceux qui le servaient et à les trahir lorsqu'il en trouvait l'occasion. Il vivait en paix armée avec le roi et son ministre, en intrigues secrètes avec la reine qu'il n'aimait pas et dont il n'était pas aimé. Chacun voyait décliner le règne de Louis XIII, les regards se tournèrent vers un nouvel horizon, qui semblait gros de tempêtes et d'orages et les armes se préparaient d'avance.

Un matin Isabelle et Béatrix se promenaient au bord de la Vienne, car le château de Malière, situé aux environs de Chauvigny, dominait cette jolie rivière, aux eaux si transparentes.

L'aînée adressait à sa sœur ces observations que la raison et la tendresse lui dictaient et celle-ci ne faisait qu'en rire.

— Prêcheuse ! lui disait-elle.

— Mon enfant, vous êtes une folle.

— Folle ! quoi folle, parce que je suis gaie, parce que je suis heureuse ?

— Non, folle parce que vous gaspillez ce bonheur, parce que si vous continuez ainsi vous perdrez votre avenir, vous perdrez l'amour de votre mari et vous cesserez de l'aimer vous-même.

— Ma sœur, je ne puis être triste comme vous, je n'ai pas comme vous...

— Ce n'est pas de moi qu'il s'agit, c'est de vous, Béatrix, ma bien-aimée, ne changerez-vous point ?

— Si cela vous fait grand plaisir...

— Je ne puis en éprouver de plus véritable.

— Eh bien, je n'irai pas demain à Touffou, où il y a une si belle fête.

— Ce n'est pas là ce que je vous demande, allez à Touffou, amusez-vous tant qu'il vous plaira, je ne m'y opposerai jamais, seulement soyez sage.

— Je suis sage.

— Non, vous êtes coquette.

— Coquette ! moi !

— Comment appelez-vous le bonheur que vous éprouvez à vous voir adulée ?

— N'est-ce pas tout simple ?

— Ne pouvez-vous rester comme toutes les femmes, sans avoir autour de vous un cercle d'étourneaux qui vous compromettent ?

— Ne dirait-on pas qu'il y en a mille ?

— S'il ne s'en trouve pas davantage, c'est qu'il n'en existe pas d'autres dans le pays.

— Je n'en connais vraiment guère plus de six.

— Et dans ces six, en supposant que vous en sachiez le compte, ce dont je doute, il en est deux que je redoute pour vous, et fortement.

— Deux ! mais c'est abominable, ma sœur, deux ; croyez-vous que je les regarde !

— Ces deux-là vous aiment, Béatrix, dit la jeune femme avec émotion.

— Je ne les aime pas, moi ; dès lors...

— Dès lors, ils n'en sont pas moins dangereux. L'un est, selon moi, capable de tout ; l'autre est un pauvre enfant, plein de cœur, plein de tendresse, dont vous bouleverserez l'existence, et à qui peut-être un jour vous ferez maudire le moment où il vous a connue.

— Et qui sont ces deux jouvenceaux ?

— Oh ! que vous le savez bien, Béatrix, et que vous les nommeriez vite, si vous vouliez.

— Voyons, que je cherche !

Et sa physionomie prit un air de mutinerie adorable.

— Ne cherchez pas, je vais vous le dire.

— J'écoute ; ceci devient intéressant.

— Le premier est M. le vicomte de Cabines, l'ami de madame de Saulieu, qui n'aurait jamais dû passer le seuil de notre porte, et que votre coquetterie a introduit ici, où nos maris et moi ne le recèvons que malgré nous. Mais vous le voulez !...

— Ne dirait-on pas, ma sœur, que je vous fais obéir à la baguette, que je suis la maîtresse du logis. Vous êtes injuste pour ce pauvre jeune homme. Il a tant d'esprit et il est si drôle, bien qu'il soit absolument laid, je ne puis m'empécher d'en convenir.

— Il est plus que laid, il est effrayant. Y a dans ce visage je ne sais quelle prédesnatition, qui me fait frémir malgré moi. Vous eussiez bien dû le laisser à sa retraite et ne pas l'attirer ici.

— Pouvais-je faire autrement? Il achète, ou on lui donne, un joli petit château dans notre voisinage, je ne saurais le dire, car il est cousu de mystère. Il vient chez nous, renie la comtesse Josseline, jure qu'il n'est pour elle qu'un instrument, qu'il ne l'a pas revue depuis la fameuse protestation, s'insinue dans les bonnes grâces de mon beau-père, de mon mari, du vôtre, avec lequel il devait se battre, et avec lequel il s'est subitement raccommodé, après une explication secrète. Puis, il se tourne vers moi, il s'attache à moi, il me suit partout, il me proclame une merveille, il se fait mon défenseur, et jure que je suis la sœur d'Apollon et la fille de Vénus, déploie un esprit sans rival, des talents délicieux, critique M. de Ravière, que je ne puis souffrir, et vient à bout, à force de sarcasmes, de lui faire abréger sa visite de deux mois, comment n'aurais-je pas accueilli ce cher jeune homme, rien que pour cette bonne action ?

— Et votre mari ?

— Mon mari l'adore, parce qu'il est laid.

— Votre mari ne l'adore point, Béatrix ; vous lui avez persuadé je ne sais quelle folie, et il n'ose pas montrer sa répugnance, parce que vous vous moquez de lui impitoyablement.

— Enfin, vous n'aurez plus peur de celui-ci ; voyons l'autre.

— L'autre ! Oh ! l'autre, c'est plus sérieux ; l'autre, je m'intéresse vivement à lui, et vous le rendez malheureux, jeune folle.

— Voudriez-vous qu'il en fût autrement ?

— Je voudrais ne pas vous voir jouer avec un cœur semblable à celui de ce jeune marquis de Sainte-Croix. C'est une mauvaise action.

— Il faudrait donc lui accorder... ce qu'il ne m'a jamais demandé, je le jure.

— Non, ma chère, il faudrait avoir une conduite noble, digne, honorable, il faudrait vous tenir calme et tranquille, en honnête femme, ne point encourager un jour des prétentions que vous repoussez le lendemain. Il faudrait ne pas lui permettre de vous voir chaque jour, ne pas aller à ce joli château de Touffou dès que vous sortez du parc, enfin ne pas vous occuper de lui constamment, ainsi que vous le faites.

— Ma sœur, je vous assure que je ne songe pas à lui plus de... plus de...

— Ce ne sont pas vos idées, ce sont vos paroles, vos regards...

— Ma chère Isabelle, il faut bien que je m'amuse un peu, je n'ai point de Jacques dans mon passé.

— Prenez garde d'en mettre un dans votre avenir.

Il y eut un moment de silence.

— Puisque nous parlons de ce jeune Sainte-Croix, que pensez-vous de lui, que pensez-vous de sa grand'-mère? Ne trouvez-vous pas dans tout ceci quelque chose d'aussi mystérieux que mon vicomte?

— En effet, cela est étrange !

— Le château de Touffou est à vendre, ce charmant castel que je voudrais tant posséder! Mon mari me l'a refusé par parenthèse. On dit dans le pays qu'il est acheté par des inconnus, et bientôt, en effet, nous voyons arriver une grande dame étrangère, vêtue comme au temps de la reine Marie, avec des cheveux couleur de neige, elle est aveugle, et la moindre lumière lui fait un si horrible mal qu'elle reste perpétuellement dans une chambre obscure.

— Ceci se conçoit et n'a rien d'extraordinaire à plus de quatre-vingt-dix ans.

— Oui, mais cette marquise de Sainte-Croix, personne ne la connaît. C'est une très-grande dame assurément, et elle ne tient à qui que ce soit, ni à la cour, ni en province.

— C'est vrai.

— Elle a une grande fortune, elle donne des fêtes

magnifiques où elle n'assiste pas, elle a un train de
maison considérable, et nul ne sait d'où viennent ces
trésors. Elle a payé Touffou argent comptant, sans mar-
chander, elle ne parle pas de son passé, elle ne laisse
jamais échapper un mot qui puisse laisser supposer où
elle a vécu. Son petit-fils qu'elle adore, sur lequel elle
veille comme sur un enfant au berceau, est tout aussi
discret qu'elle ; je lui ai adressé cent questions, il y répond fort adroitement, toujours pour ne rien dire.

— Certainement que tout cela n'est pas naturel.

— Les gens du village ont interrogé les domestiques,
hors un seul, on les a tous pris à Paris et ils n'en savent
pas davantage. Cela m'occupe. Ce jeune homme me
fait l'effet d'une énigme, je voudrais la deviner.

Tout ce que madame d'Oston venait de dire était de
la plus grande exactitude. Depuis sept ou huit mois
environ, ces étrangers avaient pris possession de
Touffou, ancien castel, situé absolument sur les bords
de la Vienne. Son architecture de plusieurs styles et de
plusieurs époques, rappelait un peu dans la masse celle
du célèbre château de Chambord, à cause de la quantité
de cheminées et de clochetons qui le surmontent. La
marquise de Sainte-Croix en avait fait un séjour délicieux, pour l'agrément de son petit-fils et des voisins
qu'elle invitait, quant à elle, elle ne sortait jamais d'un
cabinet sombre, sans fenêtre et tendu de serge noire.
Elle portait un deuil éternel, et ses yeux avaient tant
versé de larmes qu'ils étaient fondus dans leurs or-

bites. C'était là seulement ce qu'elle avouait de son passé.

Son petit-fils, beau et frêle comme une branche de saule, était d'une pâleur mate, que ses cheveux d'un noir de jais rendaient plus frappante encore. Il n'avait rien d'un homme de son âge; presque toujours triste, il attribuait cette disposition à une santé déplorable, dont les soins le retenaient quelquefois une semaine tout entière éloigné de la société. Rien de doux, de suave comme son regard, il semblait demander à tout ce qui l'entourait le bonheur qu'il avait perdu.

Il n'avait pu voir souvent Béatrix sans se laisser prendre au charme qu'elle répandait autour d'elle. Il s'en occupa d'abord beaucoup, puis excessivement, enfin il ressentit pour elle cette passion si vive et si tendre dans un cœur de vingt ans, noble, généreux, ardent, qui n'a rien aimé encore et qui ne demande qu'à aimer. L'obstacle qui la séparait de lui ne lui semblait point insurmontable, elle était si coquette qu'elle laissait toujours place à l'espérance, et puis il l'aimait tant et il était si heureux de l'aimer.

Il cachait sans doute ce sentiment à son aïeule, sa sollicitude s'en fut alarmée, elle qui craignait tant pour lui les dangers et les chagrins, elle qui ne vivait que pour lui et qui ne s'occupait que de lui au monde. Il allait chaque jour à Saulieu, lorsque son mal inconnu ne le retenait pas. Il restait de longues heures en contemplation devant son idole, sans lui rien dire, s'eni-

I.   17.

vrant du bonheur de la voir, ce dont le vicomte de
Cabines se moquait à la journée, et dont Béatrix
elle-même riait quelquefois du bout des lèvres, il est
vrai.

Isabelle voyait tout et examinait sa sœur avec la sollicitude de la tendresse et de l'expérience. Elle se rappelait ce qu'elle avait souffert, ce qu'elle souffrait chaque
jour encore, elle comparait l'existence de Béatrix avec
la sienne et elle tremblait de lui voir quitter ce port,
où elle s'abritait si heureuse.

Les choses en étaient là lorsque le lendemain du jour
où les deux sœurs avaient causé si longuement dans
leur promenade, le château de Touffou s'ouvrit aux
hôtes nombreux qui y étaient attirés par une fête splendide. La marquise avait invité tout le pays, et se faisait
excuser de son absence en chargeant son petit-fils de la
remplacer auprès des dames. Personne ne manqua, on
va toujours où l'on s'amuse, c'était en ce temps-là
comme à présent.

XXVI

UN REVENANT

Madame de Sainte-Croix avait habité l'Italie, croyait-
on, assez longtemps. Elle en avait apporté le goût des
fêtes et des illuminations, fort à la mode également en

France depuis les règnes de nos deux reines Médicis.
Ce jour-là, les jardins étaient splendidement éclairés,
le château tout entier brillait comme un jet de flamme.
On admettait le masque également dans ces réunions
de province. On a toujours cherché à imiter Paris.

Depuis deux heures déjà des groupes animés circulaient par les allées et par les charmilles, la liberté la
plus entière régnait dans cette maison, qui n'avait pour
maître qu'un jeune homme sans importance et sans
grand usage de la société. On dansait d'un côté, on
jouait de l'autre, on se promenait partout. Plus loin
des tables étaient servies, et des mets exquis, des vins
délicieux se succédaient à mesure qu'on les enlevait.
Jamais pareille magnificence n'avait frappé les regards
des Poitevins, assez reculés alors dans les belles manières.

Madame de Fouquerolles et madame d'Oston arrivèrent des dernières, selon leur habitude. Béatrix restait
toujours fort longtemps à sa toilette. A peine étaient-
elles entrées dans les jardins que le vicomte s'approcha
d'elles et leur annonça en riant une grande nouvelle,
dit-il.

— Le château appartient au diable, la marquise a
fait un pacte avec lui, ce pacte expire ce soir, et à
minuit il nous emporte tous, les tours sautent en
l'air, les jardins s'abiment, nous sommes l'appoint du
marché.

Béatrix se mit à rire aux éclats.

— Qui a fait cette découverte? demanda-t-elle.

— C'est moi, et je m'en doutais depuis longtemps. Seulement je dois à la vérité de dire que nos judicieux voisins y ont ajouté la petite circonstance de notre saut d'aujourd'hui.

— Enfin qu'avez-vous découvert? Quelle est cette folie?

— J'ai profité de la licence de ce jour pour me promener du haut en bas de l'édifice, j'ai ouvert toutes les portes, excepté celles qui étaient fermées, bien entendu, et j'ai fini par découvrir la boutique du diable, de ses inventions, de ses histoires, de ses cérémonies. J'en frémis encore.

-— Monsieur le vicomte, dit sérieusement Isabelle, c'est mal reconnaître l'hospitalité que de chercher à percer des mystères qu'on nous cache. La marquise est chez elle, elle nous fait l'honneur de nous engager à y venir, respectons ses secrets et ne nous vengeons pas par des railleries du plaisir que nous allons goûter.

Le jeune homme éprouvait malgré lui un profond respect pour cette belle et douce créature qu'il n'aimait pas néanmoins. Il craignait ses observations et s'y soumettait sans oser répliquer avec son effronterie ordinaire.

— Vous n'en voulez pas savoir davantage, madame, j'en suis réellement fâché, car je vous aurais montré de belles choses.

— Je ne vais jamais voir ce que l'on me cache, monsieur; je vous croyais plus que personne intéressé à ce que chacun en fît autant.

Elle le salua d'un mouvement de tête hautain et dédaigneux, puis elle entraîna sa sœur.

— Je déteste ce fat et insupportable seigneur, dit-elle assez haut pour être entendue.

— Vous êtes sans pitié pour lui, ma sœur, il est fort amusant et il nous aurait montré tous les secrets de la marquise.

Quelques pas plus loin elles rencontrèrent M. d'Oston, il les accompagna dans leur promenade. Il leur montra tous les détours de ces beaux lieux, il leur fit admirer les statues, les objets d'art dont les jardins étaient remplis.

— Il faut une fortune de roi pour avoir dépensé tant d'argent dans ce château déjà si beau par lui-même. Ces gens-là doivent être immensément riches.

— On assure que la marquise puise ses richesses à une source qui ne tarira point.

— Et où donc?

— En enfer! répliqua-t-elle, en prenant un air terrible.

— Qui vous a raconté ces folies? demanda M. d'Oston, de mauvaise humeur.

— C'est le bruit public, ce sont les récits de tout le monde, monsieur.

— Ce sont des folies, mon frère, vous savez combien
Béatrix aime à rire.

— Elle ne l'aime que trop, ma sœur, et je voudrais
lui voir autant de sérieux qu'à vous.

Madame d'Oston aimait la danse à la folie, elle attendait avec impatience que sa sœur voulût rentrer
pour chercher un cavalier et commencer quelque co-
tillon ou quelque chaconne; Isabelle ne dansait pas,
depuis la mort de sa mère, depuis sa séparation d'avec
Jacques, ses goûts avaient pris le sérieux de son cœur.
Elle ne riait presque jamais et ne causait absolument
que lorsqu'elle y était forcée par les convenances ou
la nécessité.

Béatrix la quitta aussitôt que cela lui fut possible.
Isabelle se dirigea vers les ombrages les plus sombres
et les moins éclairés. Elle aimait passionnément la solitude, elle la cherchait elle-même, et c'était pour elle
une grande douceur que de rêver ainsi sous ces beaux
arbres, au bruit lointain de la musique, au bord de la
rivière, par cette belle nuit parfumée.

Elle errait ainsi depuis quelques instants songeant
au passé, songeant à celui qu'elle ne devait plus revoir
et avec lequel il lui eût été si doux d'admirer cette nature splendide. Elle alla s'asseoir sur un banc, tout à
fait auprès de l'eau, et regarda les paillettes que la lune
semait sur cette onde claire et pure. Un bateau était
attaché au rivage, un homme qui l'avait suivie de loin
s'en approcha et ôta la corde, en se retournant vers la

marquise. Ses vêtements étaient ceux des gens du peuple, un bonnet cachait et dissimulait son visage, auquel, du reste, Isabelle ne fit aucune attention.

— Si madame la marquise veut admirer un beau coup d'œil, je la conduirai avec mon bateau au milieu de la Vienne, il est impossible de rien voir de plus magnifique.

Cet homme parlait d'une voix sourde et basse, sans doute intimidé par la présence d'une belle dame. Isabelle était de ces natures rêveuses auxquelles le calme d'une belle nuit, la fraîcheur des eaux, les rayons de la lune, plaisaient bien davantage que la fête la plus splendide.

— Puis-je me fier à vous ? dit-elle, êtes-vous sûr de pouvoir conduire ce bateau.

— Je le conduis chaque jour, madame, et depuis bien des années, l'eau est mon élément favori.

Une dame du rang d'Isabelle ne se trouvait jamais seule alors avec un inconnu, un être si fort au-dessous de ses regards, elle hésita quelques instants, le désir de cette promenade solitaire l'emporta.

— Écoutez, dit-elle, nous irons d'abord en face du château là-bas, puis vous me conduirez plus loin, sous cette futaie, à l'endroit où les branches des saules tombent dans la rivière, il y a là, ce me semble, un rayon de lune bien délicieux à rencontrer, après avoir admiré ces illuminations factices.

Le batelier fit un signe d'assentiment, avança sa barque aussi près que possible, jeta un tapis sous les pieds de la jeune femme et l'aida à passer dans sa frêle et jolie nacelle. En s'appuyant sur lui madame de Fouque-rolles crut sentir qu'il tremblait.

— Qu'avez-vous donc? lui demanda-t-elle, en se re-tournant vivement.

— Et que pourrais-je avoir, madame? répondit-il sans se troubler.

Cette réflexion si simple fit sourire la marquise.

— Qu'aurait-il donc en effet? Suis-je aussi folle que ma sœur, qui cherche en vain partout des aven-tures?

Elle s'assit sans attendre davantage, sur des coussins de soie, car tout avait été prévu dans cette fête, le ba-telier donna deux vigoureux coups de rames et ils fu-rent bientôt éloignés du rivage.

Le coup d'œil était réellement magnifique, ce châ-teau resplendissant de lumières se reflétant dans la Vienne, ces beaux arbres, cet astre enchanteur, éclai-rant cette scène si tranquille d'un côté, si animée de l'autre, tout portait dans l'âme un trouble délicieux, auquel la jeunesse d'Isabelle ne resta pas insensible. Ses pensées se reportèrent vers celui qu'elle avait tant aimé, une larme roula de ses longs cils sur ses joues.

— Isabelle! dit une voix émue presque à son oreille.

— Mon Dieu! s'écria-t-elle, en mettant la main sur son cœur, qui m'appelle ainsi?

— Avez-vous donc tout oublié ?

— C'est sa voix, c'est lui ! murmura-t-elle, en cachant sa tête dans ses mains, il est donc mort puisque Dieu permet que je l'entende ainsi.

— Il n'est point mort, ma bien-aimée, il est près de vous, à vos genoux, il n'a pu vivre sans vous voir, il est revenu, préférant la mort à l'absence.

Madame de Fouquerolles resta muette, l'homme qui l'avait entraînée dans cette barque était Jacques, Jacques était à ses pieds, ils étaient seuls, la nuit, seuls sous les yeux de Dieu, loin des importuns, des curieux, des médisants, loin de celui qu'elle avait promis d'aimer désormais, et qu'elle pouvait tromper sans crime.

— Oh ! mon Dieu ! mon Dieu ! dit la pauvre femme, je ne le cherchais point, je condamnais mon cœur à l'oublier et vous me le rendez et le voilà et c'est lui ! Oh ! je ne puis commander à ma joie, je ne puis la cacher, je suis perdue !

La barque avait pris le courant et le suivait maintenant sans que personne s'inquiétât de sa conduite, ils étaient garantis des regards indiscrets par les grands arbres du parc, quelques instants encore et ils quittaient la partie de la rivière éclairée par la lune, ils entraient dans une obscurité complète, où il devenait impossible de les découvrir, tout favorisait cette entreprise téméraire.

— Isabelle, Isabelle ! répétait le jeune homme ivre d'amour et de bonheur.

Le nom de l'objet aimé n'est-il pas toujours le plus
doux à prononcer, ne résume-t-il pas en lui seul toutes
les joies et toutes les espérances?

— Ah! Jacques, répondit-elle, qu'avez-vous fait?

— J'ai vécu une année tout entière loin de vous, je
me suis résigné par devoir, par respect, à vous fuir, à
n'entendre jamais prononcer votre nom, mais les forces
s'usent dans l'absence, je n'en avais plus, je suis revenu en prendre auprès de vous.

— Malheureux! vous exposez votre tête!

— Ah! c'est pour moi la dernière des craintes.

— Vous manquez à votre serment.

— Oui, j'y manque et je le sais. Je n'ai rien de plus
sacré au monde que ma parole, et pourtant mon amour
l'emporte sur elle.

— Et moi! et moi, Jacques!

— Vous, Isabelle, si vous m'aimez encore, vous oublierez tout, comme moi.

— Et lui? ajouta-t-elle timidement.

— Lui! il ne le saura pas!

— Mais je le saurai, moi, et je n'oserai plus lever les
yeux sur lui désormais.

— En quoi donc êtes-vous coupable? qu'avez-vous
fait? quels devoirs avez-vous trahis? je ne vous demande rien qui puisse porter atteinte à votre pureté
angélique, rien que de me laisser vous voir et vous entendre quelques instants. Après, je vous rendrai à ce-

lui qui m'a ravi mon bonheur, à celui qui m'a pris ma vie.

— En quoi je suis coupable, Jacques. Ah ! si vous saviez combien je suis heureuse, vous comprendriez mon crime.

— Ma bien-aimée!

— Oui, votre bien-aimée, la faible et lâche créature qui oublie tout pour vous, qui ne se souvient que de vous seul, lorsque tant de devoirs...

— Isabelle, Isabelle, donnez-moi ces instants sans mélange, ne me parlez que de vous, que de moi, que de nos souffrances, que de cet ineffable moment qui les rachète toutes. Votre cœur du moins est à moi toujours, je le sais, je l'ai vu, je l'ai deviné rien que dans le soin avec lequel vous fuyez le monde, pour chercher une pensée chérie. Soyez donc, pour quelques instants, toute à moi, par votre âme, laissez-moi lire dans vos yeux ce que j'ai lu dans votre cœur. Songez-y, après ce moment écoulé des années peut-être s'enfuiront encore sans que nous en retrouvions de semblables. Vous le disiez tout à l'heure, ma tête est menacée, si elle tombe au moins j'aurai vécu un quart d'heure par vous. Isabelle, oubliez tout le reste et souvenez-vous seulement de nos jeunes années, de nos projets, de nos bonheurs.

— Mon Dieu! il me semble que j'entends mon nom, qu'on me cherche, qu'on m'appelle !

En effet, quelques voix se répondant sur le rivage,

semblaient chercher une personne absente, elles approchaient et madame de Fouquerolles distingua celle de son mari qui disait :

— On l'a vue se diriger de ce côté, où peut-elle être?

La marquise tremblait, bien qu'elle n'eût rien à redouter. Il était impossible de les découvrir dans l'obscurité où ils se trouvaient, la couleur sombre de leurs vêtements ne pouvait révéler leur présence. On sait combien une vive lumière rend plus impénétrables les endroits qui l'avoisinent, la barque ne faisait pas de bruit, puisque Jacques ne ramait pas, le léger clapottement de l'eau se brisant contre ses parois ressemblait au murmure d'une petite cascade arrêtée par des cailloux.

Ceux qui les cherchaient passèrent à quelques pouces d'eux, les saules les séparaient seulement, M. de Maulevrier la soutenait, car elle était plus morte que vive, il la pressait sur son cœur et ces quelques minutes d'angoisses le rendirent plus heureux que bien des mois de poursuites et de supplications.

Ils passèrent, les voix s'éloignèrent et se perdirent dans la distance, ils étaient seuls de nouveau. En se rassurant, Isabelle comprit où elle était et ce qui s'était passé. Elle se dégagea de ses bras en rougissant.

— Vous voyez, Jacques, où vous m'avez conduite, à présent il me faudra mentir, ou avouer ce que je voudrais me cacher à moi-même. Ramenez-moi au rivage, éloignez-vous, hâtez-vous, que personne ne vous voie, ne vous soupçonne, ou nous sommes perdus tous les deux. Quittez la France, retournez au lieu de votre exil, jusqu'au jour où vous pourrez rentrer sans craintes. Oubliez-moi et laissez-moi vous oublier, mais pour cela il ne fallait pas revenir, hélas !

— Je ne partirai pas sans vous revoir encore, Isabelle, non, il faut que vous me promettiez de me rendre des moments semblables, je sens que je n'en aurais pas la force.

— Vous revoir, Jacques! Nous exposer de nouveau! non, non, c'est impossible. Ce serait un crime et une folie. Partez, partez, et adieu pour jamais!

— Comme il vous plaira, madame, je sais alors ce qui me reste à faire.

— Quoi? que voulez-vous risquer encore?

— Me débarrasser d'une vie qui m'est odieuse, me livrer à ceux qui mettront ma tête à prix, et vous laisser libre et dégagée de vos serments.

En disant ces mots, il ramait vers un petit passage éloigné de l'endroit où la jeune femme s'était embarquée, elle y pouvait descendre sans être aperçue d'aucun côté, le bruit de la fête montait à peine jusque-là.

— Vous voulez que je meure, Jacques, que vous me parlez ainsi !

— Je veux que vous cédiez à mes prières, ou en finir avec le supplice qui me tue.

— Ayez pitié de moi !

— Ayez pitié de nous, Isabelle. N'avons-nous pas assez souffert ! qu'importe cette aumône de consolation, accordée à un malheureux, dont vous avez détruit l'avenir ? Vous ne sauriez être coupable d'une action si simple. La compassion, l'humanité seules devraient vous rendre plus facile à convaincre. Si vous m'aimiez un peu !

— Si je vous aimais !

Il est une chose digne de remarque, c'est que l'on obtient tout d'une femme aimante avec ces seuls mots :

— Si vous m'aimiez !

Elles se laisseraient jeter dans un précipice les yeux ouverts pour prouver qu'elles aiment.

Ce moyen, employé tant de fois, est d'un effet certain.

En cette circonstance Isabelle se laissa séduire par ce doute.

Elle voulut prouver que son amour était plus fort que tout, qu'il savait tout braver, qu'elle aussi risquait sa vie et son honneur pour celui qui lui livrait son honneur et sa vie.

Ils convinrent qu'il resterait caché dans les environs, que chaque jour, à une certaine heure, il traverserait, déguisé, le parc de Malière, ouvert aux paysans des environs et qu'elle lui dirait le moment et le lieu où elle pourrait le rejoindre sans danger.

Ils se firent mille protestations réciproques, mille recommandations de prudence, et après des promesses sans cesse répétées, il la déposa sur le gazon, assez près du château pour qu'elle pût y retourner seule, assez loin pour qu'elle ne fût pas aperçue.

Remontant dans la barque, il s'éloigna.

Dès que la marquise fût partie, un homme caché derrière les saules la suivit en déguisant sa marche et en faisant le moins de bruit possible.

FIN DU PREMIER VOLUME

Reçu de M

la somme de QUINZE FRANCS, *pour prix de son abonnement à la Bibliothèque homéopathique, année* 187 , TOME

Paris, le 187

LE SECRÉTAIRE,